在细雨中呼喊

CRIES IN THE DRIZZLE

余华 著

北京出版集团
北京十月文艺出版社

新经典文化股份有限公司
www.readinglife.com
出　品

目 录

第三章

第四章

附 录

自 序

作者的自序通常是一次约会，在漫漫记忆里去确定那些转瞬即逝的地点，与曾经出现过的叙述约会，或者说与自己的过去约会。本篇序言也不例外，于是它首先成为了时间的约会，是一九九八年与一九九一年的约会；然后，也是本书作者与书中人物的约会。我们看到，在语言里现实和虚构难以分辨，而时间的距离则像目光一样简短，七年之间就如隔桌而坐。

就这样，我和一个家庭再次相遇，和他们的所见所闻再次相遇，也和他们的欢乐痛苦再次相遇。我感到自己正在逐渐地加入到他们的生活之中，有时候我幸运地听到了他们内心的声音，他们的叹息喊叫，他们的哭泣之声和他们的微笑。接下来，我就会获得应有的权利，去重新理解他们的命运的权利，去理解柔弱的母亲如何完成了自己忍受的一生，她唯一爆发出来的愤怒是在弥留之际；去理解那个名叫孙广才的父亲又是如何骄傲地将自己培养成一名彻头彻尾的无赖，他对待自己的父亲和对待自己的儿子，就像对待自己的绊脚石，他随时都准备着踢开他们，他在妻子生前就已经和另外的女人同居，可是在妻子死后，在死亡逐渐靠近他的时候，他不断地被黑夜指引到了亡妻的坟前，不断地哭泣着。孙广才的父亲孙有元，他的一生过于漫长，漫长到自己都难以忍受，可是他的幽默总是大于悲伤。还有孙光平、孙光林和孙光明，三兄弟的道路只是短暂地有过重叠，随即就又向了各自的方向。孙光平以最平庸的方式长大成人，他让父亲孙广才胆战心惊；而孙光林，作为故事叙述的出发和回归者，他拥有了更多的经历，因此他的眼睛也记录了更多的命运；孙光明第一个走向了死亡，这个家庭中最小的成员最先完成了人世间的使命，被河水淹没，当他最后一次挣扎着露出水面时，他睁大眼睛直视了耀眼的太阳。七年前我写下了这一笔，当初我坚信他可以直视太阳，因为这是他最后的目光；现在我仍然这样坚信，因为他付出的代价是死亡。

七年前我写下了他们，七年来他们不断在我眼前出现，我回忆他们，就像回忆自己生活中的朋友，随着时间的流逝，他们的容颜并没有消褪，反而在日积月累里更加清晰，同时也更加真实可信。现在我不仅可以在回忆中看见他们，我还时常会听到他们现实的脚步声，他们向我走来，走上了楼梯，敲响了我的屋门。

这逐渐成为了我不安的开始，当我虚构的人物越来越真实时，我忍不住会去怀疑自己真正的现实是否正在被虚构。

北京，一九九八年十月十一日

第一章

南 门

一九六五年的时候，一个孩子开始了对黑夜不可名状的恐惧。我回想起了那个细雨飘扬的夜晚，当时我已经睡了，我是那么的小巧，就像玩具似的被放在床上。屋檐滴水所显示的，是寂静的存在，我的逐渐入睡，是对雨中水滴的逐渐遗忘。应该是在这时候，在我安全而又平静地进入睡眠时，仿佛呈现出一条幽静的道路，树木和草丛依次闪开。一个女人哭泣般的呼喊声从远处传来，嘶哑的声音在当初寂静无比的黑夜里突然响起，使我此刻回想中的童年的我颤抖不已。

我看到了自己，一个受惊的孩子睁大恐惧的眼睛，他的脸形在黑暗里模糊不清。那个女人的呼喊声持续了很久，我是那么急切和害怕地期待着另一个声音的来到，一个出来回答女人的呼喊，能够平息她哭泣的声音，可是没有出现。现在我能够意识到当初自己惊恐的原因，那就是我一直没有听到一个出来回答的声音。再也没有比孤独的无依无靠的呼喊声更让人战栗了，在雨中空旷的黑夜里。

紧随而来的另一个记忆，是几只白色的羊羔从河边青草上走过来。显然这是对白昼的印象，是对前一个记忆造成的不安进行抚摸。只是我难以确定自己获得这个印象时所处的位置。

可能是几天以后，我似乎听到了回答这个女人呼喊的声音。那时候是傍晚，一场暴雨刚刚过去，天空里的黑云犹如滚滚浓烟。我坐在屋后的池塘旁，在潮湿的景色里，一个陌生的男人向我走来。他穿着一身黑色的衣服，走来时黑衣在阴沉的天空下如旗帜一样飘荡着。正在接近的这个景象，使我心里蓦然重现了那个女人清晰的呼喊声。陌生男人犀利的目光从远处开始，直到走近一直在注视着我。就在我惊恐万分的时候，他转身走上了一条田埂，逐渐离我远去。宽大的黑衣由于风的掀动，发出哗哗的响声。我成年以后回顾往事时，总要长久地停留在这个地方，惊诧自己当初为何会将这哗哗的衣服声响，理解成是对那个女人黑夜雨中呼喊的回答。

我记得这样一个上午，一个清澈透明的上午，我跟在村里几个孩子后面奔跑，脚下是松软的泥土和迎风起舞的青草。阳光那时候似乎更像是温和的颜色涂抹在我们身上，而不是耀眼的光芒。我们奔跑着，像那些河边的羊羔。似乎是跑了很长时间，我们来到了一座破旧的庙宇，我看到了几个巨大的蜘蛛网。

应该是更早一些时候，村里的一个孩子从远处走过来。我至今记得他苍白的脸色，他的嘴唇被风吹得哆哆嗦嗦，他对我们说：

“那边有个死人。”

死人躺在蜘蛛网的下面，我看到了他，就是昨天傍晚向我走来的黑衣男人。虽然我现在努力回想自己当初的心情，可我没有成功。回想中的往事已被抽去了当初的情绪，只剩下了外壳。此刻蕴含其中的情绪是我现在的情绪。陌生男人突然死去的事实，对于六岁的我只能是微微的惊讶，不会出现延伸的感叹。他仰躺在潮湿的泥土上，双目关闭，一副舒适安详的神态。我注意到黑色的衣服上沾满了泥迹，斑斑驳驳就像田埂上那些灰暗的无名之花。我第一次看到了死去的人，看上去他像是睡着的。这是我六岁时的真实感受，原来死去就是睡着了。

此后我是那么地惧怕黑夜，我眼前出现了自己站在村口路上的情景，降临的夜色犹如洪水滚滚而来，将我的眼睛吞没了，也就吞没了一切。很长一段时间里，我躺在黑暗的床上不敢入睡，四周的寂静使我的恐惧无限扩张。我一次次和睡眠搏斗，它强有力的手使劲要把我拉进去，我拼命抵抗。我害怕像陌生男人那样，一旦睡着了就永远不再醒来。可是最后我总是疲惫不堪，无可奈何地掉入了睡眠的宁静之中。当我翌日清晨醒来时，发现自己还活着，看着阳光从门缝里照射进来，我的喜悦使我激动无比，我获得了拯救。

我六岁时最后的记忆，是我在奔跑。记忆重现了城里造船厂昔日的荣耀，他们制造的第一艘水泥船将来到南门的河上。我和哥哥跑向了河边。过去的阳光是那么的鲜艳，照耀着我年轻的母亲，她蓝方格的头巾飘动在往昔的秋风里，我弟弟坐在她的怀中，睁大着莫名其妙的眼睛。我那个笑声响亮的父亲，赤脚走上了田埂。为什么要出现一个身穿军装的高大男人？就像一片树叶飘入了树林，他走到了我的家人中间。

河边已经站满了人，哥哥带着我，从那些成年人的裤裆里钻过去，嘈杂的人声覆盖了我们。我们爬到了河边，从两个大人的裤裆里伸出了脑袋，像两只乌龟一样东张西望。

激动人心的时刻是由喧天的锣鼓声送来的，在两岸欢腾的人声里，我看到了驶来的水泥船，船上悬挂着几根长长的麻绳，绳上结满了五颜六色的纸片，那么多鲜花在空中开放？十来个年轻的男人在船上敲锣打鼓。

我向哥哥喊叫：

“哥哥，这船是用什么做的？”

我的哥哥扭过头来以同样的喊叫回答我：

“石头做的。”

“那它怎么不沉下去呢？”

“笨蛋。”我哥哥说，“你没看到上面有麻绳吊着？”

身穿军装的王立强，在这样的情景里突然出现，使我对南门的记忆被迫中断了五年。这个高大的男人，拉着我的手离开了南门，坐上一艘突突直响的轮船，在一条漫长的河流里接近了那个名叫孙荡的城镇。我不知道自己已被父母送给了别人，我以为前往的地方是一次有趣的游玩。在那条小路上，疾病缠身的祖父与我擦肩而过，面对他忧虑的目光，我得意洋洋地对他说：

“我现在没工夫和你说话。”

五年以后，当我独自回到南门时，又和祖父相逢在这条路上。

我回家后不久，一家姓苏的城里人搬到南门来居住了。一个夏天的早晨，苏家的两个男孩从屋内搬出了一张小圆桌，放在树阴下面吃起了早餐。

这是我十二岁看到的情景。两个城里孩子穿着商店里买来的衣裤坐在那里。我一个人坐在池塘旁，穿的是手工缝制的土布短裤。然后我看到十四岁的哥哥领着九岁的弟弟向苏家的孩子走去。他们和我一样，也都光着上身，在阳光下黑黝黝的像两条泥鳅。

在此之前，我听到哥哥在晒场那边说：

“走，去看看城里人吃什么菜。”

晒场那边众多的孩子里，愿意跟随哥哥走向两个陌生人的，只有九岁的弟弟。我的哥哥昂首阔步走去时，显得英勇无比，弟弟则小跑着紧随其后。他们手上挎着的割草篮子在那条路上摇晃不止。

两个城里孩子放下了手中的碗筷，警惕地注视着我的兄弟。我的兄弟没有停留，大模大样地从小圆桌前走过，又从城里人的屋后绕了回来。比起哥哥来，我弟弟的大模大样就显得有些虚张声势。

他们回到晒场后，我听到哥哥说：

“城里人也在吃咸菜，和我们一样。”

“没有肉吗？”

“屁也没有。”

我弟弟这时出来纠正：

“他们的咸菜里有油，我们的咸菜里没有油。”

哥哥可能推了弟弟一把：

“去、去、去，油有什么了不起的，我们家也有。”

弟弟继续说：“那是香油，我们家没有。”

“你知道个屁。”

“我闻到的。”

我十二岁那年王立强死后，我独自一人回到南门，仿佛又开始了被人领养的生活。那些日子里，我经常有一些奇怪的感觉，似乎王立强和李秀英才是我的真正父母，而南门这个家对于我，只是一种施舍而已。这种疏远和隔膜最初来自于那场大火。我和祖父意外相遇后一起回到南门，恰好一场大火在我家的屋顶上飘扬。

这样的巧合使父亲在此后的日子里，总是满腹狐疑地看着我和祖父，仿佛这场灾难是我们带来的。有时我无意中和祖父站在一起，父亲就会紧张地嗷嗷乱叫，似乎他刚盖起来的茅屋又要着火了。

祖父在我回到南门的第二年就死去了。祖父的消失，使父亲放弃了对我们的疑神疑鬼，但我在家中的处境并不因此得到改善。哥哥对我的讨厌，是来自父亲的影响。每当我出现在他身旁时，他就让我立刻滚蛋。我离自己的兄弟越来越远，村里的孩子总和哥哥在一起，我同时也远离了他们。

我只能长久地去怀念在王立强家中的生活，还有我在孙荡的童年伙伴。我想起了无数欢欣的往事，同时也无法摆脱一些忧伤。我独自坐在池塘旁，在过去的时间里风尘仆仆。我独自的微笑和眼泪汪汪，使村里人万分惊讶。在他们眼中，我也越来越像一个怪物。以至后来有人和父亲吵架时，我成了他们手中的武器。说像我这样的儿子只有坏种才生得出来。

我在南门的所有日子里，哥哥唯一一次向我求饶，是他用镰刀砍破了我的脑袋，我流了一脸的血。

这事发生在我家羊棚里。当初我脑袋上挨了重重一下后并不清楚发生了什么，只是看到哥哥的态度发生了突然的变化。然后，我才感觉到血在脸上流淌。

哥哥堵在门口，一副惊慌失措的样子，求我将血洗去。我硬是把他推开，向村口走去，走向田间的父亲。

那时候村里人都在蔬菜地里浇粪，微风吹来，使我闻到了一股淡淡的粪味。我在走近蔬菜地时，听到了几个女人失声惊叫，我模糊地看到母亲向我跑来。母亲跑到跟前问了一句什么，我没有回答，径自走向父亲。

我看到父亲握着长长的粪勺，刚从粪桶里举起来，停留在空中，看着我走去。

我听到自己说了一句："是哥哥打的。"

父亲将粪勺一扔，跳上田埂急步走回家去。

然而我并不知道，在我走后，哥哥强行用镰刀在弟弟脸上划出了一道口子。当弟弟张嘴准备放声大哭时，哥哥向他作出了解释，然后是求饶。哥哥的求饶对我不起作用，对弟弟就不一样了。

当我走回家中时，所看到的并不是哥哥在接受惩罚，而是父亲拿着草绳在那棵榆树下等着我。

由于弟弟的诬告，事实已被篡改成是我先用镰刀砍了弟弟，然后哥哥才使我满脸是血。

父亲将我绑在树上，那一次殴打使我终身难忘。我在遭受殴打时，村里的孩子兴致勃勃地站在四周看着我，我的两个兄弟神气十足地在那里维持秩序。

这次事情以后，我在语文作业簿的最后一页上记下了大和小两个标记。此后父亲和哥哥对我的每一次殴打，我都记录在案。

时隔多年以后，我依然保存着这本作业簿，可陈旧的作业簿所散发出来的霉味，让我难以清晰地去感受当初立誓偿还的心情，取而代之的是微微的惊讶。这惊讶的出现，使我回想起了南门的柳树。我记得在一个初春的早晨，突然惊讶地发现枯干的树枝上布满了嫩绿的新芽。这无疑是属于美好的情景，多年后在记忆里重现时，竟然和暗示昔日屈辱的语文作业簿紧密相连。也许是记忆吧，记忆超越了尘世的恩怨之后，独自来到了。

我在家里的处境越来越糟时，又发生了一件事，这事导致了我和家人间永远无法消除的隔膜，使我不仅在家中，而且在村里声名狼藉。

村里王家的自留地和我家的紧挨在一起。王家两兄弟在村里是最强壮的，那时候王家兄长已经结婚，最大的孩子和我弟弟一样的年龄。为自留地争吵在南门是常有的事，我已经记不清那次争吵的具体原因，只记得那是傍晚的时刻，我坐在池塘旁，看着自己的父母和兄弟站在那里，和王家六口人争执不休。我家的人显得势单力薄，就是声音都没有人家响亮。尤其是我的弟弟，骂人时还没有王家同龄的孩子口齿清楚。村里的人几乎都站在了那里，有几个人出来规劝，都被他们双方挡了回去。后来我突然看到父亲挥舞着拳头冲了上去，却让王家弟弟王跃进一把抓住了手腕，接着一拳就将我父亲打进了稻田。父亲破口大骂，水淋淋地想爬上来，被王跃进一脚又踢回到稻田里。父亲几次想爬上来，都被踢了回去。我看到母亲嘶叫着撞向王跃进，他顺手一推，母亲也摔进了稻田。我的父母就像是两只被扔进水里的鸡一样，狼狈不堪地挣扎着。两人挤在一起的耻辱情景使我心酸地低下了头。

后来，我的哥哥挥着菜刀冲了过去，我弟弟则提着镰刀紧随其后。哥哥手中的菜刀向王跃进的屁股上砍去。

接下去的情形出现了急剧的变化，刚才还十分强大的王家两兄弟，在我哥哥菜刀的追赶下，仓皇地往家中逃去。我哥哥追到他们家门口时，两兄弟各持一把鱼叉对准了我哥哥。我的哥哥挥起菜刀就往鱼叉上扑过去。在不要命的哥哥面前，王家兄弟扔了鱼叉就逃。

弟弟在哥哥精神的鼓舞下，举着镰刀哇哇大叫，也显得英勇无比。但他跑起来重心不稳，自己将自己绊倒了好几次。

在这场争端里，由于我一直坐在池塘旁观看，村里不管是支持父亲的人，还是反对父亲的人，甚至是王家的人，都认为在这个世界上再也找不出像我这么坏的人了。在家中，我的处境也就可想而知。我的哥哥则成了众口皆碑的英雄。

有一段时间，我坐在池塘旁，或者割草的时候，喜欢偷偷观察苏家。两个城里的孩子出来的时候并不多，他们走得最远的一次是来到村口的粪池旁，但马上又回去了。一天上午，我看着他们从屋里出来，站在屋前的两棵树中间，用手指指点点说着什么，然后走到一棵树下，哥哥将身体蹲下去，弟弟扑在了他背脊上。哥哥将弟弟背到了另一棵树下，此后是弟弟背着哥哥回到了刚才那棵树旁。两个孩子轮流地重复着这样的动作，每当一个压到另一个身上时，我就会听到令人愉快的笑声。兄弟两人的笑声十分相似。

后来从城里来了三个泥瓦匠，拉来了两板车红砖。苏家的屋前围起了围墙，那两棵树也被围了进去，我就再没看到苏家兄弟令我感动的游戏。不过我经常听到来自围墙里的笑声，我知道他们的游戏仍在进行。

他们的父亲是城里医院的医生。我经常看到这个皮肤白净、嗓音温和的医生，下班后在那条小路上从容不迫地走来。只有一次，医生没有走着回家，而是骑着一辆医院的自行车出现在那条路上。那时我正提着满满一篮青草往家中走去。身后的铃声惊动了我，我听到医生在车上大声呼喊他的两个儿子。

苏家兄弟从屋里出来后，为眼前出现的情景欢呼跳跃。他们欢快地奔向自行车，他们的母亲站在围墙前，微笑地看着自己的家人。

医生带着他的两个儿子，骑上了田间小路。坐在车上的两个城里孩子发出了激动人心的喊叫。坐在前面的弟弟不停地按响车铃。这情景让村里的孩子羡慕不已。

在我十六岁读高中一年级时，我才第一次试图去理解家庭这个词。我对自己南门的家庭和在孙荡的王立强的家庭犹豫了很久，最后终于确定下来的理解，便是对这一幕情景的回忆。

我和医生的第一次接触，是发生在那次自留地风波之前的事。

那时候我回到南门才几个月，我的祖父还没有死，他在我们家住满一个月以后，去我叔叔家了。那次我持续高烧了两天，口裂舌燥地躺在床上，脑袋昏昏沉沉的。刚好我们家的母羊要下崽了，一家人全在羊棚里。我独自一人躺在屋内，迷迷糊糊地听着他们纷乱的声音，我兄弟的尖嗓音时刻在中间响起。

后来是母亲走到我床边，嘴里说了一句什么后又出去了。母亲再次进来时，身旁有一个人，我认出是苏家的医生。医生用手掌在我额上放了一会，我听到他说：

“有三十九度。”

他们出去以后，我感到羊棚那边的声音嘈杂起来。医生的手掌刚才在我额上轻轻一放，我所经历的却是亲切感人的抚摸。没过多久，我听到了苏家两个孩子在屋外说话的声音，后来才知道他们是给我送药来的。

病情好转以后，我内心潜藏的孩子对成年人的依恋，开始躁动起来。我六岁离开南门以前，我和父母之间是那么亲切，后来在孙荡的五年生活里王立强和李秀英也给予了我成年人的爱护，可是当我回到南门以后，我一下子变得无依无靠了。

最初的日子，我经常守候在医生下班回家的路上，看着他从远处走来，想象着他走到跟前对我说的那些亲切的话语，并期待着他再次用宽大的手掌抚摸我的前额。

然而医生从来就没有注意我，现在想来是他根本就不会注意我是谁，为什么总是站在那里。他总是匆匆从我身旁走过，偶尔也会看我一眼，可他用的是一个陌生人看另一个陌生人的眼光。

医生的两个儿子，苏宇和苏杭，不久以后也加入到村里的孩子中间。那时我的兄弟在田埂上割草，我看着苏家的两个孩子犹犹豫豫地走过去，他们边走边商量着什么。我的哥哥，当时感到自己可以指挥一切的哥哥，向他们挥着手中的镰刀，叫道：

“喂，你们想割草吗？”

苏宇在南门很短的生活里，只有一次走过来和我说话。我至今记得他当初腼腆的神情，他的笑容带着明显的怯意。他问我：

“你是孙光平的弟弟？”

苏家在南门只住了两年，我记得他们搬走的那天下午，天空有些阴沉。最后一车家具是由医生拉着走的，两个孩子在车的左右推着。他们的母亲提着两篮零碎的东西跟在最后。

苏宇十九岁的时候，因脑血管破裂而死去。我得到他死讯时，已是第二天下午。那天我放学回家，路过以前是苏家的房屋时，心中涌上的悲哀使我泪流满面。

在我记忆里，哥哥进入高中以后，身上出现了显著的变化。现在想来，我倒是十分怀念十四岁时的哥哥。那时的哥哥虽然霸道，身上的骄傲却令人难忘。我的兄弟坐在田埂上，指挥着苏家兄弟为他割草，这情景在很长一段时间里一直代表着哥哥的形象。

我哥哥升入高中没多久，开始结交城里同学。与此同时，他对村中孩子的态度变得越来越冷漠。随着哥哥的城里同学陆续不断地来到我家，我的父母觉得脸上光彩，甚至村里的几个老人也断言，认为村中孩子里最有出息的是我的哥哥。

那段时间里，经常有两个城里的年轻人凌晨跑到村旁来大喊大叫。他们的喊声坑坑洼洼高低不平，尤其是嗓子喊破的一瞬间，听起来毛骨悚然，村里人起初还以为是在闹鬼。

这事给我哥哥留下了深刻的印象，有一次他神情黯然地说：

“当我们想成为城里人时，城里人却在想成为歌唱家。”

哥哥显然是村里孩子中最早接受现实的提醒，他开始预感到自己一生都将不如城里同学，这是他对内心自卑的最初感受。公正地说，我哥哥结交城里同学是他一贯骄傲的延伸。城里同学的来到无疑抬高了他在村中的身价。

我哥哥的第一次恋爱是升入高中二年级时出现的。他喜欢上一个粗壮的女同学，是城里一个木匠的女儿。我几次看到哥哥在学校的某个角落，从书包里拿出一包瓜子偷偷塞给她。

她经常嗑着我们家的瓜子出现在操场上，她吐瓜子壳时的放肆劲，仿佛她已经儿女成群。有一次她吐出瓜子壳以后，我看到她嘴角长时间挂着一条唾沫。

那时候我哥哥和他的同学开始谈论女人了。我坐在屋后的池塘边，听着那些过去闻所未闻的话。关于乳房、大腿等一些赤裸裸的话语从后窗飘出，我听得心惊肉跳。后来他们开始谈论自己，哥哥起先闭口不谈，在他城里同学怂恿下，他说出了自己和那个女同学的关系。他相信了他们绝不泄密的誓言，另一方面是他心血来潮。显然我的哥哥夸张了和那个女同学的关系。

不久之后，那个女同学站在操场的中央，她身边站着几个同样放肆的女生。她向我哥哥喊叫，要他过去。

我看到哥哥忐忑不安地走过去，他可能预感到将会发生什么。这是我第一次看到他的恐惧。

她问："你说我喜欢你？"

我的哥哥满脸通红。那时我已经走开了，我没有看到一贯自信的哥哥在不知所措之后的狼狈不堪。

她在身旁女同学助威的哄笑里，将吃剩的瓜子扔向了我哥哥的脸。

这天放学以后，我哥哥很晚才回来，没吃饭就躺到了床上。几乎整整一夜，我在迷迷糊糊之中听到他在床上翻来覆去的声响。第二天他还是忍受住了耻辱，走上了上学之路。

哥哥知道是城里同学出卖了他，他并不因此表现出一丝愤怒，甚至连责怪的意思都没有。他继续着和他们的亲密交往，我知道他这样做是不愿让村里人看到城里同学一下子都不来了。然而哥哥的努力最终还是失败了。当他们高中毕业以后，一个个陆续参加了工作，便不再像以前那么游手好闲，所以哥哥也到了被他们抛弃的时候了。

当哥哥的城里同学不再光顾我家，这天临近傍晚的时候，苏宇意外地来到了，自从搬走以后，苏宇还是第一次来到南门。当时我和哥哥在菜地里，正在做饭的母亲看到苏宇来到后，以为是来找我哥哥的。我母亲站在村口激动无比呼喊着哥哥的情景，多年后回想时令我感慨万分。

当哥哥跳上田埂回到家中时，苏宇的第一句话却是问他：

“孙光林呢？”

于是母亲在惊愕中明白了苏宇是来找我的。哥哥则冷静得多，他神态随便地告诉苏宇：

“他在菜地里。”

苏宇没想到那时应该和他们说上几句话，他没有丝毫礼貌的表示就离开了他们，走向菜地里的我。

苏宇来找我，是为了告诉我他参加工作的事，他去的地方是化肥厂。我们两人在田埂上坐了很久，在晚风里共同望着那幢苏家昔日的房屋。苏宇问我：

“现在是谁在住？”

我摇摇头。有一个小女孩经常从那里走出来，她的父母也能经常看到，但我不知道他们是谁。

苏宇是在天黑的时候回去的，我看着苏宇弓着背消失在那条通往城里的路上。不到一年，他就死去了。

我高中毕业时，高考已经恢复。当我考上大学后，却无法像苏宇参加工作时来告诉我那样，去告诉苏宇。我曾经在城里的一条街道上看到过苏杭，苏杭骑着自行车和几个朋友兴高采烈地从我身旁疾驶而过。

我参加高考并没有和家里人说，报名费也是向村里一个同学借的。一个月后我有了钱去还给那位同学时，他说：

“你哥哥已经替你还了。”

这使我吃了一惊。我接到录取通知后，哥哥为我准备了些必需品。那时我的父亲已经和斜对门的寡妇勾搭上了，父亲常常在半夜里钻出寡妇的被窝，再钻进我母亲的被窝。他对家中的事已经无暇顾及。当哥哥将我的事告诉父亲，父亲听后只是马马虎虎地大叫一声：

“怎么？还要让那小子念书，太便宜他啦。”

当父亲明白过来我将永久地从家里滚蛋，他就显得十分高兴了。

我母亲要比父亲明白一些，在我临走的那些日子，母亲总是不安地看着我哥哥，她更为希望的是我哥哥去上大学。她知道一旦大学毕业就能够成为城里人了。

走时只有哥哥一人送我。他挑着我的铺盖走在前面，我紧跟其后。一路上两人都一言不发。这些日子来哥哥的举动让我感动，我一直想寻找一个机会向他表达自己的感激，可是笼罩着我们的沉默使我难以启齿。直到汽车启动时，我才突然对他说：

“我还欠了你一元钱。”

哥哥不解地看着我。

我提醒他：“就是报名费。”

他明白了我的意思，我看到他眼睛里流露出了悲哀的神色。

我继续说：“我会还给你的。”

汽车驶去以后，我探出车窗去看哥哥。他站在车站外面的树下，茫然若失地看着我乘坐的汽车远去。

不久之后，南门的土地被县里征用建起了棉纺厂，村里的人一夜之间全变成了城镇居民。虽然我远在北京，依然可以想象出他们的兴奋和激动。尽管有些人搬走前哭哭啼啼的，我想他们是乐极生悲了。管仓库的罗老头到处向人灌输他的真理：

“工厂再好迟早也要倒闭，种田的永远不会倒闭。”

然而多年后我回到家乡，在城里的一条胡同口见到罗老头时，这个穿着又破又脏的棉衣的老头得意洋洋地告诉我：

“我现在拿退休工资了。”

我远离南门之后，作为故乡的南门一直无法令我感到亲切。长期以来，我固守着自己的想法。回首往事或者怀念故乡，其实只是在现实里不知所措以后的故作镇静，即便有某种感情伴随着出现，也不过是装饰而已。有一次，一位年轻女子用套话询问我的童年和故乡时，我竟会勃然大怒：

“你凭什么要我接受已经逃离了的现实。”

南门如果还有值得怀念的地方，显然就是那口池塘。当我得知南门被征用，最初的反应就是对池塘命运的关心。那个使我感到温暖的地方，我觉得已被人们像埋葬苏宇那样埋葬掉了。

十多年后我重返故乡，在一个夜晚独自来到南门。那时成为工厂的南门，已使我无法闻到晚风里那股淡淡的粪味了，我也听不到庄稼轻微的摇晃。尽管一切都彻底改变，我还是准确地判断出了过去的家址和池塘的方位。当我走到那里时心不由一跳，月光让我看到了过去的池塘依然存在。池塘的突然出现，使我面临了另一种情感的袭击。回忆中的池塘总是给我以温暖，这一次真实的出现则唤醒了我过去的现实。看着水面上漂浮的脏物，我知道了池塘并不是为了安慰我而存在的，更确切地说，它是作为过去的一个标记，不仅没有从我记忆里消失，而且依然坚守在南门的土地上，为的是给予我永远的提醒。

婚 礼

我坐在池塘旁的那些岁月，冯玉青在村里洋溢着青春气息的走动，曾给过我连续不断的憧憬。这个年轻的女子经常是手提木桶走来，走到井台旁时，她的身体就会小心翼翼。她的谨慎便要引起我的担忧，担忧井旁的青苔会将她滑倒。她将木桶放入井中弯腰时，脑后的辫子就会掉落到胸前垂挂在那里，我看到了多么美妙的摇晃。

有一年夏天，也就是冯玉青在南门的最后一年。我在中午看到冯玉青走来时，突然产生了不同于以往的感觉。当时的冯玉青身穿碎花布衫，我看到了乳房在衣服里的颤动，这情景使我头皮一阵阵发麻。几天以后，我上学路过冯玉青家门口时，这个丰满的姑娘正站在门口，迎着朝阳的光芒梳理头发，她的脖子微偏向左侧，初升的阳光在她光洁的脖子上流淌，沿着优美的身姿曲折而下，高高抬起的双臂，使她浅色的腋毛清晰地呈现在晨风里。这两幕情景的交替出现，我此后再看到冯玉青时，感到自己的目光畏缩不前了。我内心针对冯玉青的情感已不再那么单纯，来自生理的最初欲念已经置身其中。

令我吃惊的是哥哥孙光平不久之后夜晚的一个举动，这个十五岁的男孩，显然比我更早发现冯玉青身上散发出来的诱惑。那个月光明亮的夜晚，孙光平在井台打了水往回走去时，冯玉青迎面走来。两人擦肩而过的一瞬间，孙光平的手突然伸向了冯玉青的胸脯，随后迅速缩回。孙光平急步往家里走去，冯玉青则被他的举动弄得大吃一惊，她怔怔地站在那里，直到看到我以后才恢复了常态，走到井旁去打水。我注意到她打水时不停地将垂到胸前的辫子往后甩去。

开始的几天里，我一直觉得冯玉青会找上门来，起码她的父母也会来到。那几天孙光平的眼睛总是惊慌不安地向门外张望，他害怕的事一直没有出现，才逐渐恢复了昔日的神气。有那么一次我看到孙光平和冯玉青迎面走到一起，孙光平露出讨好的笑容，冯玉青却铁青着脸迅速走去。

我弟弟孙光明也注意到了冯玉青的诱惑。这个十岁的孩子在生理上还莫名其妙的时候，就会向走来的冯玉青喊道：

“大乳房。”

我脏乎乎的弟弟那时正坐在地上，手里玩着一块索然无味的破砖瓦。他向冯玉青发出傻笑时，嘴角流淌着愚蠢的口水。

冯玉青脸色通红，低着头往家中走去。她的嘴微微歪斜，显然她是在努力控制自己的笑容。

就是这一年秋天，冯玉青的命运出现了根本的变化。我记得非常清楚，那天中午放学回家路过木桥时，我看到了与往常判若两人的冯玉青，在众多围观的人中间，紧紧抱住王跃进的腰。这一幕情形给当时的我以沉重一击，那个代表着我全部憧憬的姑娘，神情茫然地看着周围的人，她的眼睛里充斥着哀求和苦恼。而旁人看着她的目光却缺乏应有的同情，他们更多的是好奇。被抱住的王跃进嬉笑地对围观的人说：

“你们看，她多下流。”

人们发出的笑声丝毫没有影响她，她的神态只是更为严肃和执著，有一会她闭上了眼睛。冯玉青闭上眼睛的那一刻，我心里百感交集。她所紧紧抱住的是不属于她的东西，那具身体的离去迟早总会实现。现在我眺望往事时，仿佛看到她所抱住的不是一个人，而只是空气。冯玉青宁愿丧失名誉，克服羞怯去抱住这空空荡荡。

王跃进软硬兼施，一会辱骂，一会调笑，都无法使冯玉青松手。他摆出一副无可奈何的样子说：

“还有这种女人。”

面对王跃进的连续侮辱，冯玉青始终没有申辩。也许是发现无法求得旁人的同情，她将目光转向流动的河水。

“你他娘的到底要干什么？”

王跃进响亮地喊了一声，怒气冲冲地去拉她捏在一起的双手。我看到冯玉青转过脸来咬紧牙齿。

王跃进的努力失败后，嗓音开始低沉下去，他说：

“你说吧，你要我干什么？”

那时冯玉青才轻声说：

“你陪我上医院去检查。”

冯玉青说这话时没有一丝羞怯，她的声音异常平静，仿佛找到目标以后开始心安理得。这时候她看了我一眼，我感到她的目光和我的身体一起颤抖起来。

王跃进这时说：

“你得先松开手，要不我怎么陪你去。”

冯玉青犹豫了一下松开了手，解脱了的王跃进拔腿就跑，他跑开时还回过头来喊道：

“要去你自己去。”

冯玉青微皱着眉看着逃跑的王跃进，然后又看了看围观的人，她第二次看到了我。她没有去追赶王跃进，而是独自一人向城里医院走去。村上几个放学回家的孩子一直跟着她到医院，我没有去，我站在木桥上看着她走远。冯玉青走去时将刚才弄乱的辫子放开，我看到她用手指梳理起长长的黑发，接着边走边结起了辫子。

这个往常羞羞答答的姑娘，那时候显得十分镇静。她内心的不安只是通过苍白的脸色略有显露。冯玉青对一切都置之度外了，她在医院挂号处挂号时，像一个结了婚的女人那样平静地要了妇科的号。当她在妇科里坐下来后，依然平静地回答了医生的询问，她说：

“检查是不是怀孕。”

医生注意到了病历上注明未婚这一栏，问她：

“你还没结婚？”

“是的。”她点点头。

我同村的三个男孩看着她手拿一只茶色的玻璃小瓶走进女厕所，她出来时神情庄重。在等待尿液检验结果时，她像一个病人那样坐在走廊的长凳上，两眼望着化验室的窗口出神。

后来知道自己没有怀孕，她才慢慢地失去了镇静。她走到医院外面一根水泥电线杆旁，身体靠上去后，双手捂着脸哭泣起来。

她的父亲，年轻时能够一气喝两斤白酒，现在仍然能喝一斤多的老人，在那个夕阳西下的傍晚，站在王家的屋前，跺着脚破口大骂。他的叫骂声在傍晚的风里飘满全村。然而对于村里的孩子来说，他所有的咒骂都抵不上那句唯一的充满委屈的诉说：

“我女儿都让你睡过啦。”

直到半夜以后，村里的孩子嘴上就像挂着鼻涕一样还挂着这句话。他们看到他时，会远远地齐声喊叫：

“我女儿都让你睡过啦。”

我在南门所目睹的几次婚礼中，王跃进的婚礼令我难忘。这个身材高大，曾经被孙光平拿着菜刀追赶得到处乱窜的年轻人，那天早晨穿上了全新的卡其布中山服，像一个城里来的干部似的脸色红润，准备过河去迎接他的新娘。那时候他们全家所有人都为他即将来到的婚礼上蹿下跳，唯有他因为穿上了新衣服就显得无所事事。我上学走过他家屋前时，他正在说服同村一个年轻人陪他去迎接新娘，他告诉这个人：

“没有别人了，就你还没结婚。”

那人说：“我早不是童男子了。”

他的说服如同例行公事一样马马虎虎，被说服的人也不是不愿去，无非是因为无聊而作出的某种表示。

这次婚礼宰了两头猪和几十条草鱼，这一切都是在村里晒场上进行的。猪血和鱼鳞在晒场上盘踞了一上午，直到我们放学回家时，晒场才被清理出来，摆上了二十张圆桌。那时候孙光明的脸上贴满了鱼鳞，一身腥臭地对走过去的孙光平说：

“你数数，我有多少眼睛？”

孙光平像是父亲似的训斥他：

“去洗掉。”

我看到孙光平一手抓住孙光明脖后的衣领，把他往池塘拉去。孙光明小小的自尊心顿时受到了损害，他扯着尖细的嗓音破口大骂：

“孙光平，我操你娘。”

迎亲的队伍是在上午出发的。一支目标一致、却松松垮垮的队伍在节奏混乱的锣鼓声里，越过了那条后来取走孙光明生命的河流，走向了王跃进的床上伙伴。

来自邻村的新娘是个长得很圆的姑娘，羞羞答答地走进村里。她似乎认为村里没有人知道她曾在黑夜里来过多次，所以在表现羞怯时理直气壮。

那次婚礼孙光明足足吃了一百五十来颗蚕豆，以至那天晚上在睡梦里他依然臭屁滚滚。翌日上午孙光平向他指出这一点时，他嘻嘻傻笑了半天。他认为自己已吃了五颗水果糖，至于蚕豆他就没工夫去数了。孙光明在临死的前一天，还坐在门槛上向孙光平打听村里谁快要结婚了，他发誓这次要吃十颗水果糖。他说这话时鼻涕都流进了嘴巴。

我经常想起这个过早死去的弟弟，在那个下午争抢水果糖和蚕豆时的勇猛情形。王跃进的嫂子拿着一个竹篮出来时，孙光明并不是最早冲上去的，但他却最先扑倒在地。那一篮蚕豆里只夹杂着几十颗水果糖。王家嫂子像喂鸡一样将篮中的食物倒向围上去的孩子。我哥哥孙光平扑下去时，脸颊遭受另一个孩子膝盖的无意一击。脾气暴躁的哥哥当时只顾去揍那个孩子，从而一无所获。孙光明就完全不一样了，他扑下去抢水果糖和蚕豆时经受住了各种打击。以至他后来满嘴泥土在地上坐了半天，龇牙咧嘴地抚摸着脑袋和耳朵，同时告诉孙光平他的腿也伤痕累累。

孙光明抢到七颗水果糖和满满一把蚕豆，他坐在地上将它们和泥土碎石子小心翼翼地分开。孙光平站在一旁虎视眈眈地看着四周贪婪盯着弟弟的孩子，使他们谁也不敢上前去抢孙光明手中的食物。

然后孙光明分给了孙光平一小把蚕豆和一颗水果糖，孙光平接过去后十分不满地说：

“就这么一点。”

孙光明摸着自己被挤红的耳朵犹豫地看着孙光平，然后似乎是有些感伤地拿出一颗水果糖和一撮蚕豆递给哥哥。当哥哥仍没有走开的意思时，他尖细的嗓子充满威胁地叫起来：

“你再要，我就哭啦。”

新娘是中午时分走进村子的，这个圆脸圆屁股的姑娘虽然低着头，可她对婚姻的自得和她的微笑一样明显。拥有同样神态的新郎，显然已经忘记了几天前是如何被冯玉青紧紧抱住的，他神采飞扬地走来时，右手十分笨拙地向我们挥舞着。我这时候内心洋溢出宁静的愉快，因为我心目中美好的冯玉青脱离了王跃进的玷污。然而当我往冯玉青家中望去时，一股难言的忧伤油然而生，我看到了自己心里憧憬的化身正无比关切地注视着这里。冯玉青站在屋前，神情茫然地望着正在进行的与她无关的仪式。在所有人里，只有冯玉青能够体味到被排斥在外是什么滋味。

然后他们坐在村里晒场上吃喝起来。我父亲孙广才晚上睡觉时扭伤了脖子，此刻他光着半边膀子像个绿林好汉一样坐在那里。站在身后的母亲喝了一口喜庆的白酒，喷到了父亲的肩上，父亲被母亲的手揉搓得摇摇晃晃，他哎哟叫唤时显得脆弱可爱，但这一点也不影响他大口喝酒。父亲的筷子夹着一大块肉放进嘴里时，让站在一旁的孙光平和孙光明口水直流，孙广才不停地扭头去驱赶自己的儿子：

“滚开。”

他们一直从中午吃到晚上天黑，婚礼的高潮是在下午来到的。那时冯玉青手提一根草绳意外地出现了，王跃进没有看到她走来，当时他正和同村的一个年轻人碰杯。当有人拍他肩膀时，他才看到冯玉青已经站在身后了。这位春风得意的年轻人立刻脸色惨白，我记得杂声四起的晒场在那一刻展现了声响纷纷掉落的图景，从而让远处的我清晰地听到了冯玉青当时的声音：

“你站起来。”

王跃进重现了他在孙光平菜刀追赶下的慌乱，这个身材高大的年轻人像个动作迟缓的老人那样站了起来。冯玉青拿走了他坐的凳子，来到晒场旁一棵树下。在众目睽睽之下，冯玉青站到了凳子上，她的身体在秋季的天空下显得十分挺拔，我看到那微仰的身姿美丽动人。她将草绳系在树枝上。

这时罗老头喊叫起来：“要出人命啦。”

站在凳子上的冯玉青似乎是奇怪地望了他一眼，然后动作文静地将草绳布置出一个能将脑袋伸进去的圆圈。接着她跳下了凳子，她当初跳下的姿态透露出了女孩的活泼。然后是庄重离去。

鸦雀无声的晒场在冯玉青离去后又杂声四起，脸色苍白的王跃进浑身哆嗦地开始大声咒骂，他在表达自己气愤时缺乏应有的理直气壮。我原以为他会走过去扯下那根草绳，结果他却坐在别人给他的凳子上再也没有站起来。他那已经明白一切的新娘，在当时倒是相对要冷静得多。新娘坐在那里目光发直，她唯一的动作就是将一碗白酒一气喝干。她的新郎不时偷看那根草绳以及新娘的脸色。后来他哥哥取下了草绳，他依然时时朝那里张望。这样的情景一直持续了很久。草绳如同电影来到村里一样，热闹非凡地来到这个婚礼上，使这个婚礼还没有结束就已悬梁自尽。

没过多久新娘就醉了，她发出了毛骨悚然的哭喊声，同时摇摇晃晃地站起来宣告：

“我要上吊。”

她向那已经不存在的草绳倾斜着走去时，被王跃进的嫂子紧紧抱住，这个已生过两个孩子的女人向王跃进大叫：

“快把她扶到屋里去。”

新娘被几个人架进屋去时，仍然执著地喊叫：

“我要上吊。”

过了好一阵，王跃进他们几个人才从屋里出来。可他们刚出来，新娘又紧随而出了。这次她手里握着一把菜刀，架在脖子上。人们听不清她是在哭还是在笑，只听到她喊：

“你们看哪。”

那时冯玉青坐在屋前的台阶上，远远地看着这一切。我忘不了她当初微斜着脸，右手托住下巴时的沉思模样，风将她的头发在眼睛前吹来吹去。她对远处杂乱的情景似乎视而不见，仿佛看着的是镜中的自己。正是那一刻，冯玉青不再关心正在进行着的婚礼，她开始为自己的命运迷惑不解。

几天以后，一个货郎来到了村里。这个四十来岁，穿着灰色衣服的男人，将货郎担子放在了冯玉青的屋前。他用外乡人的口音向站在门口的冯玉青要了一碗水喝。

村里的孩子在他身旁围了一阵后又都散开了，货郎来到这个离城太近的地方显然是路过，可他在冯玉青屋前一直坐到天黑。

我几次经过那里，总是听到货郎喑哑的嗓音疲惫地诉说着走南闯北的艰难。货郎微笑时神情苦涩，而冯玉青专心倾听的眼神却是变幻莫测，她坐在门槛上，依然是手托下巴的模样。货郎只是偶尔几次扭回头去看看冯玉青。

货郎是在夜晚月光明媚的时刻离开南门的，他离去后冯玉青也在南门消失了。

死 去

我的弟弟，从哥哥脸上学会了骄傲的孙光明，在那个夏日中午走向河边去摸螺蛳。我又一次看到了当时的情景，孙光明穿着一条短裤衩，从屋角拿起他的割草篮子走了出去。屋外的阳光照射在他赤裸的脊背上，黝黑的脊背看上去很油腻。

现在眼前经常会出现模糊的幻觉，我似乎能够看到时间的流动。时间呈现为透明的灰暗，所有一切都包孕在这隐藏的灰暗之中。我们并不是生活在土地上，事实上我们生活在时间里。田野、街道、河流、房屋是我们置身时间之中的伙伴。时间将我们推移向前或者向后，并且改变着我们的模样。

我弟弟在那个失去生命的夏日走出房屋时，应该说是平淡无奇，他千百次这样走出房屋。由于那次孙光明走出去后所出现的结局，我的记忆修改了当初的情景。当我的目光越过了漫长的回忆之路，重新看到孙光明时，他走出的已经不是房屋。我的弟弟不小心走出了时间。他一旦脱离时间便固定下来，我们则在时间的推移下继续前行。孙光明将会看着时间带走了他周围的人和周围的景色。我看到了这样的真实场景：生者将死者埋葬以后，死者便永远躺在那里，而生者继续走动。这真实的场景是时间给予依然浪迹在现实里的人的暗示。

村里一个八岁的男孩，手提割草篮子在屋外等着我弟弟孙光明。我注意到了弟弟身上的微妙变化，孙光明已经不像过去那样紧随在我哥哥孙光平身后，他喜欢跑到几个孙光平不屑一顾的七八岁男孩中间，从而享受一下孙光平那种在村里孩子中的权威。我坐在池塘旁时，经常看到孙光明在那几个走起路来还磕磕绊绊的孩子簇拥下，像亲王一样耀武扬威地走来或者走去。

那天中午，我从后窗看着孙光明向河边走去。他脚蹬父亲宽大的草鞋，在泥路上拍打出弥漫着的灰尘。弟弟尖细的屁股和瘦小的脑袋由父亲的大鞋负载着向前，孙光明走到刚搬走的苏家屋前，将篮子顶到了头上，于是我弟弟一贯调皮的身体一下子变得僵直了。孙光明希望将其技艺维持到河边，但篮子不与他合作，滚落到路旁稻田里。孙光明只是略略回头以后继续前行。那个八岁的孩子爬进了稻田，替孙光明捡起了篮子。就这样，我一直看着孙光明洋洋自得地走向未知之死，而后面那个还将长久活下去的孩子，则左右挎着两个篮子，摇摇晃晃并且疲惫不堪地追赶着前面的将死之人。

死没有直接来到孙光明身上，它是通过那个八岁的孩子找到我弟弟的。当孙光明沿着河边摸螺蛳时，八岁的孩子无法摆脱对水的迷恋，往深处开始了无知的移动，接着便是一瞬间踩空淹没在河水里。孩子在水中挣扎发出了呼喊声,呼喊声断送了我的弟弟。

孙光明是为了救那个孩子才淹死的。将舍己救人用在我弟弟身上，显然是夸大其词。弟弟还没有崇高到愿意以自己的死去换别人的生。他在那一刻的行为，来自于他对那几个七八岁孩子的权威。当死亡袭击孙光明手下的孩子时，他粗心大意地以为自己可以轻而易举地去拯救。

被救的孩子根本无法回忆当初的情景，他只会瞠目结舌地看着询问他的人。几年以后，当有人再度提起这事时，那孩子一脸的将信将疑，仿佛这是别人编造的。若不是村里有人亲眼所见，孙光明很可能被认为是自己淹死的。

事情发生时，那人刚好走在木桥上。他看到孙光明推了那孩子一把，接下去的情形便是那孩子惊慌失措地逃向岸边，而孙光明在水中挣扎。我的弟弟最后一次从水里挣扎着露出头来时，睁大双眼直视耀眼的太阳，持续了好几秒钟，直到他被最终淹没。几天以后的中午，弟弟被埋葬后，我坐在阳光灿烂的池塘旁，也试图直视太阳，然而耀眼的光芒使我立刻垂下了眼睛。于是我找到了生与死之间的不同，活着的人是无法看清太阳的，只有临死之人的眼睛才能穿越光芒看清太阳。

当那人失魂落魄地奔跑过来时，我不知道发生了什么。他的喊叫像破碎的玻璃片一样纷纷扬扬。那时孙光平正用镰刀削地瓜吃，我看到哥哥将镰刀一扔，奔出屋外。孙光平边跑边呼喊父亲，父亲孙广才从菜地里跑了出来，父子俩急步奔向河边。我的母亲也在那条路上出现，她手里捏着的头巾在奔跑的路上上下舞动。我听到了母亲凄厉的哭声，母亲的哭声在那一刻让我感到，即便弟弟还活着也将重新死去。

一直以来我都担忧家中会再次出现什么。我游离于家人之外的乖僻，已被村里人习以为常。对我来说被人遗忘反而更好，可是家中一旦出事我就会突出起来，再度让人注意。看着村里人都向河边跑去时，我感到了巨大的压力。我完全可以遵循常理跑向河边，可我担心自己的行为会让家人和村里人认为是幸灾乐祸。这样的时刻我只能选择远远离开，那天晚上我半夜才回到家中。天黑以后，我就来到了河边，河水在月光下潺潺流动，一些来自陆地的东西在河面上随波逐流，河水流淌的声音与往常一样清脆悦耳。刚刚吞没了我弟弟的河流，丝毫没有改变一如既往的平静。我望着远处村里的灯火，随风飘来嘈杂的人声。母亲嘶叫般的哭声时断时续，还有几个女人为了陪伴母亲所发出的哭声。这就是哀悼一个生命离去的遥远场景。刚刚吞没了一个生命的河流却显得若无其事。我是在那个时候知道河流也是有生命的，它吞没了我的弟弟，是因为它需要别的生命来补充自己的生命。在远处哭喊的女人和悲痛的男人，同样也需要别的生命来补充自己的生命。他们从菜地里割下欢欣成长的蔬菜，或者将一头猪宰杀。吞食了另外生命的人，也会像此刻的河水一样若无其事。

孙光明是由孙广才和孙光平跳入河水里打捞上来的。他们在木桥下捞起了孙光明，孙光明被拖到岸上时，他的脸呈现了青草的颜色。已经疲惫不堪的孙广才抓起孙光明的双脚，将儿子的身体倒提起来，用脊背支撑着在那条路上奔跑。孙光明的身体在父亲的脊背上剧烈晃动，他的脑袋节奏鲜明地拍打着父亲的小腿。我的哥哥跑在后面。在那个夏日中午，三具湿淋淋的身体在尘土飞扬的路上奔跑时仿佛乱成一团。他们身后是依然手捏头巾哭叫着的母亲，还有乱糟糟的村民。

奔跑的孙广才脑袋逐渐后仰，他气喘吁吁脚步越来越慢，最后停了下来，嘴里叫唤着孙光平。孙光平从父亲脊背上接过弟弟，倒提着继续跑。落在后面的孙广才断断续续地叫着：

“跑——别停——跑——”

我父亲看到孙光明倒垂的头颅正往下滴水，那是我弟弟身体和头发里的水。孙广才以为孙光明是口中吐水，那时他还不知道孙光明已经一劳永逸地离去了。

跑出二十来米的孙光平开始摇摇摆摆，孙广才依然叫着：

“跑——跑——”

我看到哥哥的身体终于倒下，孙光明被摔到了一边。孙广才再次提起儿子向前跑去。虽然孙广才摇晃不止，他那时所跑出来的速度令人吃惊。

当母亲和村里人赶到我家门口时，我的父亲已经知道儿子死去了。由于过度紧张和劳累，孙广才跪在地上呕吐不止。孙光明则四肢舒展地躺在榆树下，树叶为他遮挡着夏日猛烈的阳光。我哥哥孙光平是最后走来的，他看到呕吐的父亲后，也在不远处跪了下来，面对着父亲开始了他的呕吐。

那个时候，只有母亲表现出了正常人的悲哀。她在嘶叫和呜咽之间，身体上下起伏。我的父兄终止了呕吐，两个浑身布满尘土的人仍然跪在那里，呆若木鸡地看着眼前这个哭叫的女人。

死去的弟弟被安放在桌子的中央，他的身下铺着一张破旧的草席，上面由床单覆盖。

我父亲孙广才和哥哥孙光平恢复常态后，第一桩事就是走至井边打上来一桶水，两人轮流着喝完，然后各提一只篮子进城去买豆腐了。走时父亲脸色发青地让旁人转告那个被救孩子的家人：

“我回来再去找他们。”

那天晚上村里人都预感着要出事了。我的父兄从城里回来，请人去吃悼念死者的豆腐饭时，村里人几乎都去了，只有被救孩子的家人迟迟没有出现。

被救孩子的父亲是晚上九点过后才独自来到，他的几个兄弟没有来，看来他是准备自己承受一切。他严肃地走进了屋子，先是跪在死者身旁叩三个头，然后站起来说：

“今天村里人都在。”他看到了队长，“队长也在。孙光明是救我儿子死的，我很悲痛。我没办法让孙光明再活过来，只能拿出一点钱。”他从口袋里摸出钱，递给孙广才。“这是一百元。明天我再将家中值钱的东西卖掉，凑起钱给你。我们都是乡亲，你也知道我有多少钱，我只能有多少给多少。”

孙广才站起来给他找了一把凳子，说：

“你先坐下。”

我父亲像一个城里干部一样，慷慨激昂地说起来：

“我儿子死了，没办法再活。你给我多少钱都抵不上我儿子一条命，我不要你的钱。我儿子是救人才死的，是英雄。”

后来的话被孙光平抢去了，他也同样慷慨激昂地说：

“我弟弟是英雄，我们全家都感到骄傲。你给什么我们都不要。我们只要你宣传宣传，我弟弟的英雄事迹要让别人也知道。”

父亲最后说：

“你明天就去城里，让广播给播一下。”

孙光明的葬礼第二天就进行了，他被埋葬在屋后不远处两棵柏树的中间。葬礼的时候我一直站在远处，长久的孤单和被冷落，使我在村里似乎不再作为一个人而存在。母亲嘶叫般的哭声最后一次在灿烂的阳光下飘荡起来，父亲和哥哥的悲伤在远处无法看清。孙光明由一张草席包裹着被抬到了那里，村里人零乱地分布在村口到坟墓的路上。父亲和哥哥将我弟弟放入坟坑之中，盖上了泥土。于是弟弟正式结束了和人在一起的岁月。

那天晚上我坐在屋后的池塘旁，长久地看着弟弟的坟墓在月光下幽静地隆起。虽然弟弟躺在远处，可我感到此刻他正坐在我的身旁。弟弟终于也和我一样远离了父母兄长和村中百姓。走的不是一样的路，最终却是如此近似。只是弟弟的离去显得更为果断和轻松。

弟弟的死以及被埋葬，我都由于内心的障碍远离当初的场景。为此我预感着在家中和村里将遭受更为激烈的指责。然而许多日子过去以后，谁都没有出现异乎往常的言行，这使我暗暗吃惊。也正是那一刻，我如释重负地发现自己已被彻底遗忘。我被安排到了一个村里人都知道我，同时也都否定我的位置上。

弟弟葬后的第三天，家中的有线广播播送了孙光明舍己救人的英雄事迹。这是我父亲最为得意的时刻，三天来只要是广播出声的时刻，孙广才总是搬着一把小凳子坐在下面。我父亲的期待在那一刻得到实现后，激动使他像一只欢乐的鸭子似的到处走动。那个农闲的下午，我父亲嘹亮的嗓门在村里人的家中窜进窜出：

"听到了吗？"

我哥哥当时站在门前的榆树下，两眼闪闪发光地望着他的父亲。

我的父亲和哥哥开始了他们短暂的红光满面的生涯。他们一厢情愿地感到政府马上就会派人来找他们了。他们的幻想从县里开始，直达北京。最为辉煌的时刻是在这年国庆节，作为英雄的亲属，他们将收到上天安门城楼的邀请。我的哥哥那时表现得远比父亲精明，他的脑袋里除了塞满这些空洞的幻想，还有一个较为切合实际的想法。他提醒父亲，弟弟的死去有可能使他们在县里混上一官半职。虽然他还在念书，但作为培养对象已是无可非议了。哥哥的话使父亲令人目眩的空洞幻想里增加了实在的成分。孙广才那时搓着双手，竟然不知该如何表达内心的激动了。

孙家父子以无法抑止的兴奋，将他们极不可靠的设想向村里人分阶段灌输。于是有关孙家即将搬走的消息，在村里纷纷扬扬，最为吓人的说法是他们有可能搬到北京去居住。这样的说法来到我家时，让我在某个下午听到父亲激动无比地对哥哥说：

“无风不起浪。村里人都这么说了，看来政府的人马上就要来了。”

就这样，我的父亲先把自己的幻想灌输给村里的人，然后再用村里人因此而起的流言来巩固自己的幻想。

孙广才在期待英雄之父美名来临时，决定要对这个家庭进行一番整容。他感到如此乱七八糟的家庭会妨碍政府来人对我们的正确看法。整容是从服装开始，我父亲借了钱给家中每人做了一身新衣服。于是我开始引起家庭的重视。如何处理我，成了孙广才头疼的事。我几次听到父亲对哥哥说：

“要是没有这小子就好了。”

家庭在无视我很久以后，对我存在的确认是发现我是个要命的累赘。尽管如此，一个清晨母亲还是拿了一身新衣服走到我面前，要我穿上。全家人矫揉造作地穿上了一样颜色的衣服。习惯破旧衣服的我，被迫穿上那身僵硬的新衣服后整日忐忑不安。逐渐在村里人和同学眼中消隐的我，由此再度受人注意。当苏宇说：

“你穿了新衣服。”

我是那么的慌乱。虽然苏宇的话平静得让我感到什么都没有发生。

两天以后，我父亲突然发现自己的做法有些不妙，孙广才觉得应该向政府来人显示家庭的朴素与艰苦，家中最为破烂的衣服全都重见了天日。我的母亲在油灯下坐了整整一夜。翌日清晨，全家都换上了补丁遍体的衣服，仿佛鱼的鳞片一样，我们像是四条可笑的鱼，迎着旭日游出了家门。当看到哥哥犹犹豫豫地走上上学之路时，我第一次感到哥哥也有和我一样的心情的时候。

孙光平缺乏孙广才那种期待好运来临时的坚定不移。孙光平穿着破烂衣服在学校饱受讥笑后，即便能做皇帝他也不愿继续穿着那身破烂了。为此我哥哥寻找到了一条最为有力的理由，他告诉父亲：

“穿这种旧社会才有的衣服，是对共产党新社会的诬蔑。”

这话让孙广才几天坐立不安。那几天里我父亲不停地向村里人解释，我们一家人穿上破烂衣服不是为了别的，而是忆苦思甜：

“想想旧社会的苦，更加感到我们新社会的甜哪。”

我父兄日夜思念的政府来人，一个多月后依然没在村中出现。于是村里的舆论调转了方向，直奔我父兄的伤疤而来。在那农闲的日子里，他们有足够的时间追根寻源，其结果是发现一切传言都出自于我家。我的父兄便转化成了滑稽的言词，被他们的嘴尽情娱乐。谁都可以挤眉弄眼地问孙广才或孙光平：

“政府的人来了吗？”

一直笼罩着我家的幻想开始残缺不全了。这是因为孙光平首先从幻想里撤了出来，他以年轻人的急功近利比父亲先感到一切都不再可能。

在幻想破灭的最初日子里，我看到孙光平显得沉闷忧郁，经常一个人懒洋洋地躺在床上。由于那时父亲依然坚守在幻想里，他们之间的关系也就变得越来越冷漠。父亲已经养成了坐在广播下面的习惯，他一脸呆相地坐在那里，口水从半开的嘴里流淌而出。孙光平显然不愿意看到父亲的蠢相，有一次他终于很不耐烦地说：

“别想那事了。”

这话竟然使父亲勃然大怒，我看到他跳起来唾沫横飞地大骂：

“你他娘的滚开。”

我哥哥毫不示弱，他的反击更为有力：

“这话你对王家兄弟去说。”

父亲那时竟像孩子一样尖叫着扑向孙光平，他没说我揍死你，而是：

“我和你拼啦。”

如果不是母亲，母亲瘦小的身体和她的哭声抵挡住了两个像狗一样咆哮的男人，那么我那本来就破旧不堪的家很可能成为废墟。

孙光平脸色铁青地走出家门时，刚好看到了我，他对我说：

“这老头想进棺材了。”

事实上我父亲已经品尝了很久的孤独。他和哥哥之间完全丧失了弟弟刚死时的情投意合，两个人不可能再在一起兴致勃勃地描绘美妙的前景。哥哥的首先退出，使父亲一人在幻想里颇受冷落，而且他还将独自抵抗政府来人不会出现的要命想法。因此当哥哥看着父亲越来越不顺眼时，父亲也正在寻找和哥哥吵架的机会。那次争吵以后很长时间里，两人不是怒目而视就是冷眼相对。

我父亲孙广才异常注意村口那条小路，他望眼欲穿地期待着穿中山服的政府代表来到。父亲内心的秘密让村里的孩子都发现了，于是经常有几个孩子跑到我家门前来喊叫：

“孙广才，穿中山服的人来了。”

最初的时候每次都让他惊慌失措，我的父亲在表达激动时，像个逃犯一样身心不安。我看着他脸色苍白地奔向村口，回来时则是一副失魂落魄的样子。孙广才最后一次上当是在临近冬天的时候，一个九岁的男孩独自跑过来喊叫：

“孙广才，来了好几个穿中山服的。”

孙广才提起一把扫帚就冲出去：

“我宰了你这小子。”

孩子转身就跑，跑到远处站住后继续喊：

“我要是骗你，就是狗娘生的，狗爹养的。”

孩子对自己父母极不负责的誓言，让孙广才回到屋中后坐立不安，他搓着手来回走动，自言自语：

“要是真来了怎么办？一点准备都没有。”

由于内心的不安，孙广才还是跑到了村口，他看到了空空荡荡的田野和那些寂寞的树木。那时候我就坐在不远处的池塘旁，看着父亲呆立在村口。冷风吹来使他抱紧胸前的衣服，后来他蹲了下去，也许是膝盖受凉，我父亲双手不停地抚摸着膝盖。在冬天来临的傍晚，孙广才哆嗦地蹲在村口，长时间地望着从远处延伸过来的小路。

父亲固守自己的幻想，直到春节临近才不得不沉痛放弃。那时村里家家户户都传来打年糕的声响，由于四分五裂，我家没有丝毫过节的气氛。后来母亲鼓起勇气问父亲：

“这年怎么过啊？”

父亲那时神情颓唐地坐在广播下面，沉思了良久才说：

“看来穿中山服的人不会来了。”

我开始注意到父亲总是偷偷地望着哥哥，显然父亲是想与我哥哥和解。在大年三十的夜晚，父亲终于首先和哥哥说话了。那时孙光平吃完饭正准备出去，孙广才叫住了他：

“我有事和你商量。”

两人走进里屋，开始了他们的窃窃私语，出来后两人脸上的神色展现了一样的严峻。第二天一早，也就是大年初一，孙家父子一起出门，去找被救孩子的家人。

眼看已经没有希望成为英雄之父的孙广才，重新体会到了金钱的魅力。他要那家人赔偿孙光明的死，一开口就要价五百元。他们被这要价吓了一跳，告诉孙家父子不可能有那么多钱。然后提醒今天是大年初一，希望改日再来谈这事。

孙家父子则一定要他们马上付钱，否则砸烂所有家具。孙广才说：

“没要利息就够便宜你们了。”

那时候我虽在远处，传来的争吵声却十分响亮，使我明白了正在发生的事。后来我听到了父亲和哥哥砸他们家具的声响。

两天以后，有三个穿警察制服的人来到了村里。当时我们正在吃饭，几个孩子跑到门口来喊：

“孙广才，穿中山服的人来了。”

孙广才提着扫帚跑出去时，看到了正在走来的三个警察。他明白了一切，他对警察吼叫起来：

“你们想来抓人？”

那是我父亲最为威风凛凛的时刻，他向警察喊道：

“看你们敢抓谁？”他拍拍自己的胸膛说，“我是英雄的爹。”接着指指孙光平，“这是英雄的哥哥。”然后指着我母亲，“这是英雄的娘。”父亲也看了看站在一旁的我，但什么都没说。“我看你们敢抓谁？”

警察对父亲的话没有丝毫兴趣，只是冷冷地问：

“谁是孙广才？”

父亲喊道：“我就是。”

警察告诉他：“你跟我们走。”

父亲一直期待着穿中山服的人来到，最后来到的却是穿警察制服的人。父亲被带走后，队长带着被砸那家人来到我家，队长告诉我哥哥和我母亲，要我们赔偿损失。我走到屋后的池塘旁，看着家里的物件被人搬走。经历了一场大火后，多么艰难添置起来的物件，如今又成为了他人所有。

半个月以后，父亲从拘留所里出来，像是从子宫里出来的婴儿一样白白净净的。昔日十分粗糙的父亲，向我们走来时，如同一个城里干部似的细皮嫩肉。他到处扬言要去北京告状，当别人问他什么时候走时，他回答三个月以后有了路费再走。然而三个月后，父亲并没有上北京，而是爬进了斜对门寡妇的被窝。

留在我记忆里的寡妇形象，是一个粗壮的、嗓门宽大、赤脚在田埂上快速走动的四十来岁的女人。她最为突出的标记是她总将衬衣塞在裤子里，从而使她肥大的臀部毫无保留地散发着蓬勃的肉感。在那个时代，寡妇这种装束显得异常突出和奇特。那时即便是妙龄少女也不敢如此展现自己的腰肢和臀部。已经没有腰肢可言的寡妇，她的肥臀摇摆带动了全身的摆动。她的胸部并没有出现相应的硕果，倒是展现了城里水泥街道般的平坦。我记得罗老头说她胸口的肉全长到屁股上去了。罗老头还有一句话：

"这样反倒省事，捏她屁股时连奶子也一同捏上了。"

小时候，在傍晚收工的时候，我经常听到寡妇对村里年轻人的热情招呼：

"晚上到我家来吧。"

被招呼的年轻人总是这样回答：

"谁他娘的和你睡，那东西松松垮垮的。"

当时我并不明白他们之间对话的含义，在我逐渐长大之后，才开始知道寡妇在村中快乐的皮肉生涯。那时候我经常听到这样的笑话：当有人在夜晚越窗摸到寡妇床前时，在一片急促的喘气声里和乐极呻吟中，寡妇含糊不清地说：

"不行啦，有人啦。"

迟到的人离开时还能听到她的忠告：

"明晚早点来。"

这个笑话其实展示了一个真实的状况，黑夜来临之后寡妇的床很少没有客满的时候。即便是最为炎热的夏夜，寡妇的呻吟声依然越窗而出，飘到村里人乘凉的晒场上，使得罗老头感慨万分：

"这么热的天，真是劳动模范啊。"

高大结实的寡妇喜欢和年轻人睡觉，我记忆里至今回响着她站在田头时的宽大嗓门，那一次她面对村里的女人说：

"年轻人有力气，干净，嘴也不臭。"

然而当五十多岁后来得肺病死去的前任队长来到她床前时，她仍然是兴致勃勃地接纳了。她有时候也要陪权力睡觉。到后来寡妇开始年老色衰，于是对中年人也由衷地欢迎了。

我父亲孙广才就是在这个时候，像一个慈善家似的爬上了寡妇逐渐寂寞起来的木床。那是春天最初来到时的一个下午，我父亲背着十斤大米走入了寡妇的房屋。当时寡妇正坐在长凳上纳鞋底，她斜眼瞧着孙广才走进来。

我父亲嬉皮笑脸地把大米往她脚跟前一放，就要去搂她的脖子。

寡妇伸手一挡：

"慢着。"

寡妇说："我可不是那种见钱眼开的人。"说着手伸向我父亲的胯间摸索了几下。

"怎么样？"父亲嬉笑地问。

"还行。"寡妇回答。

父亲经历了一段漫长的循规蹈矩生活后，幻想的破灭以及现实对他的捉弄，使他茅塞顿开。此后的孙广才经常去开导村里的年轻人，以过来人自鸣得意的口气说：

“趁你们年轻，还不赶紧多睡几个女人，别的全是假的。”

父亲大模大样地爬上了寡妇那雕花的老式木床，孙光平全都看在眼里。父亲目中无人地出入寡妇的家门，让我哥哥感到十分难堪。这一天当父亲吃饱喝足，离家准备上寡妇那里去消化时，哥哥说话了：

“你该差不多了吧。”

父亲一脸的满不在乎，他回答：

“这种事哪会有差不多的时候。”

当孙广才精神饱满地走入寡妇家中，又疲惫不堪出来的那些日子里，我怀着阴暗的心理偷偷窥视着母亲。手脚总是不停地干着什么、说话不多的母亲，在忍气吞声的日子里表现得若无其事。每次孙广才离开寡妇的被窝，在黑夜里爬到母亲床上时，母亲会怎么想。我的思维长久地停留在这个地方，我恶毒的同时又带着怜悯的心情猜测母亲的想法。

后来发生的事让我感到母亲的若无其事其实隐藏着激烈的愤恨。母亲对寡妇的仇恨，让我看到了女人的狭隘。我多少次在心里告诫母亲，你恨的应该是父亲而不是寡妇，当父亲从寡妇的床上下来，来到你身边时你应该拒绝他。然而母亲不管怎样都不会拒绝父亲，而且还将一如既往地向他敞开一切。

母亲的愤怒终于爆发出来，是在菜地里浇粪的时候。那时寡妇神气十足地从田埂上走过来，寡妇的神态使母亲突然浑身颤抖起来。积压已久的仇恨指挥着母亲手中的粪勺挥向寡妇的方向，粪水随风溅到了寡妇春风得意的身体上，寡妇的嗓门在那时如铜号般响起来：

“你瞎眼啦。”

愤怒无比的母亲声音颤抖地喊：

“你到城里去吧，睡到操场上，让男人排队操你。”

“哟——”寡妇毫不示弱，“你有什么资格说这话。回家去洗洗吧，你男人说你那地方臭气冲天。”

两个嗓音响亮的女人用不堪入耳的脏话互相攻击，如同两只嗷嗷乱叫的鸭子，使中午的村庄变得惊慌失措般嘈杂起来。我的母亲，那个瘦弱的女人后来勇敢地一头撞向田埂上的寡妇。

那时孙广才刚好从城里回来，手提一瓶白酒背在身后摇晃着走来。他先是看到远处菜地里两个女人披头散发地厮打在一起，这情景使他兴奋不已。走近几步一旦看清是谁以后，我父亲慌乱地走上了一条田埂，准备逃之夭夭。可村里一个人挡住了他，说：

“你快去劝劝吧。”

“不行，不行。”我父亲连连摇头，说道，“一个是老婆，一个是姘头，哪个我都得罪不起啊。”

此刻瘦弱的母亲已被打翻在地，寡妇的大屁股就坐在我母亲身上。我在远处看到这一情形时，心里涌上一股悲哀。母亲忍受了长时间的屈辱之后，终于爆发，所得到的依然是屈辱。

村里几个女人也许是实在看不下去，跑过去将寡妇拉开。寡妇离开时俨然是一个胜利者，她昂着头往家中走去，边走边说：

“想在太岁头上动土。”

我母亲在菜地里号啕大哭起来，母亲哭喊着：

“要是孙光明还活着，他饶不了你。”

自留地风波时挥舞着菜刀勇往直前的哥哥，那时却无影无踪。孙光平将自己关在屋子里，他知道外面所发生的一切，但他不愿加入到这种在他看来是无聊的争斗中去，母亲的哭喊，只能增加他对这个家庭的羞耻感，却无法唤醒他为母亲而起的愤怒。

被打败的母亲只能寄希望于死去的弟弟，那是母亲在绝望时唯一能够抓住的一根稻草。

哥哥当初的无动于衷，我最初理解成是他不愿在这使家丑远扬的场合里抛头露面。哥哥毕竟不是自留地风波时的孙光平了。我已能够感受到哥哥内心盘踞不散的惆怅，他对家庭的不满越来越溢于言表。虽然我和哥哥的对立依然存在，然而由于共同不满自己的家庭，我们之间有时也出现了一些微妙的默契。

不久之后，在我即将离开南门的一个深夜，我看到一个人影从寡妇家的后窗翻越而出，潜入我家。我立刻认出了是孙光平。于是我才知道了当初哥哥在母亲与寡妇争吵时，为何无动于衷的另一个原因。

哥哥挑着铺盖送我去车站时，母亲送我们到村口。在晨风里，母亲不知所措地望着我们走去，仿佛不明白命运在那时所显示的一切，当我最后一眼去看母亲时，发现她的头发已经花白了。我对母亲说：

“我走了。”

母亲没有丝毫反应，她含糊不清的眼神似乎是在看着别的什么。那一刻我心里涌上一股温情，母亲的形象使我一阵心酸。她的命运在我前去的空中化作微风，正在无形地消散。我那时感到自己是一去不回。然而比起父亲和哥哥来，我对母亲的抛弃像弟弟那样并不残忍。残忍的是父亲和哥哥，他们抛弃母亲而爬上她一生最为仇恨的寡妇的床。毫无知觉的母亲仍在竭尽全力地维持着这个家。

我离去以后，父亲孙广才越加卖力地将自己培养成一个彻头彻尾的无赖，同时他还开始履行起一个搬运工的职责，将家中的一些物件拿出去献给粗壮的寡妇，从而使他们之间的关系得以细水长流。孙广才的忠心收到了相应的成效。那段日子里，寡妇变得清心寡欲从而检点起来。这个接近五十岁的女人看来是难以焕发昔日所向披靡的情欲了。

孙光平那时已经丧失了十四岁时的勇敢，他也学会了母亲那种忍气吞声，他默默无语地看着父亲所干的一切，有时母亲忧心忡忡地告诉他，又被拿走了一件什么东西时，他总是安慰母亲：

“以后再买吧。”

事实上孙光平直到后来都没有仇恨过寡妇，而且始终在心里对她保存着感激。那些他从寡妇家后窗进出的夜晚，使他后来很长时间都坐立不安，这也是只能看着父亲胡作非为而不加干涉的主要原因。寡妇一直没对任何人说出他的事，也许寡妇根本不知道那些日子里经常偷偷来到的年轻人是谁。寡妇一向不习惯对光临她肉体的男人盘根问底，除非像孙广才那样在阳光灿烂的时刻爬上她的床，使她可以一目了然地看清来者是谁。

孙光平高中毕业回家务农以后，脸上的自信就一扫而光了。刚开始的日子里，我经常看到哥哥躺在床上睁着眼睛，那恍惚的眼神使我理解了哥哥。我用自己的心情洞察到哥哥最大的愿望，那就是离开南门，过上一种全新的生活。我几次看到孙光平站在田头，呆呆地望着满脸皱纹满身泥土的疲惫老人，从田里走上来。我看到了哥哥眼睛里流露出来的空虚和悲哀。孙光平触景生情地想到了自己命运的最后那部分。

孙光平在心里默认了现实对他的安排以后，开始强烈地感受到自己对女人含糊不清的渴望。此时他对女人的需要已不同当初对寡妇的需要。他需要一个时刻维护自己、侍候自己的女人，同时又能将他那些烦躁不安的夜晚转化为别无所求的平静。于是他订了婚。

那个姑娘容貌平常，居住在邻村一幢二层的楼房里，她家后窗下流淌着吞没我弟弟生命的那条河流。由于是附近农村第一家盖起了楼房，她家富名远扬。孙光平不是看中她家的富裕，我哥哥知道盖屋后才一年仍欠着债的她家，已不会拿出值得炫耀的嫁妆。这是村里那个裹着小脚，走路时像跳蚤一般活泼的媒婆送上门来的礼物。媒婆在那天下午笑眯眯走过来时，孙光平就知道将会发生什么了，同时知道自己什么都会答应。

孙光平婚事的整个过程，父亲都被排斥在外，将这消息告诉父亲的不是母亲，而是寡妇。我父亲得知这一消息后立刻感到自己有责任去侦察一下：

“陪我儿子睡觉的姑娘长得怎么样？”

孙广才那天上午双手背在身后，弓着身子嬉皮笑脸地走去了。他还在远处的时候就看到了姑娘家气派的楼房，因此他见到对方父亲说的第一句话就是：

“孙光平这小子真有福气呵。”

我父亲坐在姑娘的家中，如同坐在寡妇的床上一样逍遥自在。他和对方父亲说话时脏字乱飞。姑娘的哥哥提着酒瓶出去，又打满了酒提回来。姑娘的母亲走入了厨房，来自厨房的响声使我父亲必须先咽下口水。那时我父亲早已忘记此行是来看看我那未过门的嫂子，倒是对方想到了这事。

姑娘的父亲仰起脸，叫出了一个孙广才听后马上又忘记的名字。差一点成为我嫂子的那位姑娘在楼上答应了几声，可就是不愿意下来。姑娘的哥哥跑上楼去，片刻后下来时笑容可爱，他告诉孙广才：

“她不肯下来。”

那时候孙广才表现出了应有的大度，连连说：

“没关系，没关系，她不下来，我上去。”

孙广才朝厨房窥探一眼后，上楼去看那姑娘了。我敢肯定父亲那一眼是多么恋恋不舍。孙广才上楼后不久，让姑娘在楼下的家人听到了一声毛骨悚然的喊叫，楼下父子瞠目结舌地坐在那里，厨房里那个女人则是惊恐万分地蹿了出来。当他们共同费解那一声喊叫为何而起时，孙广才笑眯眯地走下楼来，嘴里连连说道：

“不错，不错。”

楼上传来了沉闷的哭声，哭声仿佛是被布捂住了难以突围似的。

我父亲却神态自然地在桌旁坐下来，当姑娘的哥哥跑上楼去时，孙广才告诉对方父亲：

“你女儿真结实啊。”

对方听了不知所措地点点头，同时疑虑重重地望着孙广才。孙广才继续说：

“孙光平真他娘的有福气。”

那时姑娘的哥哥快速地从楼梯上冲下来，一拳将孙广才连同椅子一起打翻了过去。

那天下午，孙广才鼻青脸肿地回到村里，见到孙光平第一句话就是：

“你的亲事被我退掉啦。”

我父亲怒气冲冲地大声喊叫：

“哪有这样不讲理的，我不就是替我儿子摸摸她身子骨结实不结实，就把我打成这样子。”

从邻村传来的消息，则是另一种说法。我父亲孙广才送给未过门儿媳妇的第一件礼物，就是伸手去摸人家的乳房。

哥哥的婚事因此完结以后，我母亲坐在厨房的灶头，用围裙偷偷擦了一天的眼泪。在这件事上，孙光平并没有像村里人猜测的那样，与孙广才大打出手，他最为激烈的表示就是连续几天没和村里任何人讲话。

我哥哥在此后的两年里，再没看到村里媒婆笑眯眯向他走来。那些日子，只有在夜晚床上时，他才会咬牙切齿地想到孙广才。白昼来临以后，他有时候会想到远在北京的弟弟。那时我经常收到哥哥的来信，但在信上什么都没说，信上空洞的内容让我感受到了哥哥空洞的内心。

孙光平二十四岁时，和同村的一个姑娘结婚了。这个名叫英花的姑娘，家中只有一个瘫痪在床的父亲，他们之间的结合是从那口池塘开始的。在一个阴湿的傍晚，孙光平从家中后窗看到了正在洗衣服的英花。身穿补丁衣服的英花，由于生活的艰难在那一刻不停地擦着眼泪。英花当初的背影在冬天的寒风里瑟瑟抖动，这情景唤醒了孙光平针对自己而起的悲哀。后来这两个村里媒婆都不愿光顾的人自己走到了一起。

孙光平唯一的这次婚姻，是他和英花池塘经历之后第二年来到的。那场婚礼的穷酸劲，让村里上了年纪的人轻而易举地回忆起旧社会地主家长工的结婚。英花作为新娘,大腹便便走动的情形,倒是给那贫穷的婚礼带来了一些幽默。翌日清晨，太阳还没有升起的时候，孙光平就借了一辆板车，将英花送到城里医院的产台上。对于新婚的男女，洞房的清晨正是如胶似漆，互相偷盗对方体温取暖的美妙时光。然而这一对夫妻必须顶着凛冽的寒风，赶在太阳升起之前敲响城里医院产科的玻璃门窗。当天下午两点钟，一个后来被取名为孙晓明的男孩，在怒气冲冲的号啕大哭里来到了人间。

孙光平的婚姻，是一次自愿的作茧自缚。他结婚后，便义不容辞地赡养起了瘫痪在床的岳父。那时孙广才还未结束他搬运工的生涯，使人欣慰的是孙广才总算知趣了一些，他不再像过去那样大模大样地将家中的财物往寡妇那里输送。孙广才那时表现出了他身上另一部分才华，即偷盗。孙光平内外交困的生活一直持续了好几年，直到后来他岳父也许是过意不去了，在一个夜晚闭上眼睛之后没再打开。对于孙光平来说，最为艰难的并不是岳父瘫痪在床和父亲的偷盗，而是孙晓明出生的那些日子。那时的孙光平如同机器一样转个不停，从田里到英花家再到自己家，人们很少看到他在村里有走路的时候，他像一只兔子似的在这三个地方窜来窜去。

岳父的死使孙光平如释重负，然而真正平静的生活远还没有来到。不久之后我父亲孙广才旧病复发，从而让英花痛哭流涕了整整三天。

那是我侄儿孙晓明三岁时的夏日，我父亲坐在门槛上看着英花去井旁打水。孙广才看到了英花短裤上的大花图案在那丰满的屁股上绷紧然后又松懈，下面的大腿在阳光下黑黝黝地闪亮。我父亲在岁月和寡妇的双重折腾下，已经像药渣一样毫无生气。英花健壮的身体却让我父亲令人吃惊地回忆起了自己昔日旺盛的精力。孙广才不是用大脑去进行回忆，而是动用了他枯树般的身体，回忆使我父亲再现了过去一往无前的情欲。当英花提着水桶走去时，我父亲满脸通红，发出了响亮的咳嗽声，这个痨病鬼在那个时刻，村里有人在不远处走动的时刻，他的手捏住了英花短裤上的大红花图案，以及里面的皮肉。我侄儿孙晓明听到他母亲发出了惊恐的喊叫。

孙光平这天有事去城里，回来后看到母亲老泪纵横地坐在门槛上，嘴里喃喃自语：

“作孽啊。”

然后是英花披头散发坐在床沿上抽泣的情景。

明白了一切的孙光平脸色苍白地走进厨房，然后提着一把锃亮的斧子走出来，他走到哭泣的英花身旁说：

“你要照顾好儿子和娘。”

明白过来的英花开始了她的号啕大哭，她拉扯住丈夫的衣服连连说：

“你——别——别这样。”

我的母亲那时已经跪在门口，张开双臂拦住孙光平，母亲沙哑的嗓音在那个下午颤抖不已，她虽然泪眼模糊却神态庄重地告诉孙光平：

“你杀了他，吃亏的还是你。”

母亲的神情使我哥哥泪流而出，他向母亲喊道：

“你站起来，我不杀他我就没法在村里活啦。”

我的母亲坚定不移地跪在那里，她声嘶力竭地说：

“看看你三岁的儿子吧，你犯不着和他去拼命。”

我哥哥苦笑了一下，对母亲说：

“我实在没别的办法了。”

英花的受辱，使孙光平感到必须和孙广才清算一切。几年来，他一直忍受着父亲给他带来的耻辱，孙广才的进一步行为，在我哥哥看来是把他们两人都逼上了死路。孙光平在激愤之中清晰地意识到，若再不表明自己的态度，就难以在村里立足。

那天下午，村里所有人都站到了屋外，孙光平在耀眼的阳光里和同样耀眼的目光里，重现了他十四岁手握菜刀的神态。我哥哥提着斧子走向了我的父亲。

那时孙广才就站在寡妇屋前的一棵树下，他疑虑重重地望着走来的孙光平。我哥哥听到孙广才对寡妇说：

“这小子难道还想杀我。”

然后孙广才向孙光平喊道：

“儿子，我是你爹。”

孙光平一声不吭，他走去时神态固执。在他越走越近时，孙广才的喊声开始惊慌起来：

“你只有一个爹，杀了就没啦。”

我父亲喊完这一句，孙光平已经走到了近前，孙广才慌张地嘟哝一声：

“真要杀我了。”

说完孙广才转身就跑，同时连声喊叫：

“要出人命啦。”

那个下午显得寂静无声，我父亲年逾六十以后，开始了他惊慌失措的逃命。他在那条通往城里的小路上，跑得疲惫不堪。我哥哥孙光平手提斧子紧追其后。孙广才呼喊救命的声音接连传来，那时他已经丧失了往常的声调，以至站在村口的罗老头询问身旁眺望孙广才的人：

“这是孙广才在喊吗？”

我父亲一大把年纪如此奔跑，实在难为他了。孙广才跑到那座桥上时摔倒在地，于是他就坐在那里哇哇大哭起来，他的哭声像婴儿一样响亮。

我哥哥追到桥上后，他看到了父亲不堪入目的形象。混浊的眼泪使我父亲的脸像一只蝴蝶一样花里胡哨，青黄的鼻涕挂在嘴唇上，不停地抖动。父亲的形象使哥哥突然感到割下他的脑袋显得不可思议了。一直坚定不移的孙光平，在那时表现了犹豫不决。可是他看到村里涌来的人群时，知道自己已经别无选择。我不知道哥哥当初是怎么看中父亲左边的耳朵，在那阳光灿烂的时刻，孙光平扯住了孙广才的耳朵，用斧子像裁剪一块布一样割下了父亲的耳朵。父亲暗红的血畅流而出，顷刻之间就如一块红纱巾围住了父亲的脖子。那时的孙广才被自己响亮的哭声团团围住，他对正在发生的事毫无知觉。直到他对自己的眼泪过多感到吃惊时，伸手一摸使我父亲看到了自己的鲜血。孙广才嗷嗷叫了几声后昏迷了过去。

我哥哥那天下午朝家中走去时浑身颤抖，在那炎热的夏日，孙光平紧抱双臂一副被冻坏的模样。他从涌来的村里人中间穿过去时，让他们清晰地听到了他牙齿打着寒战的声响。我母亲和英花脸色惨白地看着孙光平走来，这两个女人那时共同感到眼前出现无数黑点，犹如蝗虫铺天盖地而来。孙光平向她们露出了惨淡的一笑，就走入屋中。然后他开始翻箱倒柜，寻找自己的棉衣。当我母亲和英花走进去后，孙光平已经穿上了棉衣，坐在床上汗流满面，身体却依然哆嗦不止。

半个月以后，头上缠满绷带的孙广才，让城里一个开书信铺子的人，给远在北京的我写了一封信。信上充满甜言蜜语，并大谈其养育之恩，信的末尾是要我去中南海替父亲告状。父亲的想入非非给我留下了深刻的印象。

事实上在父亲给我写信的时候，哥哥已经被捕。哥哥被带走的时候，我母亲拉着英花在路上拦住了穿制服的警察。这个年老的女人失声痛哭，她向警察高喊：

“把我们带走吧，我们两人换他一个，你们还不便宜？”

哥哥在监狱里待了两年，他出来时母亲已经病魔缠身。释放的那天，母亲带着五岁的孙晓明站在村口，当她看到孙光平由英花陪伴着走来时，突然口吐鲜血摔倒在地。

此后母亲的病情越来越严重，走路时都开始步履不稳。哥哥要带她去医院治病，母亲执意不肯，她说：

“死都要死了，不花那钱。”

当哥哥硬将她背在身上向城里走去时，母亲气得眼泪直流，她捶打着哥哥的脊背说：

“我会恨你到死的。”

然而走过那座木桥以后，母亲就安静下来。她趴在哥哥的背脊上，脸上开始出现少女般甜蜜的羞涩。

母亲是这年春节来临前死去的，那个冬天的晚上她吐血不止。

起初母亲感到自己有一口血已经涌到了口腔里，她没有往地上吐去，怕弄脏了房屋，免得孙光平花力气打扫。已经卧床不起的母亲，在那个晚上竟然能够下床在黑暗中找到一只脸盆放在床前。

第二天清晨，哥哥来到母亲房中时，看到母亲的头吊在床沿下，脸盆里积了一层暗红的血，却没有弄脏床单。哥哥来信告诉我说那天窗外雪花飞舞。母亲气息奄奄地在寒冷里度过她生命的最后一个白昼。英花始终守在母亲的身旁，母亲弥留之际的神态显得安详和沉着。到了晚上，这个一生沉默寡言的女人开始大喊大叫，声音惊人响亮。所有的喊叫都针对孙广才而去，尽管当初孙广才将家中的财物往寡妇那里输送时，她一声不吭，可临终的喊叫证明她一直耿耿于怀。我的母亲死前反复叫道：

“不要把便桶拿走，我还要用。”

还有：

“脚盆还给我……”

母亲的喊叫罗列了所有被孙广才拿走的物件。

母亲的葬礼比我弟弟孙光明的要阔气一些，她是被安放在棺材里埋葬的。葬礼的整个过程，父亲孙广才被安排到了我从前的位置上，他也游离到了家人之外。就像过去别人指责我一样，孙广才由于远离葬礼同样遭受指责，虽然他和寡妇的关系已被人们在内心确认。我父亲看着安放母亲的棺材抬出村口时，他神情慌乱地问一个村里人：

“这老太婆死啦？”

后来整个下午，村里人看到孙广才在寡妇家中若无其事地喝酒。然而这天半夜村里人都听到了来自村外毛骨悚然的哭声。我哥哥听出了那是父亲在母亲坟前的痛哭。我父亲在寡妇睡着以后偷偷来到坟前，悲痛使他忘记了自己是在响亮地哭喊。不久之后，我哥哥就听到了寡妇的训斥声和简洁明了的命令：

“回去。”

父亲呜咽着走回寡妇家中，他的脚步声听起来像一个迷路的孩子一样犹犹豫豫。

寡妇昔日蓬勃的情欲随风消散以后，正式接纳了孙广才。

孙广才在他生命的最后一年里，表现出了对酒的无限热爱。他每天下午风雨无阻进城去打酒，回到家中时酒瓶已经空空荡荡。我可以设想父亲在路上喝酒时的浪漫，这个弓着背的老人在那条尘土飞扬或者雨水泥泞的路上走来时，由于酒的鼓励，我父亲像一个少年看到恋人飘散的头发一样神采飞扬。

孙广才是由他无限热爱的酒带入坟墓的。那天他改变了长期以来路上喝酒的习惯，而在城里一家小酒店里度过了他心醉神迷的时刻。当他醉醺醺回家时，在月光下步入了村口的粪坑。他掉下去时并没有发出惊恐的喊叫，只是嘟哝了一声：

“别推我。”

翌日清晨被人发现时，他俯身漂浮在粪水之上，身上爬满了白色的小虫。他葬身于最为肮脏的地方，可他死去时并不知道这些，他就完全有理由在寿终正寝时显得心安理得。

孙广才那天晚上掉落粪坑之后，另一个酒鬼罗老头随后醉意蒙胧地走到那里。他的眼睛在月光下迷糊不清地看到孙广才时，并不知道漂浮在粪水之上的是一个死人。他蹲在粪坑边研究了半晌，迷惑不解地问自己：

"是谁家的猪？"

随后他站起来喊叫：

"谁家的猪掉到……"

罗老头没喊完就用手捂住自己的嘴，然后小心翼翼地对自己说：

"别叫唤，我偷偷把它捞上来。"

完全被酒控制的罗老头，轻飘飘地窜回家中，取了一根晾衣服的竹竿和一根麻绳后又轻飘飘地回到原处。他先用竹竿将孙广才抵到对面坑边，然后拿着麻绳绕到那里，扑在粪坑边，将绳子系住孙广才的脖子。他自言自语：

"谁家的猪这么瘦，脖子和人差不多。"

接着他站起来，将绳子勒在肩膀上往前拉着走去。他嘿嘿一笑，说道：

"摸起来瘦，拖起来倒是很肥的。"

罗老头是将孙广才拖上来以后，俯下身去解绳子时才看清是孙广才，孙广才咧着嘴面对着罗老头。罗老头先是吓一跳，接着气得连连捶打孙广才的脸，他破口大骂：

“孙广才啊孙广才，你这条老狗，死了还装猪相来骗我。”

随后罗老头一脚将孙广才蹬回到粪坑里去，孙广才掉落后激起的粪水溅了罗老头一脸。罗老头抹了抹脸说：

“他娘的，还要捉弄我。”

出 生

一九五八年秋天，年轻的孙广才与后来出任商业局长的郑玉达相遇在去南门的路上。郑玉达在晚年时，向他的儿子郑亮讲叙了当初的情景。风烛残年的郑玉达那时正受肺癌之苦，他的讲叙里充满肺部的呼呼声。尽管如此，郑玉达还是为当初情景的重现而笑声朗朗。

作为农村工作组的成员，郑玉达到南门是去检查工作。年轻的郑玉达身穿灰色中山服，脚蹬一双解放牌球鞋，中分的头发在田野的风里微微后飘。我父亲则穿着对襟的衣服，脚上的布鞋是母亲在油灯下制作出来的。

我父亲孙广才在半个月以前，将一船蔬菜运到邻县去卖。卖完后孙广才突发奇想，决定享受一下坐汽车的滋味，就一人先回来。空船则由村里另外两个人摇着橹送回来。

脸色通红的孙广才在接近南门的时候，看到了穿中山服的郑玉达。于是这位城里干部便和农民孙广才交谈起来。

那时田野上展现了乱七八糟的繁荣，一些青砖堆起的小高炉置身于大片的水稻秧苗之中。

郑玉达问："人民公社好不好？"

"好。"孙广才说，"吃饭不要钱。"

郑玉达皱了皱眉："怎么能这样说。"

然后是孙广才问郑玉达：

"你有老婆吗？"

"有啊。"

"昨晚还和老婆一起睡吧？"

郑玉达很不习惯这样的询问，他沉着脸严肃地说：

"不要胡说八道。"

孙广才对郑玉达的态度毫不在意，他告诉郑玉达："我已经有半个月没和老婆睡觉。"他指指自己的裤裆，"这里发大脾气啦。"

郑玉达扭过脸去，不看孙广才。

我父亲和郑玉达是在村口分手的。郑玉达往村里走去，我父亲跑向了村边的蔬菜地。母亲和村里几个女人正在菜地里锄草，我年轻的母亲脸蛋像红苹果一般活泼和健康，那蓝方格的头巾一尘不染，母亲清脆悦耳的笑声随风飘到父亲心急火燎的耳中。孙广才看到了妻子锄草时微微抖动的背影，向她发出了饥渴的喊叫：

“喂。”

我母亲转过了身去，看到了站在小路上生机勃勃的父亲。她发出了相应的叫声：

“哎。”

“你过来。”我父亲继续喊。

母亲脸色红润地取下头巾，拍打着衣服上的泥土走来。母亲的漫不经心使父亲大为恼火，他向她吼叫：

“我都要憋死啦，你还不快跑。”

在那几个女人的哄笑声里，母亲身体抖动着跑向父亲。

父亲当初的耐心无法将他维持到家中，一到村口罗老头家敞开的屋门前，父亲就朝里面喊道：

“有人吗？”

确定里面没人以后，父亲立刻蹿了进去。母亲却仍然站在屋外，父亲焦急万分地说：

“进来呀。”

母亲犹豫不决：“这可是人家屋里。”

“你进来嘛。”

母亲走进去后，父亲迅速把门合上，将墙角一把长凳拖到屋子中央。然后命令母亲：

“快，快脱。”

我的母亲低下了头，撩起衣服解起了裤带。可是半分钟后，她充满歉意地告诉父亲：

“裤带打了个死结，解不开。”

父亲急得直跺脚：

“你这不是害我吗。”

母亲低下头继续解裤带，一副知错的模样。

“行啦，行啦，我来。”

父亲蹲下去，使劲一扯裤带。裤带绷断后父亲的脖子也扭伤了。我父亲在他情欲沸腾的时候，竟然还能抽出时间来捂住脖子嗷嗷乱叫。我母亲急忙用手去推搓父亲的脖子，父亲勃然大怒地喊道：

“还不躺下。”

我母亲温顺地躺倒，将一条腿拔出来搁在秋天的空气里。她的眼睛依然不安地看着他的脖子。我父亲用手捂住脖子爬上了母亲的身体，在长凳上履行起了欲望的使命。罗老头家的几只鸡喔喔叫着满怀热情地也想加入其中，它们似乎是不满意孙广才独吞一切，聚集到了他的脚旁，用嘴啄起了他的脚。这应该是全神贯注的时刻，我父亲却被迫时刻费力地挥动他的脚，去驱赶那几只缺乏礼貌的鸡。鸡被赶开后又迅速聚拢到他的脚旁，继续啄他的脚。父亲的脚徒劳地挥动着，当最后的时刻来到时，父亲沉闷地喊叫一声：

“不管啦。”

然后是令人毛发悚然的呻吟声，父亲的乐极呻吟只进行了一半，由于鸡啄脚引起全身发痒，父亲在此后发出了咯咯咯咯，听了让人头重脚轻的笑声。

一切都结束以后，父亲离开罗老头家，去找郑玉达。母亲则提着裤子回到家中，她需要一根新的裤带。

父亲找到郑玉达时，郑玉达正坐在队委会的屋子里听取汇报。父亲神秘地向郑玉达招了招手。郑玉达出来以后，父亲问他：

“快不快？”

郑玉达不解，反问他：“什么快不快？”

父亲说：“我和老婆干完那事啦。”

共产党干部郑玉达脸色立刻严峻起来，他低声训斥：

“走开。”

郑玉达在晚年重提此事时，才发现里面隐藏着不少乐趣，于是对我父亲当初的行为，他表达了宽容和谅解。他告诉郑亮：

“农民嘛，都是这样。”

我父亲和母亲那次长凳之交，是我此后漫长人生的最初开端。

我是在割稻子的农忙时刻来到人世的。我出生时，正值父亲孙广才因为饥饿难忍在稻田大发雷霆。父亲对当初难忍的饥饿早已遗忘，但对当初怒气冲冲的情景却还依稀记得。我第一次对自己出生情形的了解，就是从父亲酒气浓烈的嘴上得到的。我六岁时的一个夏日傍晚，父亲满不在乎地将当初的情形说了出来，他指着不远处走动的一只母鸡说：

"你娘像它下蛋一样把你下出来啦。"

由于母亲已经怀胎九个多月，在那些起早摸黑的农忙日子里，母亲不再下地割稻子。正如母亲后来所说的，那时——

"倒不是没力气，是腰弯不下去。"

母亲承担起了给父亲送午饭的职责。于是在令人目眩的阳光下，母亲大腹便便地挎着一只篮子，头上包一块蓝方格头巾，与中午一起来到父亲的田间。母亲微笑着艰难地走向父亲的情景，在我后来的想象里显得十分动人。

我出生的那天中午，父亲孙广才几十次疲惫不堪地直起腰来眺望那条小路，我那挺胸凸肚的母亲却始终没有出现。眼看着四周的村民都吃完饭继续割起了稻子，遭受饥饿折磨的孙广才，站在田头怒气冲冲地喊爹骂娘。

母亲是下午两点过后才出现在那条小路上，她的头上依然包着那块蓝方格头巾，脸色吓人的苍白，走来时身体因为篮子的重量出现了明显的倾斜。

已经头晕目眩的父亲，看到蹒跚走来的母亲，似乎感到她的模样出现了变化，但他顾不上这些了，他冲着走近的母亲吼叫起来：

"你想饿死我。"

"不是的。"母亲的回答轻声细气，她说，"我生了。"

于是父亲才发现她滚圆饱满的肚子已经瘪了下去。

母亲那时能够弯下腰了，虽然这么一来使她虚弱得面临剧烈的疼痛，可她依然面带笑容从篮内为父亲取出饭菜，同时细声告诉他：

“剪刀离得远，拿起来不方便。孩子生下来还得给他洗洗。本来早就给你送饭来了，没出家门就疼了。我知道要生了，想去拿剪刀，疼得走不过去……”

父亲很不耐烦地打断她的唠叨：

“是男的，还是女的？”

母亲回答：“是男的。”

第二章

友情

苏家从南门搬走以后，我就很少能够见到苏宇和苏杭，直到升入中学，我们才开始再次相见。我惊讶地发现，这对在南门时情如手足的兄弟，在学校里显露出来的关系，竟有点像我和孙光平那样淡漠，而且他们是那样的不同。

那时的苏宇除了单薄外，已经很像一个成年人了。苏宇当时穿着一身蓝色的卡其布衣服，衣服在他身体迅速成长后，显得又短又紧。有一次苏宇没穿袜子，裤管因为短而高高吊起，让我清楚地看到了他暴露在外的脚脖子。苏宇进入高中以后，便和其他男同学一样，不再背着书包上学，而是将这天所学的课本夹在腋下。他和别的同学不一样的，是他从不大摇大摆地走在路的中央，他总是低着头小心翼翼地走在路的最边沿。

最初的时候，苏宇并没有引起我的关注，倒是苏杭，头发梳得十分光滑的苏杭，双手插在裤袋里向女同学吹口哨时，他的风流倜傥简直让我入迷。我的这位同班同学拿着一本发黄的书，轻声细气地向我们念着书上的话：

“黄花姑娘要吗？价格非常便宜。”

他给我们这些在生理上还一知半解的同学，带来了社会青年的派头。

我当时异常害怕孤单，我不愿意课间休息时一个人独自站在角落里。当看到苏杭在众多同学簇拥下,站在操场中央高声大笑时，我，一个来自农村的孩子，胆怯地走向了操场。那时我多希望苏杭冲着我响亮地喊叫：

“我们早就认识了。”

我走到了他的身旁，他没有去回忆南门的经历，但他没有让我走开，于是我仍然欢欣地理解成他接纳了我。

他确实接纳了我，他让我和他们一起，站在操场上高声喊叫和欢声大笑。

而在夜晚的时候，在昏暗的街道上，他会将自己嘴上叼着的香烟轮流地传到我们手中。我们一群同学跟着他，在街上无休止地走动，当有年轻姑娘出现时，我们就和他一起发出仿佛痛苦其实欢乐的呻吟般的叫声：

“姐姐啊，你为什么不理我。”

我战栗地和他一起喊叫，一方面惊恐地感到罪恶正在来临，另一方面我又体验到无与伦比的激动和欢快。

苏杭让我们明白了晚饭之后走出家门，比待在屋中更有意思，哪怕回去后会遭受怎样严厉的惩罚。同时他也教会了我们应该爱慕什么样的女孩，他反复教导我们不能用学习成绩的优劣去衡量女孩，而应该从胸部的发展情况和臀部的大小去选择自己的爱慕。

他灌输给我们衡量女孩的全新标准，自己却喜欢上了一个班上最为瘦小的女同学。那是一个长着圆圆脸蛋的小孩，扎着两根往上微微翘起的小辫子。她除了那双黑亮的眼睛外，别的我们实在看不出还有什么动人之处。苏杭迷上这样的女孩实在让我们吃惊，当我们中间有人问他：

“胸部？她的胸部在哪里？屁股又是那么小。”

苏杭的回答是一个成熟男子的回答，他说：

“你要用发展的眼光去看，不出一年这女孩的胸部和屁股都会大起来。那时她就是全校最漂亮的了。”

苏杭追求的方式直截了当，他写了一张充满甜言蜜语的纸条塞在女孩的英语课本里。于是在那个上午的英语课上，这位女中学生突然发出了让我发抖的喊叫，然后呜呜地像风琴一样哭了起来。在我眼中应该是勇敢无畏的苏杭，那时候脸色如同死人一样灰白。

然而一旦离开教室，他就迅速地恢复了以往的风流姿态。那个上午放学的时候，他竟然吹着口哨，走到了那个瘦小女孩的身旁，和她一起走去，还时时回过头来向我们做鬼脸。于是那个可怜的女孩又开始哭哭啼啼了，她身旁一个丰满的女同学这时候出来主持正义，她挺着胸脯插到他们中间，同时因为气愤而低声骂了一句：

“流氓。”

我们看到苏杭一下子转过身来拦住这个丰满的女同学，他当时的脸色与其说是恼怒还不如说是兴奋，他终于获得了一个表现自己勇敢的机会，我们听到他虚张声势地喊道：

“你再说一遍。”

那个女同学毫不示弱，她说：

“你就是流氓。”

我们谁都没有想到苏杭挥起的拳头，竟会真的打向那个女同学丰满的胸脯。那个女同学先是失声惊叫，随后捂着脸哇哇哭着跑开了。

我们走到苏杭身旁时，他一脸惊喜地摸弄着右手的食指和中指，告诉我们刚才那一拳打上去，这两个手指感觉软绵绵的。另三个手指没有得到那种美妙感受，所以他对它们就不屑一顾。然后他感叹道：

“意外收获，真是意外收获。”

我最初对女人的生理有所了解，完全依赖于苏杭的启蒙。我记得一个春天来临的夜晚，我们一群同学跟着他走在街道上。他告诉我们，他父母有一本很大的精装书，书上有一张女人阴部的彩色图片。

他对我们说："女人有三个洞。"

那晚上苏杭神秘的口气和街上寥寥无几的脚步声，让我的呼吸急促紧张。一种陌生的知识恫吓着我，同时又诱惑着我。

几天以后，苏杭将那本精装书带到学校里来时，我面临了困难的选择。显然我和其他孩子一样激动得满脸通红，可是放学以后苏杭准备打开那本书时，我彻底害怕了。在阳光还是那么明亮的时刻，没有胆量投入到这在我看来是冒险的行为中去。所以苏杭说应该有一个人在门口站岗时，我立刻自告奋勇地承担了下来。我作为一个哨兵站在教室门外时，体会到的是内心欲望的强烈冲击，尤其是听到里面传来长短不一的惊讶声，我心里一片尘土飞扬。

我失去了这一次机会，就很难得到第二次。虽然后来苏杭常常将那本书带到学校里来，可他从没有想起应该让我也看一看。我知道自己在他眼中是无足轻重的，我只是众多围绕着他的同学中的一个，而且是最为微不足道的一个。另一方面也是我总克服不了内心的羞怯，没有主动向他提出这样的要求。直到半年以后，是苏宇向我展示了那张彩色图片。

苏杭有时候的大胆令人吃惊。那张彩色图片只向男同学出示，使他渐渐感到腻味了。有那么一天，他竟然拿着那本书向一个女同学走了过去，于是让我们看到了那个女同学在操场上慌乱地奔跑，跑到围墙下面后她呜呜地哭了起来。苏杭则是哈哈大笑地回到了我们中间，当我们胆战心惊地提醒他，那个女同学可能会去告状时，他一点也不慌乱，还反过来安慰我们：

“不会的。她怎么说呢。她说苏杭给我看了那个东西，这话她说得出口吗？不会的，你们放心吧。”

后来无声无息的事实证实了苏杭的话是正确的。苏杭在这件事上冒险获得成功，导致了他后来在暑假间更为大胆的举动。在那农忙时节的中午，苏杭和一个名叫林文的同学在炎热的阳光下，游手好闲地走在一条乡间的小路上。我可以想到他们一定是在用最下流的脏话，来表达各自对某位女同学的喜爱。林文在那段时间里之所以成为苏杭最好的朋友，是因为他曾经拿一面小镜子在厕所里窥视女同学。可是林文的大胆行为并没让他看到什么，倒是让他明白了一个道理。当苏杭也想试试镜子的作用时，林文以过来者的老练劝阻了他，对他说：

“在厕所里照镜子，只有女的才看得清楚男的，男的根本看不清女的。”

就是这样两个人走在了乡间，他们在进入一个村庄时，只听到一片蝉鸣没听到别的任何声响，那时能够下地干活的人全在田里割稻子。他们走在树叶下面，所进行的话题使他们的身体比那个夏天更加热气腾腾。当初金光灿烂的阳光无边无际地铺展开去，仿佛是欲望泛滥成灾以后的情景。两个躁动不安的少年来到一处飘出炊烟的房屋前，苏杭走到那屋子的窗前，朝里张望了一下，随后林文就看到了他神秘的招手。林文的兴致勃勃并没有持续多久，他凑到窗前所看到的情形使他大失所望。一个七十来岁的老太太正坐在灶前烧火。但他立刻发现苏杭的呼吸变得杂乱无章了，他听到苏杭紧张地问：

“你想看看真的东西吗？”

林文明白了苏杭打算干什么，他指指那个烧火的老太太，惊讶地问：

“你想看她的？”

苏杭的笑容有些尴尬，他发出了激动的邀请：

“我们一起上。”

能将镜子的用途延伸到厕所里的林文，在那时却迟疑不决了，他说：

“这么老的女人？”

苏杭脸色通红地低声喊叫：

“可那是真的。”

林文无法说服自己与苏杭一起行动，可苏杭因为激动流露出来的紧张不安，让林文感受到了心惊肉跳般的兴奋，他说：

“你上，我替你站岗。”

当苏杭越窗进屋前回过头来朝他不知所措一笑时，他就知道自己所处的位置比苏杭更有意思。

林文没有站在窗前，苏杭扑到那位老太太身上去的情景，他可以在想象中轻而易举地完成。作为一个哨兵，他认真履行了自己的职责。他离开窗口几步，从而能够更清楚地看到是否有人朝这里走来。

接着他听到了一种来自于身体倒地的声响，仿佛还滚动了一下，接着是几声惊慌的嗯嗯声。虽然这位年届七十的女人还不知道发生了什么。老太太明白过来以后，让林文听到了一个苍老和发怒的声音：

“畜生，我都可以做你奶奶。”

这话使林文失声而笑，他知道苏杭的冒险已经成功了一半。接下去他听到老人仿佛忏悔般地喊叫：

“作孽啊。”

她无法抵抗苏杭的猛烈进攻，她的气愤因为年老力衰只能转化成对自己的怜悯。就在这时，林文过早地看到了一个成年男子朝这里走来，这个赤裸着上身，手提一把镰刀走来的男人，让林文心惊胆战，他赶紧跑到窗口，于是看到跪在地上、拼命扯着老太太裤子的苏杭，而那个垂暮女人则抚摸着自己可能扭伤的肩膀，口齿不清地嘟哝着什么。得到林文的警告后，苏杭那一刻像一头得了瘟疫的狗一样，从窗口翻身出来。然后两人拼命地向河边跑去。苏杭不停地回头张望，他始终看到一个手握镰刀的男人远远追来。林文在逃命的路上，耳边一直响着苏杭绝望的声音：

“完了，这下完了。”

那个中午，他们两人将那条通向城里的道路弄得尘土滚滚，他们把肺都跑疼了。他们满嘴臭气浑身泥土地跑回到了城里。

中学老师里，举止优雅的音乐老师给我留下最为深刻的印象。他是所有老师里唯一用普通话讲课的，当他在风琴前坐下来教我们唱歌时，他的神态和歌声令我入迷。很长时间里，我都用喜悦的目光去注视他，他与众不同的文雅成为我心目中成年以后的榜样。而且他也是老师中最不势利的，他以同样的微笑对待所有的同学。我至今记得他第一次来给我们上课时的情景，他身穿白色衬衣和藏青的长裤，夹着歌谱走进了教室，用广播里那种声调庄重地说：

“音乐是从语言消失的地方开始的。”

习惯了那些土里土气的老师用土语讲课的同学，那时哄堂大笑了。

第三年春天，也就是苏杭向我们展示彩色图片的日子里，在音乐课上，使所有老师深感头痛的苏杭，以自己的粗俗嘲弄了音乐老师的优雅。苏杭脱下了他的球鞋放在窗台上，双脚架在了课桌上，他尼龙袜子里散发出来的脚臭飘满了全屋。面对如此粗俗的挑战，我们的音乐老师依然引吭高歌，他圆润的歌声和苏杭的脚臭双双来到，让我们同时接受美与丑的冲击。直到一曲终了，音乐老师才离开风琴，站起来对苏杭说：

“请你把鞋子穿上。”

不料这话使苏杭哈哈大笑，他在椅子里全身抖动地回过头来，对我们说：

“他还说‘请’呢。”

音乐老师依然文雅地说：

“请你不要放肆。”

这下苏杭笑得更疯狂了，他连连咳嗽，拍着胸口说：

“他又说‘请’啦，笑死我啦，真笑死我啦。”

音乐老师气得脸色发青，他走到苏杭课桌前，拿起窗台上的球鞋就扔了出去。当他刚转身，苏杭就赤脚抢先跑到风琴前，拿起歌谱也从窗口扔了出去。音乐老师显然没有料到这一招，他目瞪口呆地看着苏杭从窗口爬出去，又提着鞋子爬进来。苏杭仍然将鞋子放在窗台上，双脚架上了课桌，然后一副严阵以待的样子看着音乐老师。

音乐老师令我崇拜的文雅，在苏杭的粗野面前实在是不堪一击。我们的老师站在讲台旁微仰着脸，长时间不说一句话。他当初的神态犹如得到噩耗似的凄凉，过了良久他才对我们说：

“哪位同学去把歌谱捡回来？”

下课以后，很多同学向苏杭围上去欢呼他的胜利时，我没有像往常那样也围上去，当时我内心涌上一股难言的悲凉，作为我成年以后的榜样，就那么轻而易举地被苏杭侮辱了。

没过多久，我就和苏杭分道扬镳了。事实上我和苏杭的决裂，只是我一个人的内心体验。我在他眼中从来是可有可无的，当我不再走到操场中央，不再像别的同学那样围绕着他时，时刻意识到这一点的恰恰是我自己，苏杭似乎根本没有觉察整日簇拥着他的同学里，已经少了一个我。他依然是那样的兴高采烈，而我则隐入到独自一人的孤单里，但我惊讶地发现往昔我站在苏杭身旁时，所体会到的心情竟和后来的孤单十分一致。于是我知道了自己只是为了故作镇静和虚张声势，才走到苏杭身旁的。后来当我在心里指责哥哥孙光平巴结城里同学时，有时我会羞愧地想到自己不也有过这样的经历吗?

现在回想起来，我十分感激苏杭那天下午用柳枝对我的抽打。当时我是那么地吃惊，我根本没有想到苏杭会突然挥起柳枝，向我抽打过来。那时有一群女同学走到了我们身旁，其中有三个是苏杭当初竭力爱慕的。我能够理解苏杭那时的心情，可他炫耀自己的方式我则难以接受。最初的时候我还以为他是在开玩笑，他像吆喝牲口一样抽打起了我，我强作笑脸竭力躲避着。可他竟然穷追不舍，而且用柳枝猛抽我的脸，疼痛使我万分吃惊。当我看到那些女同学站住脚惊讶地看着我们时，内心的屈辱油然而生。得意洋洋的苏杭不停地回过头去向她们吹口哨，同时大声喊叫着命令我趴到地上去。我是那时明白他为什么要抽打我，我既没有趴下，也没有夺过柳枝，而是转身向教室的方向走去，我的同学们在后面欢叫，苏杭追上来继续抽打着我，我依然没有回击他，只是不停地往前走。我遭受耻辱的眼泪在那个下午模糊了我的眼睛。

其实正是这一次遭受了屈辱，才使我半年以后和苏宇建立了亲密的友情。我不再装模作样地拥有很多朋友，而是回到了孤单之中，以真正的我开始了独自的生活。有时我也会因为寂寞而难以忍受空虚的折磨，但我宁愿以这样的方式来维护自己的自尊，也不愿以耻辱为代价去换取那种表面的朋友。我是那时候注意起了苏宇，苏宇走在路边的孤单神态让我感到十分亲切。还是少年的苏宇，已经显露出了成年人才有的心事重重的模样。那时的苏宇还没有摆脱南门时父亲和寡妇那事所带来的阴影。我暗中注意苏宇时，苏宇也在悄悄注意着我。事后我才知道，当初自己表现出来的与任何同学都不交往的神态，曾经感动过苏宇。

苏宇对我的注意，我很早就观察到了。苏宇经常抬起头来看着同样走在路边的我，那时中间走着我们的同学，他们都是三五成群，一伙一伙的边走边高声说话，只有我们两人独自行走。可是苏宇在南门时的幸福生活留给我难以磨灭的印象，阻止了我产生和苏宇交往的任何想法。另一方面没有朋友的事实，让我很难设想一个比自己高两级的同学会走上前来表示友好。

直到这学期快要结束的时候，苏宇才突然和我说话。当时我们走在路的两端，当我向苏宇望去时，没料到他会站住脚，并向我流露了微笑。我无法忘记苏宇当时满面通红的情形，这位容易害羞的朋友就这样叫住了我：

“孙光林。”

我站在了那里。现在我已经无法还原当初的情感，我知道自己一直看着苏宇。很多同学在我们中间走去，直到显出很大一个空当时，苏宇才走过来问我：

“你还记得我吗？”

我最初向苏杭走去时，所期待苏杭的正是盼望他说类似这样的话。这话后来却由苏宇主动说出。我当时眼泪差点夺眶而出，我点点头，说道：

“你是苏宇。”

这次交往以后，放学回家时我们在学校里一旦相遇，就会自然地走到一起。我经常看到苏杭在不远处疑惑不解地望着我们。这样的关系持续了一段时间后，我们两人对走到校门口就要分手的事实都开始感到不安了。苏宇开始送我回家，他总是送到那座通往南门的木桥为止。苏宇站在那里朝走去的我挥挥手，然后转过身去慢慢地走远。

几年前我回到家乡重返南门时，那座老式的木桥已被水泥的新桥所代替。我站在冬天的傍晚里，回想着那些发生在夏季的往事。于是我怀旧的目光逐渐抹杀了作为工厂的南门，石头砌成的河岸，以及我站立其上的水泥桥。我重又看到了南门的田野，长满青草的泥土河岸，脚下的水泥桥面转换成了昔日的木板，我从木板的缝隙里看着河水的流动。

我在冬天凛冽的寒风里，回想起了这样的情景。有一次我和苏宇在木桥上站了很久，那是夏季最初来到的一个傍晚，苏宇羞怯地望着南门的目光在晚霞里微微泛红。他用和那个傍晚同样宁静的声音，回忆着一个平静的经历。他在南门的一个夏日夜晚，因为太热不想放下蚊帐，他母亲就坐在床边替他扇风和驱赶蚊虫，等他睡着后她才放下蚊帐。

当初苏宇有关他母亲的这段话，让我听了有些伤感。那时我已经很难得到来自家庭的温暖。

苏宇接下去告诉我，就是那晚上他做了一个噩梦。“我好像杀人了，警察到处抓我，我就跑回家中，想在家里躲起来，结果父母下班回来后发现了我，就用绳子把我绑在门前的树上，要把我交给警察。我拼命地哭，求他们别这样。他们则是拼命地骂我。”

苏宇在睡梦中的哭声惊醒了他母亲，母亲叫醒他时，他一身冷汗，心脏都跳疼了，母亲训斥他：

“哭什么，神经病。”

母亲的声音像是很厌恶，使苏宇当时深感绝望。

少年的苏宇对少年的我讲叙这些时，我们两人恐怕都难以明白这揭示着什么。后来，苏宇死后十多年，我站在这座通往南门的桥上，独自回想这些时，我才逐渐看到敏感的苏宇，从童年起就被幸福和绝望这两个事实纠缠不清了。

战 栗

我十四岁的时候，在黑夜里发现了一个神秘的举动，从而让我获得了美妙的感受。那一瞬间激烈无比的快乐出现时，用恐惧的方式来表达欢乐。此后接触到战栗这个词时，我的理解显然和同龄的人不太一样了，而开始接近歌德的意图。这位已经死去的德国老人曾经说过：

——恐惧与颤抖是人的至善。

当我最初在那些沉沉黑夜越过激动不安的山峰，进入一无所有的空虚之后，发现自己的内裤有一块已经湿润时，不禁惊慌失措。最早来到的惊慌还没有引起我对自己行为的指责，只是纯粹的对于生理的恐惧。最开始我将那一块湿润理解为尿的流出，无知的我所感到羞愧的，还不是那种举动的不可见人，我为自己这个年龄竟还遗尿而忐忑不安，同时也有怀疑疾病来到的慌乱。尽管如此，出于那一瞬间身体激动不安的渴望，我一次次不由自主地重复了这欢乐的颤抖。

我在十四岁那个夏天的中午走出家门，走向城里的学校时，灿烂的阳光却使我脸色苍白。就是在那样的时刻，我将要进行一个羞耻的行为，我要解开黑夜流出物之谜。我那时的年龄，已经无法让所有一切都按照被认为是正确的准则行事，内心的欲望开始悄悄地主持了我一部分言行。已经有一些日子了，我渴望知道那流出的究竟是什么。这样的行为无法在家中完成，我所能选择的只能是中午时刻学校的厕所，那时厕所将会空无一人。那个破旧不堪的厕所在我此后的回想里使我浑身发抖，以至很长一段时间里，我都被迫指责自己在最丑陋的地方完成了最丑陋的行为。现在我已经拒绝了这样的自我指责，我当初对厕所的选择让我看到了自己无处藏身的少年。这样的选择是现实强加于我，而非出于自愿。

我不愿意描述当时令人难以忍受的环境，就是想到苍蝇胡乱飞舞时的嗡嗡声和外面嘈杂响亮的蝉鸣，就足以使我紧张不安了。我记得自己离开厕所，走过阳光下的操场时，感到四肢无力。最新的发现所带给我的，是迷茫之后的不知所措。我走进对面的教室楼，是希望自己能在空无一人的教室里躺下来，然而我却惊慌地看到一个女同学在教室里做作业，女同学安宁的神态蓦然让我感到自己深重的罪恶。我不敢走入教室，站在走廊的窗口无限悲哀，我不知道自己接下去该干什么，仿佛末日已经来临。随后我看到一个上了年纪的清洁女工，挑着木桶走入了我刚才离开的厕所。这情形使我全身发抖。

后来随着对身体颤抖的逐渐习惯，我在黑夜来临以后不再那么惧怕罪恶。我越来越清楚自己干些什么时，对自己的指责在生理的诱惑面前开始显得力不从心。黑夜的宁静总是给予我宽容和安慰。我疲惫不堪即将入睡的那一刻，眼前出现的景象，往往是某件色彩鲜艳的上衣在浅灰的空气中缓缓飘过。那个庄严地审判着自己的声音开始离我远去。

然而清晨我一旦踏上上学之路，沉重的枷锁也就同时来到。我走近学校时，看到那些衣着整洁的女同学不由面红耳赤。她们的欢声笑语在阳光下所展示的健康生活，在那时让我感到前所未有的美好，自身的肮脏激起了我对自己的愤恨。最使我难受的是她们目光里的笑意偶尔掠过我的眼睛，我除了胆战心惊，已经无权享受被女孩目光照耀时的幸福与激动。这种时候我总是下定决心改变自己，而黑夜来临之后我又重蹈覆辙。那些日子里，我对自己的仇恨表现为软弱地走开，在下课的间隙里走到一个无人的地方呆呆站着。我避开了内心越来越依恋的朋友苏宇，我认为自己不应该有这么美好的朋友，当看着一无所知的苏宇向我友好走来时，我伤心地走向了另一端。

我的生命在白昼和黑夜展开了两个部分。白天我对自己无情的折磨显得那么正直勇敢，可黑夜一旦来到我的意志就不堪一击了。我投入欲望怀抱的迅速连我自己都大吃一惊。那些日子里我的心灵饱尝动荡，我时常明显地感到自己被撕成了两半，我的两个部分如同一对敌人一样怒目相视。

欲望在黑夜里一往无前，那一刻我越来越需要女人形象的援助。我绝对不是想玷污谁而实在是没办法。我选中了那个名叫曹丽的女同学。这个在夏天里穿着西式短裤来到学校的漂亮女孩，让那些在生理上快速走向成熟的男同学神魂颠倒，他们对她暴露在阳光下的大腿赞不绝口，听到他们的窃窃私语，对女性肉体还缺乏真正敏感的我惊讶不已。我十分不解的是他们为何不赞美她的脸，她的脸在我当初看来有着无与伦比的美丽，只有她的笑容才能让我感到甜蜜无比。她成了我黑夜时不可缺少的想象伙伴。尽管我对她身体的注意远不如其他男孩那么实际，我也同样注意到了她的大腿，腿上散发出来的明亮光泽使我微微颤抖。但我最为热爱的依然是她的脸。她说话时的声音在任何地方传来都将使我激动不安。

就这样黑夜降临后，美丽的曹丽便会在想象中来到我的身旁。我从没有打过她肉体的坏主意，我们两人总是在一条无人的河边走啊走啊。我伪造着她说的话，以及她望着我的眼神，最为大胆的时候我还能伪造她身上散发出来的气息，那种近似于清晨草地的气息。唯一一次出格的想象是我抚摸了她迎风飘起的头发。后来当我准备摸她脸时，我突然害怕了，我警告自己：不能这样。

虽然我有效地阻止了自己对曹丽那张甜蜜脸蛋的抚摸，白昼来到后我还是感到自己极为下流地伤害了她，使我一跨进学校就变得提心吊胆。我的目光不敢注视她，我的听觉却无法做到这一点，她的声音随时都会突然而至，让我既感幸福又痛苦不堪。有一次她将一个纸团摔向一个女同学时，无意里击中了我。她不知所措地站在了那里，然后在男女同学的哄笑里满脸通红地坐下去，低头整理自己的书包。她当初不安的神态深深震动了我，一个微不足道的纸团会使她如此羞怯，我夜晚对她的想象就不能不算肮脏了。可是没过多久，她就完全变了。

我多次发誓要放弃对曹丽的暗中伤害，我试着在想象里和另外一个姑娘交往，然而总是没过多久曹丽的形象就迅速取而代之。我所有的努力都使我无法摆脱曹丽，那些日子我能给予自己安慰的，是我虽然一次次在想象里伤害她，可她依然那么美丽，她的身体在操场上跑动时依然那么活泼动人。

我在自我放纵同时又是自我折磨中越陷越深时，比我大两岁的苏宇注意到了我脸上的憔悴和躲避着他的古怪行为。那时候不仅见到曹丽是对自己巨大的折磨，就是见到苏宇，我也会羞愧不已。苏宇在铺满阳光的操场上走动时文静的姿态，显露了纯洁和一无所求的安宁。我的肮脏使我没有权利和他交往下去。下课时，我不再像往常那样走到高中年级的教室去看望苏宇，而是独自走到校旁的池塘边，默默忍受自己造成的这一切。

苏宇到池塘边来过几次，第一次的时候他非常关心地问我究竟出了什么事，苏宇关切的声音使我当初差点落泪。我什么都没说，一直看着水面的波纹。此后苏宇来到后不再说什么，我们站在一起默默无语地等待上课铃响，然后一起离开。

苏宇无法知道我当初内心所遭受的折磨，我的神态使苏宇产生了怀疑，怀疑我是不是开始厌烦他了。此后苏宇变得小心谨慎，他不再到池塘旁来看望我。我们之间一度亲密的友情从那时产生了隔膜，同时迅速疏远了。有时在学校路上相遇，我们各自都显得有些紧张和不安。我是在那个时候注意到郑亮的，这个全校最高大的学生开始出现在苏宇身旁。郑亮发出洪亮的笑声和举止文雅的苏宇站在操场一边亲热地交谈。我哀怨的目光看到了郑亮站在应该是我的位置上。

我品尝到了失去友情的滋味，苏宇这么快就和郑亮交往上使我深感不满。但和苏宇相遇时，苏宇眼中流露出的疑惑和忧伤神色还是深深打动了我，燃起了我和苏宇继续昔日友情的强烈愿望。可是在黑夜的罪恶里越陷越深的我，一旦要这样做时却困难重重。那些日子白昼让我万分恐惧，阳光灿烂的时刻我对自己总是仇恨无比。这种仇恨因为苏宇的离去而越加强烈。于是那个上午我决定将自己的肮脏和丑恶去告诉苏宇。这样做一方面是为了给予自己真正的惩罚，另一方面也是要向苏宇表明自己的忠诚。我可以想象苏宇听我说完后的惊恐表情，苏宇显然无法想到我竟如此丑恶。

可是那天上午当我勇敢地把苏宇叫到池塘边，并且将这勇敢保持到把话说完，苏宇脸上没有丝毫惊恐，而是认真地告诉我：

“这是手淫。”

苏宇的神态使我大吃一惊。我看到了他羞怯的笑容，他平静地说：

“我也和你一样。”

那时候我感到眼泪夺眶而出，我听到自己怨声说道：

“你为什么不早告诉我。”

我永远难忘和苏宇站在池塘旁的这个上午，因为苏宇的话，白昼重新变得那么美好，不远处的草地和树木在阳光下郁郁葱葱，几个男同学在那里发出轻松的哈哈大笑，苏宇指着他们告诉我：

“他们在晚上也会的。”

不久之后的一个晚上，那是冬天刚刚过去的晚上，我和苏宇还有郑亮三个人，沿着一条寂静的街道往前走。这是我第一次晚上和苏宇在一起，我记得自己双手插在裤袋里，我还没有从冬天的寒冷里反应过来，直到发现裤袋里的手开始出现热汗，我才惊讶地问苏宇：

“是不是春天来了？”

那时我十五岁了，与两个比我高得多的朋友走在一起，对我来说是难以忘记的时刻。当时苏宇走在我的右边，他的手一直搭在我肩上。郑亮走在右侧，郑亮是第一次与我交往。当苏宇亲热地将我介绍给郑亮时，郑亮并没有因为我的矮小冷落我，他显得很高兴地对苏宇说：

“他还用介绍吗？”

那个晚上郑亮给我留下了深刻的印象，郑亮高大的身影在月光里给人以信心十足的感觉，他在往前走去时常常将手臂挥舞起来。就是在这样的时刻，我们三个人悄悄谈论起手淫。话题是由苏宇引起的，一向沉默寡言的苏宇突然用一种平静的声音说起来，使我暗暗吃惊。多年之后我重新回想这一幕时，我才明白苏宇的真正用意。那时我还没有完全摆脱由此带来的心灵重压，苏宇这样做是为了帮助我。事实上也是从那时以后，我才彻底轻松起来。当初三个人说话时的神秘声调，直到现在依然让我感到亲切和甜蜜。

郑亮的态度落落大方，这个高个的同学这样告诉我们：

“晚上睡不着觉的时候，这么来一下很灵。”

郑亮的神态让我想到自己几天以前还在进行着的自我折磨，从而使我望着他的目光充满了羡慕。

尽管那个晚上给予我轻松自在，可后来郑亮无意中的一句话，却给我带来了新的负担。郑亮说那话时，并不知道自己是在表达一种无知，他说：

“那种东西，在人身上就和暖瓶里的水一样，只有这么多。用得勤快的人到了三十多岁就没了，节省的人到了八十岁还有。”

郑亮的话使我陷于对生理的极度恐怖的紧张之中。由于前一段时间过于挥霍，我在黑夜里时刻感到体内的那种液体已经消耗完了。这种恐怖使我在进行未来生活憧憬时显得忧心忡忡。尤其是对爱情的向往，因为心理的障碍，我不仅无法恢复昔日的甜蜜想象，反而对自己日后的孤独越来越确信无疑。有一个晚上，当我想到自己成为一个步履蹒跚的老人，在冬天的雪地里独自行走时，我为自己的凄惨悲伤不已。

后来的许多黑夜，我在夜晚的举动不再是猎取生理上的快感，而逐渐成为生理上的证明。每一次试验成功后，赋予自己的安慰总是十分短暂，接踵而至的仍然是恐慌。我深知自己每一次证明所担的风险，我总是感到体内最后的液体已在刚才流出。那时我对自己刚刚完成的证明就会痛恨和后悔。可是没出三天，对体内空虚的担忧，又使我投入到证明之中。我身体的成长始终在脸色苍白里进行着，我经常站在南门的池塘旁，看自己在水中的形象。我看到了消瘦的下巴和神情疲惫的眼睛在水里无力地漂动，微微的波浪让我看到自己仿佛满脸皱纹。尤其是天空阴沉的时刻，会让我清晰地目睹到一张阴郁和过早衰老的脸。

直到二十岁时，我才知道正确答案。那时我正在北京念大学，我认识了一位当时名声显赫的诗人。这是我认识的第一位名人，他随便和神经质的风度，使我经常坐车两个小时到城市的另一端，为了只是和他交谈几分钟。运气好的时候，我可以和他谈上一小时。

尽管我去了三次后他仍然没有记住我的名字，可他那亲切的态度和对同行尖刻的嘲弄，让我并不因此感到难受。他在高谈阔论的同时，也可以凝神细听我冗长的发言，而且不时在他认为是错误的地方出来加以纠正。

在这位年届四十的单身诗人那里，我经常会遇上一些神态各异的女人，体现了这位诗人趣味的广阔。随着我们之间交往的不断深入，有一次我小心翼翼地提醒他是不是该结婚了。我对他隐私的侵犯并没让他恼怒，他只是随便地说：

"干吗要结婚？"

那时我局促不安，我完全是出于对自己崇敬的人的关心才继续说：

"你不要把那东西过早地用完。"

我羞羞答答说出来的话，使他大吃一惊，他问：

"你怎么会有这样的想法？"

于是我将几年前那个夜晚郑亮的话复述给了他。他听后发出震耳欲聋的大笑，我无法忘记他当时坐在沙发里缩成一团时的愉快情景。后来他第一次留我吃了晚饭，晚饭是他下楼去买了两袋方便面组成的。

这位诗人在四十五岁时终于结婚了，妻子是一位三十多岁的漂亮女子，她身上的凶狠和容貌一样出众。这位此前过着潇洒放任生活的诗人，尝到了命运对他的挖苦。他就像是遇到后娘的孩子一样，出门时口袋里的钱只够往返的车费。对钱的控制只是她手段之一。他还经常鼻青脸肿地跑到我这里来躲避几天，原因只是有位女士给他打过电话。几天以后，还得在我护送下才敢返回家中去赔礼道歉。我对他说：

“你不要垂头丧气，你要理直气壮，你根本就没有错。”

他却嬉皮笑脸地说：

“还是认错好。”

我记得这个漂亮女人坐在沙发里对刚进门的丈夫说：

“去把垃圾倒掉。”

我们的诗人端起那满满一簸箕垃圾时，显得喜气洋洋。他误以为劳动能使自己平安无事，可他回来后那女人就毫不客气地对我说：

“你回去吧。”

然后就关上了门。我听到里面响起了大人训小孩的声音。这个身为妻子的女人，当然明白被自己训斥的人是一个很有才华的诗人。于是我听到了让我瞠目结舌的训词，训词里充斥着唐诗宋词现代政治术语流行歌词等等不计其数。其间穿插着丈夫虔诚的话语：

“说得好。”

或者：

“我茅塞顿开。”

女人的声音越来越慷慨激昂，事实上那时候她已不是为了训斥她的丈夫，纯粹是为了训斥本身。她的声音向我显示了她正陶醉在滔滔不绝之中。

在这种女人长裙笼罩下的生活真是不堪设想。即使能够忍受鼻青脸肿，那也无法忍受她的滔滔不绝。

这个女人最为严厉的表现是，将她丈夫写下的忏悔书、保证书、检讨书像装饰品一样在屋内墙上布置起来，让丈夫的朋友来到时先去一饱眼福。最初的时候，我的朋友在那时总是脸色铁青，时间一久他也就能装得若无其事了。他告诉我们：

“死猪不怕开水烫。”

他曾经说：

“她不仅在肉体上，还在精神上无情地摧残我。”

我问他：“你当初为何要和她结婚？”

“我当初怎么知道她是个泼妇？”

我和其他朋友劝告他离婚的话，到头来他都会向妻子和盘托出。他对我们的出卖，使我们每人都接到一个女人充满威胁的电话，我得到的诅咒是，在我二十五岁生日那天，我将暴死街头。

十五岁那年春天，有一天中午洗澡后换衣服时，我发现自己的身体出现了奇怪的变化。我看到了下腹出现了几根长长的汗毛，使我还在承受那个黑夜举动带来的心理重压时，又增加了一层新的恐慌。那几根纤细的东西，如同不速之客突然来到我光滑的身体上。我当初目瞪口呆地看着它们很久，我找不到合适的态度来对待它们，只是害怕地感到自己的身体已经失去过去的无忧无虑。

当我穿越阳光走向学校时，四周的一切都展示着过去的模样，唯有我的身体变了。一种丑陋的东西那时隐藏在我的短裤里，让我走去时感到脚步沉重不堪。虽然我讨厌它们，可必须为它们保守秘密，因为我无法否认它们是我身体的一部分。

随后不久，我腿上的汗毛也迅速生长。我是在夏天脱下长裤时发现这一点的，当我穿着短裤去上学，腿上明显的汗毛因为无处躲藏,让我感到自己狼狈不堪。只要有女同学的目光向这里望来，我就会坐立不安。尽管第二天我就将腿上明显起来的汗毛全部拔去，可我总是担心曹丽已经看到它们了。

那时班上有位个子最高的同学，他腿上的汗毛已经黑乎乎了，可他依然暴露着它们若无其事地走来走去。有一段时间我常常为这位同学担忧，当我偶尔发现女同学的目光注视着他腿上的汗毛时，这种担忧就变成了针对自己的忐忑不安。

在暑假即将来到的一个中午，我很早就来到学校。那时教室里几个女同学的高声说笑,使我缺乏足够的胆量走进去。直到现在，当一个屋里全是女性或者陌生人时，让我独自进去依然是一件可怕的事。那么多目光同时注视着我，我将惊慌失措。当时我是打算立刻走开的。可我听到了曹丽的声音，她的笑声紧紧攥住了我。然后我听到她们问曹丽喜欢哪个男同学，她们的大胆使我吃了一惊。更使我吃惊的是曹丽并不因此害羞，她回答的声音流露出明显的喜悦，她要她们猜一猜。

我当初的紧张使我的呼吸变得断断续续。她们说出了一串人名，有苏杭也有林文，这些名字都和我无关，她们对我的遗忘引起了我的忧伤。与此同时，曹丽的全部否认给予了我短暂的希望。很快当一个声音说出那位拥有黑乎乎大腿的同学时，曹丽立刻承认了。我听到她们共同发出的放声大笑，在笑声里一个声音说：

“我知道你喜欢他什么。”

“喜欢什么？”

“他腿上汗毛。”

曹丽的申辩使我后来很长时间里都对这个世界迷惑不解。她说他是男同学中最像成年人的。

我默默离开教室，我在独自走去时，曹丽放肆的笑声总是追踪着我。刚才的情景与其说让我悲哀，不如说是让我震惊。正是那一刻，生活第一次向我显示了和想象完全不一样的容貌。那位高个的同学，对自己腿上汗毛毫不在乎的同学，写作文时错字满篇，任何老师都不会放过对他的讥讽，就是这样一位同学，却得到了曹丽的青睐。恰恰是我认为丑陋的，在曹丽那里则充满魅力，我一直走到校旁的池塘边，独自站立很久，看着水面漂浮的阳光和树叶，将对曹丽的深深失望，慢慢转化成对自己的怜悯。这是我一生里第一次美好向往的破灭。

第二次的破灭是苏宇带给我的，那就是关于女人身体的秘密。当时我对女性的憧憬由来已久，可对其生理一无所知。我将自己身上最纯洁的部分全部贡献出来，在一片虚空中建立了女性的形象。这个形象在黑夜里通过曹丽的脸出现，然而离性的实际始终十分遥远。那时的夜晚，我常常能看到美丽无比的女性形体在黑暗的空中飞舞。

这是从那本摆在苏宇父亲书架上的精装书开始的。对苏宇来说精装书他十分熟悉，可他对这本书的真正发现还是通过了苏杭。他们离开南门以后一直住在医院的宿舍楼里，苏宇和苏杭住楼下，他们父母住在楼上。父母给这对兄弟每天必须完成的任务是，用拖把打扫地板。最初的几年苏杭负责打扫楼下，他不愿意提着拖把上楼，这无疑会增加工作的难度。后来苏杭突然告诉苏宇以后楼上归他打扫。苏杭没有陈述任何理由，他已经习惯了对哥哥发号施令。苏宇默默无语地接受了苏杭的建议，这个小小的变动没有引起他的注意。苏杭负责楼上以后，每天都有两三个同学来到家中，帮助苏杭在楼上拖地板。于是在楼下的苏宇，便经常听到他们在楼上窃窃私语，以及长吁短叹的怪声。有一次苏宇偶尔闯进去后，才了解到精装书的秘密。

此后苏宇和我相见时常常神色忧郁，他和我一样，对女人的憧憬过于虚幻，实际的东西一下子来到时，使他措手不及。我记得那个晚上我们在街上安静地走动，后来站在了刚刚竣工的水泥桥上，苏宇心事重重地望着水面上交织在一起的月光和灯光，然后有些不安地告诉我：

“有件事你应该知道。”

那个晚上我的身体在月光里微微颤抖，我知道自己即将看到什么了。苏杭对我的忽视，使我对那张彩色图片的了解一直推延至今。很长一段时间里，我都对自己那次选择站岗而后悔莫及。

第二天上午，我坐在苏家楼上的椅子里，那是一把破旧的藤椅，看着苏宇从书架上抽出那本精装书。他向我展示了那张彩色图片。

我当初第一个感觉就是张牙舞爪。通过想象积累起来的最为美好的女性形象，在那张彩色图片面前迅速崩溃。我没有看到事先预料的美，看到的是奇丑无比的画面，张牙舞爪的画面上明显地透露着凶狠。苏宇脸色苍白地站在那里，我也同样脸色苍白。苏宇合上了精装书，他说：

“我不应该给你看。”

彩色图片将我从虚幻的美好推入到实际的赤裸中去，苏宇也得到了同样的遭遇。虽然我将自己美丽的憧憬仍然继续了一段时间，可我常常感到憧憬时已经力不从心了。

当我再度想象女性时，已经丧失了最初的纯洁，彩色图片把我带入了实际的生理之中。我开始了对女性的各种想象。虽然我极其害怕地感到堕落正在迅速来到，可纯粹的生理欲望又使我无法抗拒。随着年龄的增长，我看女性的目光发生了急促的变化，我开始注意起她们的臀部和胸部，不再像过去那样只为漂亮的神情和目光感动。

我十六岁那年秋天的时候，城里的电影放映队时隔半年后又来到了南门。那时乡村夜晚的电影是盛大的节日，邻村的人都在天黑前搬着凳子赶来。许多年来，队长的座位始终盘踞在晒场的中央，多年不变。我一直记得天黑时队长拿着一根晾衣服的竹竿，耀武扬威地走到晒场的神态。他坐下后，长长的竹竿就斜靠在肩上。只要前面一有人挡住他的视线，也不管那人是谁，他就将竹竿伸过去在那人脑袋上敲打一下。队长用竹竿维护他视野的宽敞。

孩子们一般是坐到银幕反面，看着电影里的人物用左手开枪，用左手写字。我小时候就是银幕反面的观众，我十六岁这年没再到反面去观看电影。那一次邻村一个二十来岁的姑娘站在了我的前面，我至今都不知道这姑娘是谁。当时的拥挤使我来到了她的身后，我的目光就是擦过她的头发抵达银幕的。刚开始我很平静，是她头发上散发出来的气味使我逐渐不安起来，那种暖烘烘带着肉体气息的气味一阵阵袭击着我。接着一次人群的挤动，我的手触到了她的臀部，那一次短暂的接触使我神魂颠倒。诱惑一旦出现就难以摆脱，尽管我害怕不已，还是将手轻轻碰了上去。姑娘没有反应，这无疑增加了我的勇气。我将手掌翻过来，几乎是托住了她的臀部。那一刻只要她的身体稍一摆动，我就会立刻逃之夭夭。她的身体僵直如木头般纹丝未动，我的手感受到了她的体温，从而让我手上接触到的部分越来越烫。我轻轻移动了几下，姑娘仍然没有反应。我当时扭回头去看看，看到了自己身后站着一个高出一头的男人。接下去我以出奇的胆量在姑娘臀部上捏了一把，姑娘这时咯咯笑了起来。她的笑声在电影最为枯燥的时候蓦然响起，显得异常突出。正是这笑声使我逐渐递增的胆量顷刻完蛋。我当初挤出人群后，起先还装得漫不经心，没走几步我就坚持不下去了，我拼命地往家中跑去，慌张使我躺到床上后依然心脏乱跳。那一刻只要一有脚步声接近家门，我就会浑身发抖，仿佛她带着人来捉拿我了。电影结束后，纷乱走来的脚步更加让我胆战心惊。当父母和哥哥都躺到床上去后，我仍在担心着那位姑娘会找上门来。直到睡眠来到后，我才拯救了自己。

我在面对自身欲望无所适从时，苏宇也陷入同样的困境。与我不同的是，苏宇因此解脱了南门生活带来的心灵重压。现在我眺望昔日的时光时，在池塘旁所看到的苏宇快乐幸福的童年生活，其实如当时从水面上吹过的风一样不可靠。当时我已经隐约知道一点苏宇父亲和寡妇之间的纠缠，却不知道这事给苏宇带来的真正打击。事实上当我与家庭的对立日趋明显时，苏宇则因为父亲的举动而开始了对家庭的惊慌。

苏家搬来时，寡妇尚未衰老，这位四十岁的女人毫不掩饰她对苏医生的强烈兴趣。她在自己蓬勃的情欲行将过去之前，犯了那种喜新厌旧的在男人那里随便可以找到的毛病。此前从她床上下来的都是腿上有泥的农民，苏医生的出现使她耳目一新。这个戴着眼镜，身上总是散发着酒精气息的文雅男人，让寡妇恍然大悟地意识到，虽然有无数男人光临过她的雕花木床，可那些男人都是一种类型的。医生的来到，让寡妇按捺不住内心的激动，她逢人就说：

“知识分子就是招人喜爱。”

公正地说，在那些迷恋医生的日子里，她起码保持了有两个星期的贞操，她不再来者不拒。她知道医生都是讲究卫生的，她不愿意委屈医生，勾引是从装病开始的。当医生得知寡妇生病向她家走去时，并不知道自己是在走向陷阱。甚至走到寡妇床前，寡妇用痴呆的眼睛看着他时，他仍然没有引起足够的警惕。医生用一贯平静的声调问她哪儿不舒服，寡妇回答说是肚子疼，医生请她把被子拉开一角，准备检查。寡妇拉开的不是被子的一角，而是手脚并用将被子掀到一旁，向医生展览了她赤裸的全身。这突如其来的一切，让医生惊慌失措。他看到了与妻子完全不一样的身体，强壮无比的女人身体。他结结巴巴地说：

“不用，不用全拉开。”

寡妇则向他发出命令：

“你上来。”

那时医生并不是拔腿就跑，而是缓慢地转过身去，并且同样缓慢地往外走。寡妇的强壮身体，使他有些欲罢不能。

于是寡妇从床上跳起来，她的力气使她轻而易举地把医生抱到了床上。后来的整个过程里，寡妇始终听到医生喃喃自语：

“我对不起妻子，我对不起孩子。”

医生不间断的忏悔并未阻止他的行为，一切还是照常发生了。事后寡妇告诉别人：

“你不知道他有多害羞，真是个好人。”

后来他们之间没再发生什么，不过很长一段时间里，村里人常能看到壮实的寡妇把自己打扮成一个新疆姑娘似的，扎了无数小辫子在医生家附近走来走去，卖弄风骚。医生的妻子有时会走出来看看她，接着又走进去，什么也没发生。有几次医生被她在那条路上堵住，在寡妇情意绵绵的微笑里，村里人所看到的是医生狼狈不堪的逃跑。

我升入初二的一个晚上，苏宇神色安详地向我叙述了另一个晚上发生的事。苏宇父亲和寡妇之间的短暂纠缠，在家里没有引起轩然大波，只是出现这样的事。他记得有一天父母回家特别晚，天黑后才看到母亲回来，当他和苏杭迎上去时，母亲没有理睬他们，而是从箱子里找出几件衣服放入包中，随后提着包出去了。母亲走后不久，父亲也回来了。父亲问他们，母亲是否回来过，得到肯定的答复后父亲也走了出去。他们忍受着饥饿一直等到半夜，父母仍然没有回来，他们就上床睡觉了。翌日清晨醒来时，父母已在厨房里准备早餐，和往常没有什么两样。

苏宇那晚上的声调有着明显的不安。敏感脆弱的苏宇，在父亲出事后的日子里，即使看到一个男人和一个女人在一起亲密地说话，他都会突然慌乱起来。父亲的行为尽管被他父母极好地掩饰了，可他还是逐渐明白了一切。他看到同学无忧无虑的神态时，对他们的羡慕里充满了对他们父母的感激。他从不怀疑同学的父母也会有不干净的地方，他始终认为只有自己的家庭才会出现这样的丑事。他曾经也向我表达了这样的羡慕，虽然他知道我在家中的糟糕处境。他羡慕地望着我的时候，他不知道我父亲孙广才正肩背着我祖母生前使用的脚盆，嘻嘻笑着走入寡妇家中。面对苏宇友好的羡慕，我只能面红耳赤。

高中的最后一年，苏宇生理上趋向成熟以后，他开始难以抵挡欲望的猛烈冲击，其激烈程度与后来升入高中的我不相上下。他对女性的渴望，使他在一个夏天的中午，走向了在我们当初看来是可怕的身败名裂。那个中午他在一条僻静的胡同里，看到一个丰满的少妇走来时，竟然浑身颤抖不已。那一刻欲望使他失去了控制自己的能力，他昏头昏脑走向那位少妇时，根本不知道自己会抱住她，直到她发出惊恐的喊叫，挣脱以后拼命奔跑，他才渐渐意识到自己刚才干了什么。

苏宇为此付出了惨重的代价，他被送去劳动教养一年。送走的前一天，他被押到了学校操场的主席台上，胸前挂着一块木牌，上面写着——

流氓犯苏宇

我看到几个熟悉的男女同学，手里拿着稿纸走上台去，对苏宇进行义正词严的批判。

我是很晚才知道这些的。那天上午课间休息，我像往常那样朝苏宇的教室走去时，几个高年级的同学向我喊道：

“你什么时候去探监？”

当时我并不知道这话的意思，我走到苏宇坐的那个窗口，看到郑亮在里面神色严峻地向我招招手。郑亮出来后告诉我：

“苏宇出事了。”

然后我才知道全部的事实。郑亮试探地问我：

“你恨苏宇吗？”

那时我眼泪夺眶而出，我为苏宇遭受的一切而伤心，我回答郑亮：

“我永远不会恨他。”

我感到郑亮的手搭在了我的肩上，我就随郑亮走去。刚才向我喊叫的几个人那时又喊了起来：

“你们什么时候去探监？”

我听到郑亮低声说：

“别理他们。”

后来我看到苏杭站在操场的西端，正和林文一起，向我的那些同学灌输急功近利的人生观。苏杭丝毫没有因为哥哥出事而显露些许不安，他嗓音响亮地说：

“我们他娘的全白活了，我哥哥一声不吭地把女人都摸了一遍。明天我也去抱个女人。”

林文则说：“苏宇已经做过人了，我们都还不能算是做人。”

半个月以后，苏宇被推光了头发站在台上，那身又紧又短的灰色衣服包着他瘦弱的身体，在阴沉的天空下显得弱不禁风。苏宇突然被推入这样的境地，即使早已知道，我依然感到万分吃惊。他低着头的模样使我心里百感交集。我的目光时刻穿越众多的头颅去寻找郑亮的眼睛，我看到郑亮也常常回过头来望着我。那一刻只有郑亮的心情和我是一样的，我们的眼睛都在寻求对方的支援。批斗会结束后，郑亮向我打了手势，我立刻跑了过去。郑亮说：

“走。”

那时苏宇已被押下台，他要到街上去游走一圈。很多同学都跟在后面，他们嘻嘻哈哈显得兴奋不已。我注意到了苏杭，不久前对哥哥的出事还满不在乎，这时他却独自一人垂头丧气地走向另一端，显然批斗会的现实给了他沉重打击。游斗的队伍来到大街上时，我和郑亮挤了上去。郑亮叫了一声：

“苏宇。”

苏宇像是没有听到似的低着头往前走去，我看到郑亮脸色涨红，一副紧张不安的样子。我也叫了一声：

“苏宇。”

叫完后我立刻感到血往上涌，尤其是众多的目光向我望来，我一阵发虚。这一次苏宇回过头来，向我们轻松地笑了笑。

苏宇当初的笑容让我们大吃一惊，直到后来我才明白他为何微笑。那时的苏宇看上去处境艰难，可他却因此解脱了心灵重压。他后来告诉我：

“我知道了父亲当时为什么会干出那种事。”

我和郑亮在苏宇出事后的表现，尤其是最后向苏宇道别的喊叫，受到了老师的无情指责，并惩罚我们每人写一份检查。在他们看来，我们对苏宇的流氓行为不仅不气愤，反而给予同情的表现，证明了我们是没有犯罪行为的流氓。有一次放学回家时，我听到了几个女同学在后面对我的评价：

“他比苏宇更坏。”

我们坚持不写检查，无论老师如何威胁，当我们见面时，都自豪地告诉对方：

“宁死不写。”

不久后郑亮就显露了沮丧的神情，郑亮当时鼻青脸肿的模样使我吃了一惊，他告诉我：

“是我父亲打的。”

随后郑亮说：

“我写了检查。”

我听了这话十分难受，告诉郑亮：

“你这样对不起苏宇。”

郑亮回答：“我也是没办法。”

我转身就走，同时说：“我永远不会写。”

现在想来，我当初的勇敢在于我没有家庭压力。孙广才那时正热衷于在寡妇的雕花木床里爬上爬下，我的母亲在默默无语里积累着对寡妇的仇恨。只有孙光平知道我正面临着什么，那时的孙光平已经寡言少语，就在苏宇出事的那天，我哥哥的脸遭受了那个木匠女儿瓜子的打击。当我遭到高年级同学取笑时，我看到远处的哥哥心事重重地望着我。

我不知道那些日子为何会仇恨满腔，苏宇的离去，使我感到周围的一切都变得那么邪恶和令人愤怒。有时候坐在教室里望着窗玻璃时，我会突然咬牙切齿地盼着玻璃立刻粉碎。当一个高年级的同学带着挑衅的神态叫住我：

“喂，你怎么还不去探监？”

他当时的笑容在我眼中是那样的张牙舞爪，我浑身发抖地挥起拳头，猛击他的笑容。

我看到他的身体摇晃了一下，随后我的脸就遭受了重重一击，我跌坐在地，当我准备爬起来时，他一脚蹬在我胸口，一股沉闷的疼痛使我直想呕吐。这时我看到一个人向他猛扑过去，可随即这人也被打翻在地，我认出了是苏杭。苏杭在这种时候挺身而出，使我不由一怔；从地上爬起来的苏杭又扑了过去，这次苏杭抱住了他的腰，两人滚倒在地。苏杭的加入鼓舞了我的斗志，我也迅速扑了上去，拼命按住他乱蹬的腿，苏杭则按住他的两条胳膊。我在他腿上咬了一口后，苏杭又在他肩膀上咬了一口，疼得他嗷嗷乱叫。然后我和苏杭互相看了一眼，也许是因为激动，我们两人都哭了起来。在那个下午，我和苏杭响亮地哭泣着，用头颅撞击那个高年级同学被按住的身体。

因为苏宇的缘故，我和苏杭开始了短暂的友谊。苏杭手握一把打开的小刀，和我一起杀气腾腾地在学校里走来走去，他向我发誓：谁要再敢说一句苏宇的坏话，他就立刻宰了那个人。

也许是时过境迁，没人会长久地去记着苏宇，我们没再受到挑衅，从而也没再得到巩固我们友谊的机会。总之当我们凶狠地对待这个世界时，这个世界突然变得温文尔雅了。是仇恨把我和苏杭联结在一起，仇恨一旦淡漠下去，我和苏杭的友谊也就逐渐散失。

不久之后，曹丽和音乐老师的私情也被揭发出来。曹丽对成熟男子的喜爱，使她投入了音乐老师的怀抱。我当初得到这一消息时简直目瞪口呆，我不能否认自己埋藏很深的不安，尽管自卑早已让我接受这样的事实，即我根本配不上曹丽，可她毕竟是我曾经爱慕并且依然喜爱着的女性。

曹丽为此写下了一份很厚的交待材料，当初数学老师看完后，在楼梯上笑容古怪地交给了语文老师。正在抽烟的语文老师显得迫不及待，他在楼梯上就打开看了起来，他看得两眼发直，连香烟烧到手指上都全然不觉，只是哆嗦了一下将烟扔到了地上。然而当苏杭从后面悄悄凑过去时，他竟然还能发现苏杭，他嘴里哎哎嗯嗯地发出一串乱七八糟的声音，去驱赶苏杭。

苏杭只看到了一句话，可使他整个下午都兴致勃勃。他油腔滑调地将那句话告诉所有他遇上的人，他也告诉了我，他说：

“我坐不起来了。”随后他眉飞色舞地向我解释，“这是曹丽写的。你知道是什么意思吗？曹丽那东西开封啦。”

整整两天，“我坐不起来了”这句话在众多的男同学嘴里飘扬着，那些女同学则以由衷的笑声去迎接这句话。与此同时，在教师办公室里，化学老师作为一位女性，对曹丽写下如此详细的材料，表达了毫不含糊的气愤，她将那一沓材料抖得沙沙直响，恼怒地说：

“她这不是在放毒吗？”

而那些男老师，已经仔细了解了曹丽和音乐老师的床上生涯，一个个正襟危坐，以严肃的目光一声不吭地望着化学老师。

那天放学的时候，接受老师审查以后的曹丽，向校门走去时镇静自若。我注意到她脖子上围了一块黑色的纱巾，纱巾和她的头发一起迎风起舞，她微微仰起的脸被寒风吹得红润透明。

那时候以苏杭为首，一大群男同学都聚集在校门口等待着她，当她走近以后，他们就齐声喊叫：

“我坐不起来了。”

当时我就站在不远处，我看着曹丽走入他们的哄笑，然后我看到了她锋利的个性。她在他们中间站住，微微扭过头来厉声说道：

“一群流氓。”

我的那群同学当时竟鸦雀无声了，显然他们谁都没有料到曹丽会给予这样的回击。直到她远远走去了，苏杭才第一个反应过来，他朝曹丽的背影破口大骂：

“你他娘的才是流氓，你是流氓加泼妇。”

接着我看到苏杭一脸惊讶地对同伴们说：

“她还说我们是流氓。”

音乐老师被送进了监狱，五年后才获得自由，但他被发配到了一所农村中学。曹丽和别的女同学一样，后来嫁人生了孩子。音乐老师至今独自一人，住在一间破旧的房子里，踩着泥泞的道路去教那些乡下孩子唱歌跳舞。

几年前我返回家乡，汽车在一个乡间小站停靠时，我突然看到了他。昔日风流倜傥的音乐老师已经衰老了，花白的头发在寒风里胡乱飘起。他穿着一件陈旧的黑色棉大衣，大衣上有斑斑泥迹，他和一群乡下人站在一起，唯有那块围巾显示了他过去的风度，从而使他与众不同。那时他正站在一家热气腾腾的包子铺前，十分文雅地排着队。事实上只有他一个人在排队，所有的人都在往前挤，他则挺着身体站在那里，我听到他嗓音圆润地说：

“请你们排队。”

苏宇劳动教养回来后，我见到他的机会就少了。那时郑亮高中已经毕业，苏宇经常和郑亮在一起。我只有在晚上进城才能见到苏宇，我们在一起时依然和过去一样很少说话，可我渐渐感到苏宇对我的疏远。他说话的声调还是有些羞怯，但他对话题的选择已不像过去那么谨慎。他会直截了当地告诉我，他当时抱住那个少妇时的感受，苏宇说这话时脸上流露出了明显的失望，那一瞬间他突然发现，实际的女性身体与他想象中的相去甚远，他告诉我：

"和我平常抱住郑亮肩膀时差不多。"

苏宇当初目光犀利地望着我，而我则是慌乱地扭过脸去。我不能否认苏宇这话刺伤了我，正是苏宇这句话，使我对郑亮产生了嫉妒。

后来我才明白过来，当初的责任在于我。苏宇回来以后，我从不向他打听那里的生活，担心这样会伤害苏宇。恰恰是我的谨慎引起了他的猜疑。他几次有意将话题引到那上面，我总是慌忙地躲避掉。直到有一个晚上，我们沿着河边走了很久以后，苏宇突然站住脚问我：

"你为什么从来不问我劳教时的生活？"

苏宇的脸色在月光里十分严峻，他看着我让我措手不及。然后他有些凄楚地笑了笑，说道：

"我一回来，郑亮马上就向我打听了，可你一直没问。"

我不安地说："我没想到要问。"

他尖锐地说："你心里看不起我。"

虽然我立刻申辩，苏宇还是毅然地转过身去，他说：

"我走了。"

看着苏宇弓着背在河边月光里走去时，我悲哀地感到苏宇是要结束我们之间的友情。这对我来说是无法接受的，我走了上去，告诉他我在村里晒场上看电影时，捏一个姑娘的事。我对苏宇说：

"我一直想把这事告诉你，可我一直不敢说。"

苏宇的手如我期待的那样放到了我的肩上，我听到他的声音极其柔顺地来到耳中：

"我劳教时，总担心你会看不起我。"

后来我们在河边的石阶上坐下来，河水在我们脚旁潺潺流淌。我们没有声音地坐了很久，苏宇说：

"有句话我要告诉你。"

我在月光下看着苏宇，他没有立刻往下说，而是仰起了脸，我也抬起头来，我看到了斑斓的夜空，月亮正向一片云彩缓缓地飘去，我们宁静地看着月亮在幽深的空中飘浮，接近云彩时，那块黑暗的边缘闪闪发亮了，月亮进入了云彩。苏宇继续说：

"就是前几天告诉你的，我抱住女人时的感受——"

苏宇的脸在黑暗里模糊不清，但他的声音十分明朗。当月亮钻出云彩时，月光的来到使苏宇的脸蓦然清晰，他立刻止住话题，又仰起脸看起了夜空。

月亮向另一片云彩靠近过去，再度钻入云层后，苏宇说道：

“其实不是抱住郑亮的肩膀，是抱住你的肩膀。我当时就这样想。”

我看到苏宇的脸一下子明亮起来，月光的再次来到让我看清了苏宇生动的微笑。苏宇的微笑和他羞怯的声音，在那个月光时隐时现的夜晚，给予了我长久的温暖。

苏宇之死

一贯早起的苏宇，在那个上午因为脑血管破裂陷入了昏迷，残留的神志使他微微睁开眼睛，以极其软弱的目光向这个世界发出最后的求救。

我的朋友用他生命最后的光亮，注视着他居住多年的房间，世界最后向他呈现的面貌是那么狭窄。他依稀感受到苏杭在床上沉睡的模样，犹如一块巨大的石头，封住他的出口。他正沉下无底的深渊，似乎有一些亮光模糊不清地扯住了他，减慢了他的下沉。那时候外面灿烂的阳光，被藏蓝的窗帘吸引了，使它自己闪闪发亮。

苏宇的母亲起床后，沿着楼梯咚咚走下来。母亲的脚步声，使苏宇垂危的生命出现了短暂的追求健康的搏动。母亲发现苏宇没有像往常那样去茶馆打来开水，她提起空空的热水瓶时，嘴上立刻表达了对儿子的不满：

"真不像话。"

她看都没看我在苦难中挣扎的朋友。

第二个起床的是苏宇的父亲，他还没有洗脸刷牙，就接到妻子让他去打水的命令。于是他大声喊叫：

"苏宇，苏宇。"

苏宇听到了一个强有力的声音从遥远处传来，他下沉的身体迅速上升了，似乎有一股微风托着他升起。可他对这拯救生命的声音，无法予以呼应。父亲走到床边看了看儿子，他看到苏宇微睁的眼睛，就训斥他：

"还不快起床去打水。"

苏宇没有能力回答，只是无声地看着父亲。医生一向不喜欢苏宇的沉默寡言，苏宇当时的神态让他恼火。他走入厨房提起热水瓶怒气冲冲地说：

"这孩子像谁啊？"

"还不是像你。"

一切都消失了，苏宇的身体复又下沉，犹如一颗在空气里跌落下去的石子。突然一股强烈的光芒蜂拥而来，立刻扯住了他，可光芒顷刻消失，苏宇感到自己被扔了出去。父亲提着水瓶出去以后，屋内仿佛大雾弥漫。母亲在厨房发出的声响像是远处的船帆，苏宇觉得自己的身体漂浮在水样的东西之上。

那时的苏宇显然难以分清厨房的声响是什么，他的父亲回来时，他的身体因为屋外阳光的短暂照射，获得了片刻的上升。父母的对话和碗筷的碰撞声，使他滞留在一片灰暗之中。我的朋友躺在一劳永逸之前的宁静里。

苏宇的父母吃完早餐以后，先后从苏宇床前走过，他们去上班时都没有回过头去看一眼自己的儿子。他们打开屋门时，我的朋友又被光芒幸福地提了起来，可他们立刻关上了。

苏宇在灰暗之中长久地躺着，感受着自己的身体缓慢地下沉，那是生命疲惫不堪地接近终点。他的弟弟苏杭一直睡到十点钟才起床，苏杭走到他床前，奇怪地问：

“你今天也睡懒觉啦？”

苏宇的目光已经趋向黯淡，他的神态让苏杭觉得不可思议，他说：

“你这是什么意思？”

说完苏杭转身走入厨房，开始了他慢吞吞地刷牙和洗脸，然后吃完了早餐。苏杭像父母那样向屋门走去，他没有去看哥哥，打开了屋门。

那是最后一片光明的涌入，使苏宇的生命出现回光返照，他向弟弟发出内心的呼喊，回答他的是门的关上。

苏宇的身体终于进入了不可阻挡的下沉，速度越来越快，并且开始旋转。在经历了冗长的窒息以后，突然获得了消失般的宁静，仿佛一股微风极其舒畅地吹散了他的身体，他感到自己化作了无数水滴，清脆悦耳地消失在空气之中。

我是在苏宇死去以后来到这里的，我看到苏家的门窗紧闭，我站在外面喊叫了几声：

“苏宇，苏宇。”

里面没有任何动静，我想苏宇可能出去了，于是我有些惆怅地离去。

年幼的朋友

我在家乡的最后一年，有一天下午我从学校走回南门时，在一家点心店门口，看到了打架的三个孩子。一个流着鼻血的小男孩，双手紧紧抱住一个大男孩的腰。被抱住的孩子使劲拉他的手腕，另一个在一旁威胁：

“你松不松手？”

这个叫鲁鲁的孩子眼睛望到了我，那乌黑的眼睛没有丝毫求援的意思，似乎只是在表示对刚才的威胁满不在乎。

被抱住的男孩对他的同伴说：

“快把他拉开。”

“拉不开，你还是转圈吧。”

那个孩子的身体便转起来，想把鲁鲁摔出去。鲁鲁的身体脱离了地面，双手依然紧紧抱住对方的身体。他闭上了眼睛，这样可以减去头晕。那个孩子转了几圈后，没有摔开鲁鲁，倒是自己累得气喘吁吁，他朝同伴喊：

“你——拉开——他。”

“怎么拉呢？”他的同伴发出同样束手无策的喊叫。

这时点心店里出来一个中年女人，她朝三个孩子喊道：

“你们还在打？”

她看到了我，对我说：

“都打了有两个小时了，有这样的孩子。”

被抱住的孩子向她申辩：

“他不松开手。”

“你们两个人欺负一个年小的。”她开始指责他们。

站在旁边的孩子说：

“是他先打我们。”

“别来骗人，我看得清清楚楚，是你们先欺负他。”

“反正是他先打我们。”

鲁鲁这时又用乌黑的眼睛看着我了。他根本就没有想到也要去申辩，仿佛对他们说些什么没有一点兴趣。他只是看着我。

中年女人开始推他们：

“别在我店门口打架，都给我走开。”

被抱住的男孩开始艰难地往前走去，鲁鲁将身体吊在他身上，两只脚在地上滑过去。另一个男孩提着两只书包跟在后面。那时鲁鲁不再看我，而是竭力扭回头去，他是去看自己的书包。他的书包躺在点心店门口。他们走出了大约十多米远，被抱住的男孩站住脚，伸手去擦额上的汗，然后气冲冲地对同伴说：

“你还不把他拉开。”

“拉不开。你咬他的手。”

被抱住的男孩低下头去咬鲁鲁的手。那双乌黑的眼睛闭上了，我知道他正疼痛难忍，因为他将头紧紧贴在对方后背上。

过了一会，被抱住的男孩抬起头，继续无力威胁：

“你松不松手？”

鲁鲁的眼睛重新睁开，他扭回头去看自己的书包。

“他娘的，还有这种人。”站在一旁的男孩抬起脚狠狠地踢了一下鲁鲁的屁股。

被抱住的男孩说：

“你捏他的睾丸，看他松不松手。”

他的同伴朝四周看看，看到了我，轻声说道：

“有人在看我们。”

鲁鲁的头一直往后扭着，一个男人向点心店走去时，他喊叫起来：

“别踩着我的书包。”

这是我第一次听到鲁鲁的声音，那种清脆的、能让我联想到少女头上鲜艳的蝴蝶结的声音。

被抱住的男孩对同伴说：

“把他的书包扔到河里去。”

那个男孩就走到点心店门口，捡起书包穿过街道，走到了河边的水泥栏杆旁。鲁鲁一直紧张地看着他，他将书包放在栏杆上说：

“你松不松手？不松我就扔下去啦。”

鲁鲁松开手，站在那里有些不知所措地望着自己的书包。解脱了的男孩从地上拿起他们的书包，对站在河边的同伴说：

“还给他吧。”

河边的男孩把书包狠狠地扔在地上，又走上去踢一脚，然后才跑向同伴。

鲁鲁站在那里向他们喊道：

“我要去告诉哥哥，我哥哥会来找你们算账的。”

喊完以后，鲁鲁走向自己的书包。我看到的是一个十分清秀的男孩，流出的鼻血使他身上的白汗衫出现一条点点滴滴的血迹。孩子在书包旁蹲下来，将里面的课本和铅笔盒拿出来重新整理了一遍。这个孩子蹲在黄昏的时刻里，他身体因为弱小而让人疼爱。整理完后，他站起来将书包抱在胸前，用衣角擦去上面的尘土。我听到他自言自语：

“我哥哥会来找你们算账的。”

我看到他抬起手臂去擦眼泪，他无声地哭泣着往前走去。

苏宇死后，我重新孤单一人。有时遇到郑亮，我们会站在一起说上几句话。但我知道郑亮和我之间唯一的联系——苏宇，已经消失。所以我和郑亮的关系也就可有可无了。当看到郑亮兴高采烈地和新近结交的工厂朋友走在一起时，我的想法得到了明确的证实。

我时刻回忆起苏宇在河边等待我时的低头沉思。苏宇的死，使友情不再成为即将来到的美好期待，它已经置身在过去之中了。我是在那时候背脊弓起来的，我弓着背独自行走在河边，就像生前的苏宇。我开始喜欢行走，这是苏宇遗留给我的爱好。行走时思维的不断延伸，总能使我轻而易举地抵达过去，和昔日的苏宇相视而笑。

这就是我在家乡最后一年，也就是我即将成年时的内心生活。这一年我认识了鲁鲁。

我知道这孩子的名字，是那次打架后三天。那时我行走在城里的街道上，我看着这个孩子抱着书包急匆匆地走过去，有五六个同龄的男孩从后面追上去，齐声喊：

“鲁鲁，鲁鲁。”

“顽固不化。”

鲁鲁转过身来向他们喊道：

“我瞧不起你们。”

随后鲁鲁不再理睬他们的喊叫，怒气冲冲地往前走去。孩子内心的怒火比他身体还大，身体仿佛承受不了似的摇摇晃晃。他的小屁股一扭一扭走到了几个成年人中间。

事实上那时我并没有想到鲁鲁和我之间会出现一段亲密的友谊，尽管这个孩子已经给我留下了深刻的印象。直到我再次看到鲁鲁和别人斗殴的情景。那次鲁鲁和七八个同龄的男孩打架，那群孩子如同苍蝇似的嗡嗡叫着向鲁鲁发起攻击。最后的结果依然是鲁鲁的失败，然而他却以胜利者的姿态向他们喊叫：

“小心我哥哥来揍你们。”

这个孩子脸上洋溢出来和所有人对抗的神色，以及他总是孤立无援，让我触景生情地想到了自己。正是从那一刻起，我开始真正关注他了。看着这个小男孩在走路时都透露出来的幼稚，我体内经常有一股温情在流淌。我看到的似乎是自己的童年在行走。

有一天，鲁鲁从校门走出来，沿着人行道往家中走去时，我在后面不由喊了一声：

“鲁鲁。”

孩子站住了脚，转身来十分仔细地看了我一阵，随后问：

“是你叫我吗？”

我在微笑里向他点了点头。

孩子问：“你是谁？”

这突然的发问，竟使我惊慌失措。面对这个幼小的孩子，我年龄的优势荡然无存。孩子转身走去，我听到他嘟哝着说：

“不认识我，还叫我。”

这次尝试的失败，我的勇气遭受了挫折。此后再看着鲁鲁从校门走出来，我的目光开始小心谨慎。同时我喜悦地感到自己已经引起他的注意，他在往前走去时常常回过头来朝我张望。

我和鲁鲁的友情来到之前的这一段对峙，让我感到是两年前和苏宇在放学回家路上情形的重复。我们都在偷偷地关注着对方，可是谁都没有开口说话。直到一天下午，鲁鲁径直向我走来，乌黑的眼睛闪烁着可爱的光亮，他叫了我一声：

"叔叔。"

孩子的突然喊叫让我惊愕不已，接下去他问：

"你有小孩吃的东西吗？"

就在刚才，我们之间的深入交往还是那么困难，鲁鲁的声音使这一切轻而易举地成为了现实。应该说是饥饿开始了我们之间的友情。可我却羞愧不安了，虽然我已接近十八岁，在鲁鲁眼中作为叔叔的我，却是身无分文。我只能用手去抚摸孩子的头发，问他：

"你没吃午饭？"

孩子显然明白了我无法帮助他克服饥饿，他低下了头，轻声说：

"没有。"

我继续问："为什么没吃？"

"我妈不让我吃。"

鲁鲁说这话时没有丝毫责备母亲的意思，他只是平静地陈述一个事实。

在不知不觉里，我们开始往前走去，我的手搭在孩子的肩上。我想起了遥远的苏宇，他经常用手搭着我的肩开始我们亲密的行走。现在我像苏宇当初对待我一样，对待着鲁鲁。我们两个人和那些对我们不屑一顾的别人走在一起。

后来鲁鲁抬起头来问我：

“你上哪儿去？”

“你呢？”我反问。

“我要回家了。”

我说：“我送你回去。”

孩子没有表示反对，这时我的眼睛开始模糊起来。我看到苏宇的幻象，他站在通往南门的木桥上向我挥手道别。我那时所体会到的就是苏宇生前送我回家的心情。

我们走进一条狭长的胡同，走到一幢破旧的楼房前，鲁鲁的肩膀脱离了我的手，他沿着楼梯全身摆动地走上去，走到一半时他回过头来，像个成年人似的对我挥挥手，说道：

“你回去吧。”

我向他招招手，看着他走上楼梯。他的身体消失以后没多久，我就听到了一个女人的斥骂声嘹亮地响了起来，接下去是什么东西摔倒的声响。随后鲁鲁又出现在楼梯口，这次他是往下跑。我看到一个怒气冲冲的女人从里面追出来，手里的鞋子向逃跑的鲁鲁扔去。鞋子没有击中鲁鲁,滚到了我的脚旁。这时女人看到了我,她理了理因为激动而有些散乱的头发，一扭身走了进去。

我看到这个女人时大吃一惊，因为我认出她是谁，虽然她的形象已被岁月无情地篡改了，但她还是冯玉青。当年那个羞羞答答的姑娘，已是一个无所顾忌的母亲了。

刚刚逃离母亲追打的鲁鲁，竟然走过来捡起母亲的鞋子，又往楼上走去。他要将母亲的鞋子送回去。他像抱着他的书包那样抱着鞋子，扭动着瘦小的身体走向对自己的惩罚。冯玉青的喊声再度出现：

“滚出去。”

我看到孩子低垂着头、充满委屈地走下来。我走上去抚摸他的头发，他立刻转身逃脱我的友谊。这个眼泪汪汪的孩子向一片竹林走去。

我和鲁鲁的友情迅速成长，两年前我在年长的苏宇那里体会友情的温暖，两年后我和年幼的鲁鲁在一起时，常常感到自己成为了苏宇，正注视着过去的我。

我喜欢和鲁鲁说话，虽然我说的很多话他都似懂非懂，可他全神贯注的神态，尤其是那乌黑的眼睛闪闪发亮，充满喜悦和崇拜地望着我，我感到自己处于被另一个人彻底的、无条件的信任之中。当我说完以后向孩子发出微笑时，鲁鲁立刻张开他门牙脱落的嘴，以同样的笑容报答我，尽管他没有听懂我的话。

后来我才知道鲁鲁其实没有哥哥，但我对这个事实一直保持沉默，这样孩子就不会感到我注意了他的编造。孩子在孤立无援的时候，寻求他想象中哥哥的支持。我知道想象和希望对于他的重要和必需，事实上对于我也同样如此。

鲁鲁就像我当初因为苏宇嫉妒郑亮一样，他因为我也嫉妒郑亮，其实那次郑亮在街上遇到我时，并没有对我表达足以引起鲁鲁不安的亲热。作为过去并不亲密的朋友，郑亮只是走过来和我说几句表示友好的话。拥有众多新朋友的郑亮，毫不掩饰他对我和鲁鲁这么一个小孩在一起的惊讶。就在我们谈话时，遭受了冷落的鲁鲁响亮地说了一声：

“我走啦。”

他显得很生气地独自走去，我立刻结束和郑亮的谈话，追上去和鲁鲁走在一起。可他的不高兴一直保持了二十多米远，这期间他对我的话充耳不闻，随后他才用清脆的嗓音警告我：

“我不喜欢你和他说话。”

鲁鲁对友情的专一和霸道，使我们此后再一起遇到郑亮时，我就会感到不安，我常常装着没有看到郑亮而迅速走过去，我并不因此感到遭受了限制，我深知郑亮并不属于我，他是那些衣着入时、嘴上叼着香烟、走路时喜欢大声说话的年轻工人的朋友。只有鲁鲁才是我唯一的朋友。

几乎是每天下午放学，我都要站到鲁鲁念书的小学门口，看着我的朋友从里面走出来。年幼的鲁鲁已经是一个能够控制自己感情的孩子，他从不向我表达过度的兴奋与激动，总是微笑着镇定自若地走向我。直到有一次我没有站在往常的地方，鲁鲁才向我流露了真实的情感。我记得那一次他走出校门时，因为没有立刻看到我显得惊慌失措。他犹如遭受突然一击似的呆立在那里，失望和不安在他脸上交替出现，然后他往别处张望起来，唯独没有朝我这里看。孩子沮丧地向我这个方向走来时，仍然不时地回头去张望，接下去他才看到微笑的我。我看到鲁鲁突然不顾一切地向我奔跑过来，他紧紧捏住我的手，他手掌里满是汗水。

然而我和鲁鲁的友情并没有持续多久。和所有孩子都格格不入的鲁鲁，第三次让我看到了他和别的孩子奋力打架。就在他们校门口，当鲁鲁向我走来时，一群孩子在后面嘲弄他：

“鲁鲁，你的哥哥呢？你没有哥哥，你只有一个臭屁。”

那些孩子纷纷将手举到鼻子处扇来扇去，仿佛真的闻到臭屁似的愁眉苦脸。我看到鲁鲁铁青着脸走来，他的小肩膀因为气愤而抖动不已。他走到我面前时突然一转身朝那群孩子冲过去，嘴里尖声大叫：

“我揍你们。”

他手脚并用地杀入那群孩子之中，最开始我还能看到他和两个孩子对打，接下去所有的孩子一拥而上，我的眼前就混乱不堪了。当我再度看到鲁鲁时，那群孩子已经停止了打斗。鲁鲁满脸尘土而且伤痕累累地爬起来，又挥拳冲了上去，于是这群孩子还是一拥而上。鲁鲁脸上的尘土和鲜血使我浑身颤抖，我是这时候冲上去的，我朝一个孩子的屁股狠狠踢了一脚，又揪住另一个孩子的衣领往一边摔去。最初遭到打击的几个孩子发现我以后，立刻四处逃散，随后剩下的几个也拔腿就跑。他们跑到远处后，愤怒地向我喊叫：

“你大人打小孩。”

我不去理睬他们，而是走向了鲁鲁，那时候鲁鲁已经站起来了。我走到他身边，也不管周围有多少人在看着我或者指责我，我大声对鲁鲁说：

“你告诉他们，我就是你的哥哥。”

可是鲁鲁惊恐不安的目光使我的慷慨激昂顷刻消散。我看到他突然满脸通红，然后低下头独自走去了。这使我瞠目结舌，我看着他弱小的身影在远处消失，他始终没有回过头来向我张望。第二天下午我在学校门口站了很久，都没见到他出来，事实上他已从学校的边门回家。后来偶尔见到鲁鲁，这个孩子总是紧张地躲避着我。

我总算知道了这个虚构的哥哥在鲁鲁心目中的真正地位。我想起了一个向鲁鲁讲叙过的故事，那是一个经过我贫乏的想象力随意编造的故事。讲的是兔子的父亲为了保护自己的儿子小兔子，和狼勇敢搏斗，最后被狼咬死。这个孩子听得十分入迷，当他后来要求我再讲故事时，我重复着这个故事，只是将兔子的父亲改成母亲。孩子两眼发直地听完。后来我又将兔子的母亲改成了哥哥，那一次我还没有讲完，鲁鲁显然知道了结尾是哥哥被咬死，他眼泪汪汪地站起来走开去，悲伤地说：

“我不要听了。”

见到冯玉青以后，我眼前时常出现冯玉青在木桥上抱住王跃进，和鲁鲁抱住那个大男孩这两个具有同样坚定不移的情景。母子两人是那样的相似。

冯玉青在那个飘洒着月光的夜晚从南门消失以后，直到她重新在我眼前出现，其间的一大段生活，对于我始终是一个空白。我曾经谨慎地向鲁鲁打听有关他父亲的情况，这个孩子总是将目光望到别处，然后兴致勃勃地指示我去看一些令人乏味的蚂蚁和麻雀之类的东西。我无法判断他是真的一无所知，还是有意回避。对鲁鲁父亲的寻找，我只能回到遥远的记忆里去，那个四十来岁的一口外乡口音的男人，坐在冯玉青家的石阶上。

后来我听说冯玉青是搭乘外地农民的水泥船回来的，在一个夕阳西下的傍晚，她右手提着一个破旧的旅行袋，左手牵着一个五岁的小男孩，小心翼翼地通过跳板来到了岸上。我可以想象她当初的眼睛如同黑夜来临般灰暗，命运对她的歧视，使她窘迫地站在岸边东张西望。

冯玉青没有回到南门居住，而是在城里安顿下来。一个新近丧偶的五十岁的男人，租给了她两个房间。第一个晚上他就偷偷摸摸地爬到了冯玉青的床上，冯玉青没有拒绝他，到了月底这个男人向她索要房租时，冯玉青这样回答他：

“第一个晚上就付给你了。”

也许这就是冯玉青皮肉生涯的开端。与此同时，她干起了洗刷塑料薄膜的工作。

冯玉青已经把我彻底遗忘，或者说她从来就没有认真记住过我。那么一个下午，在鲁鲁还没有放学的时候，我独自来到这里。那时冯玉青正在楼前的一块空地上，在几棵树木之间系上晾衣服的绳子。她腰间围着一块塑料薄围裙，抱着一大包肮脏的塑料薄膜向井台走去。这个似乎以此为生的女人将木桶放入井中时，已经没有昔日生机勃勃的姿态。她的头发剪短了，过去的长辫子永远留在南门的井台旁。她开始刷起了薄膜，连续不断的响声在那个阳光充足的下午刺耳地响起来，沉浸在机械重复里的冯玉青，对站在不远处的我，表现了平静的视而不见。如何区分一个少女和少妇，让我同时看到了昔日和此刻的冯玉青。

后来她站起来，拿着一张如同床单一样的薄膜向我走近，走到绳子旁时她毫无顾忌地挥抖起薄膜上的水珠，水珠溅到了我的身上。她似乎注意到了这一点，于是她看了我一眼，接着将薄膜晾到了绳子上。

这一刻我清晰地看到了她遭受岁月摧残的脸，脸上的皱纹已经清晰可见，她那丧失了青春激情的目光看到我时，就像灰暗的尘土向我飘浮而来。她转身走向井台，无情地向我呈现了下垂的臀部和粗壮的腰。我是这时候转身离去的，我内心涌出的悲哀倒不是冯玉青对我的遗忘，而是我第一次亲眼目睹到美丽的残酷凋零。那个站在屋前迎着朝阳抬起双臂梳头的冯玉青，在我此后的记忆里已经蒙上了一层厚厚的尘土。

冯玉青在白天和黑夜从事着两种性质的劳动。夜晚的工作使她遇上了职业敌人，警察的出现迫使她选择了另一种生活。

那时候我已经离开家乡，命运终于向我流露了令我感激的微笑。我全新的生活在北京开始展开，最初的时候我是那样地迷恋那些宽阔的街道，我时常一人站在夜晚的十字路口，四周的高楼使我感到十字路口像广场一样宽阔。我像一只迷途忘返的羊羔迷恋水边的青草一样，难以说服自己离去。

就是在这样的一个夜晚，在家乡城里那幢破旧的楼房里，赤条条的冯玉青和她一位赤条条的客人，暴露在突然闯进来的警察面前。正在沉睡的鲁鲁被刺眼的灯光和响亮的训斥声惊醒，他睁大乌黑的眼睛迷惑地望着这突然出现的一切。穿上衣服的冯玉青对她儿子说道：

“闭上眼睛睡觉。”

于是鲁鲁立刻在床上躺下来，闭上了眼睛。他唯一没有遵照母亲意愿的，是他始终没有睡着。他听到了他们的全部对话，听着他们下楼去的脚步声，鲁鲁突然害怕地感到母亲可能回不来了。

冯玉青被带到公安局以后，这个话语不多的女人，面对审讯她的人，开始了平静的滔滔不绝，她对他们说：

“你们身上的衣服，你们的钱都是国家发的，你们只要管好国家的事就行了，我身上的东西是自己长出来的，不是国家发的，我陪谁睡觉是我的事，我的东西自己会管的，不用你们操心。”

翌日清晨，公安局看门的老头打开大门时，他看到一个清秀的孩子站在那里忧伤地望着自己，孩子的头发已被晨雾浸湿。鲁鲁告诉他：

“我是来领我妈回去的。”

这个自称有九岁的孩子，事实上最多只有七岁。冯玉青显然是希望他早日承担起养家糊口的职责，在他才六岁时就虚报他有八岁，把他送入了小学。这天清晨，他竟然异想天开地打算把母亲领回家去。

没过多久，他就知道自己的愿望不可能实现。那时候他面对五个穿警察制服的成年人，他们花言巧语引诱他，指望他能够提供冯玉青卖淫的全部情况。聪明的鲁鲁立刻揭穿他们，对他们说：

“你们说得这么好听，是想来骗我，告诉你们吧，”孩子狠狠地说，“我什么都不会告诉你们的。”

当鲁鲁明白母亲不仅没法回家，而且还将被送到劳改农场去时他眼泪夺眶而出了，可这个孩子那时依然表现出了令人吃惊的镇静，他清脆地向他们喊叫：

“你们不能把我妈送走。”

然后他眼泪汪汪地等待着他们来问他为什么，可是他们谁都没有这么问，他只好自己说出来了：

“你们把我妈送走了，谁来管我？”

鲁鲁以自己无人照管作为最后的威胁，当他还站在大门外面时，就已经想好了这一招。他信心十足地以为这么一来，他们就不得不将母亲还给他了。可是谁又会把孩子的威胁放在眼里呢？鲁鲁的威胁没有能够救出母亲，倒是把自己送进了福利院。

母亲被送走以后他一点都不知道，这个孩子几乎每天都要去一次公安局，向他们要人，他使他们厌烦透顶。他们告诉他，冯玉青已在七桥劳改农场了，他想要人的话就去七桥。鲁鲁记住了七桥这个地名。他站在公安局里因为伤心而放声痛哭，当他们准备把他拉出去时，他对他们说：

“你们不要拉我，我自己会走的。”

然后他转过身，抬起两条手臂擦着眼泪走了出去。这个孩子贴着墙根哭泣着走去。接着他发现有一句话还没有对他们说，于是他又回到公安局，咬牙切齿地告诉他们：

“等我长大以后，把你们统统送到七桥去。”

鲁鲁在福利院只住了一星期，他和一个二十岁的瞎子，一个六十岁的酒鬼，还有一个五十来岁的女人住在一起。这四个孤寡的人住在城西的一个破院子里，酒鬼难忘他年轻时同床共眠过的一个叫粉粉的女子，他整日向双目失明然而青春勃发的瞎子讲述那段往事。他的讲述里洋溢着色情的声调，那位叫粉粉的女子可能是一个冰肌玉肤的美人。酒鬼讲到他的手在粉粉光洁的大腿上抚摸时，就会张开忘乎所以的嘴，啊啊个不停，让瞎子听得呼吸紧张坐立不安。然后酒鬼就要问瞎子：

"你摸过面粉没有？"

得到肯定的答复后，酒鬼不无得意地向瞎子指明：

"粉粉的大腿就和面粉一样光滑。"

那个脸色苍白的女人几乎天天都要听到这些，长期置身在这样的环境里，使她患上了忧郁和妄想症，她时刻感到酒鬼和瞎子正在合谋打算伤害她。当鲁鲁刚刚来到时，她就神色紧张地把孩子叫到身旁，指着隔壁屋里的两个男人，悄声说：

"他们想强奸我。"

这个五十来岁的女人每天清早就出门上医院，她时刻盼望着医生能够检查出她身上的疾病，这样她就可以住院治疗，从而逃脱酒鬼和瞎子预谋中的强奸。可她总是沮丧地回到了福利院。

鲁鲁在这样的环境里住了整整一个星期，他每天背着书包去上学，当他回来时总是鼻青脸肿和满身尘土。他那时已不是为了捍卫虚构中的哥哥，而是为了捍卫实实在在的母亲。这个聪明的孩子在公安局里得知七桥这个地名以后，就在心里打定了主意。

他没把自己的计划告诉任何人。在福利院里，他以不多的言语向酒鬼和那个女人了解了七桥的位置。因此当那天凌晨，他悄悄将草席卷起来，绑上绳子斜背在身后，提着自己的书包和冯玉青回来时带来的大旅行包，向汽车站走去时，对自己的行程充满了把握。他知道要花多少钱买一张票，而且知道七桥没有停靠站。他用母亲留给他的五元钱买了车票后，紧紧攥住剩下的三元五角钱，走到了车站旁的一家小店，他准备买一根大前门香烟去贿赂司机。可是他看到的事实是大前门香烟要两分钱一根，而三分钱则可以买两根。我年幼的朋友站在那里犹豫不决，他最后的选择是拿出三分钱，买了两根香烟。

在那个夏天即将来到的上午，鲁鲁坐在了一辆向七桥方向驶去的汽车里，他左手摸着用手帕包起来的三元多钱，右手则紧捏着那两根香烟。那是这个孩子第一次坐上了汽车，可他丝毫没有欣喜若狂，而是神情严肃地注视着窗外。他时刻向身旁一位中年妇女打听着离七桥还有多远。后来他知道七桥马上就要到了时，他离开了座位，将旅行包和草席搬到车门口。接着转向司机，递上去一根已被汗水浸湿的香烟，恳求他：

“叔叔，你在七桥停一下好吗？”

司机接过香烟以后，只看了一眼，就将那根湿漉漉的香烟从车窗扔了出去。我年幼的朋友望着司机不屑一顾的神色，难受地低下了头。他心里盘算着在过了七桥后那一站下车，然后往回走。

可是司机却在七桥为他停下了汽车。那已是接近中午的时候了，鲁鲁看到了不远处长长的围墙。围墙上的铁丝网让他认定这就是劳改农场。这个七岁的孩子就将草席背在身后，提着那个和他人一样大的旅行袋，在耀眼的阳光里向那里走去。

他走到了劳改农场的大门口，看到一个当兵的在那里持枪站岗，他走到跟前，望望自己手心里的香烟，想到刚才司机将烟扔出车外的情景，他就不敢再将香烟递上去，而羞怯地向站岗的年轻人笑了笑，然后对他说：

“我要和我妈住在一起。”他指指草席和旅行袋，“我把家全都搬来了。”

鲁鲁见到母亲的时候已是下午了。他被站岗的年轻人交给了另一个人，另一个人带他走了一段路以后，交给了一个大胡子。大胡子把他带到了一间小屋子。

身穿一身黑衣的冯玉青就这样见到了自己鼻青脸肿的儿子，年幼的儿子独自一人找到了这里，使冯玉青流下了眼泪。

终于见到母亲的鲁鲁，则是兴奋地告诉她：

“我不念书了，我要自学成才了。”

这时冯玉青双手捂住脸，哭出了声音，于是鲁鲁也哭了起来。他们的见面十分短暂，没过多久，一个男人走进来要带走冯玉青。鲁鲁就急急忙忙提起旅行袋和草席，准备跟着母亲一起走，可他被挡住了，他就尖声叫起来：

“为什么？”

那个男人告诉他，他现在应该回去了。他拼命摇头，说道：“我不回去，我要和我妈住在一起。”随后他向母亲喊道，“你和他说说，我不回去。”

可是回过头来的母亲也让他回去，他就伤心地放声大哭了，他向母亲喊叫：

“我把草席都带来了，我就睡在你的床铺下面，我不会占地方的。”

后来的几天，鲁鲁开始了风餐露宿的生活。他将草席铺在一棵樟树的下面，将旅行袋作为枕头，躺在那儿读自己的课本。饿了就拿母亲留给他的钱，到近旁一家小吃店去吃一点东西。这是一个十分警觉的孩子，只要一听到整齐的脚步声，他就立刻扔了课本撑起身体，睁大乌黑的眼睛。一群身穿黑衣的囚犯，扛着锄头排着队从不远处走过时，他欣喜的目光就能看到母亲望着自己的眼睛。

第三章

遥 远

说我祖父孙有元是一个怒气冲冲的家伙，那是我父亲的看法。孙广才是一个善于推卸责任的父亲，他热衷于对我进行粗野的教育，当我皮开肉绽，同时他也气喘吁吁的时候，他就开始塑造祖父的形象了，他说：

“要是我爹，早把你揍死啦。”

我的祖父已经死去，我父亲就像当时所有依然活着的人那样，习惯于将暴君这种可怕的意思安放在死者的坟顶，而他们自己是文明和优雅的。父亲的话多少起到了这样的效果，在那使我痛不欲生的时刻总算过去后，我在心里不能不对父亲有所感激。父亲这话毕竟还是表达了对我生命的重视。

当我成年以后，开始确立祖父在我心目中的真实形象时，我感到难以将他想象成一个怒气冲冲的家伙。也许我父亲是用自己童年的教训给予我安慰，仿佛他是在这样说：比起我小时候挨的打，你这又算得了什么。如果我当时就能够理解到这一层意思，那么我的肉体在遭受打击时，我的自尊仍将会完好无损。可是疼痛使我丧失了全部的智力，除了像动物那样发出喊叫，我又能表达什么呢？

我祖父在那个时代里表现出来的对女性的尊重令人吃惊，其实他是在不知不觉中表达着对命运的感激。我的祖母曾经是一个娇生惯养的女子，她十六岁时穿着绣花小鞋在轿子里成为了他人之妻，可是两年后她却被迫离开那座深宅大院，伏在一个穷光蛋的背脊上昏昏欲睡。我一贫如洗的祖父将她带到了杂草丛生的南门。我祖母值得炫耀的出身，使孙有元一生都黯淡无光。

这个我三岁时死去的女人，始终保持了与我们家当时的气氛很不协调的习惯，以此证明她曾经有过的富贵生活并未全部消亡。冬天寒冷的时候，我贫困的家中竟然燃起炭火。我祖母终日守候在炭盆旁，双目微闭一副无所事事的神态。她一生睡觉之前都要用热水烫脚，那双形状古怪的小脚在水中逐渐出现了粉红的颜色，这个印象在我记忆里经久不衰。那是一双从未下过水田的小脚，虽然她和一个种田人同床共眠了三十多年。她那种慵懒的贵族习气在我们破烂不堪的家中，竟然不受阻挠地飘荡了几十年。在父亲眼中是怒气冲冲的祖父，在我眼中却是垂着双手、谦卑地站在祖母的脚盆前。

我祖母在一个冬天的早晨应该醒来的时候没有醒来。她事先没有丝毫迹象而猝然死去，使我祖父被悲伤弄得不知所措，他在见到村里任何人时都朝他们露出胆怯的笑意，仿佛家中出了丑事，而不是妻子的死去。

我似乎看到了这样的情形，我祖父孙有元站在纷扬的雪花中，穿着没有纽扣的黑色棉袄,肮脏使棉袄亮晶晶。里面没有别的衣服，他用一根草绳系住棉袄，胸口的皮肤暴露在冬天的寒冷里。这个弓着背、双手插在袖管里的老人,让雪花飘落并且融化在他胸口上。他的眼睛在笑容里红润起来，然后泪水滚滚而出。他试图将自己的悲哀传达到我一无所知的内心，我依稀记得他这样告诉我：

“你奶奶熟了。”

我祖母的父亲肯定是那个时代最为平庸的富人，我祖父以穷人的虔诚对这位有幸见过一面的岳父，始终怀着不可动摇的敬仰。孙有元晚年时常常张开他荒凉的嘴巴，向我们讲叙祖母昔日的富贵，可我们的耳朵更多地淹没在祖父毫无意义的感叹之中。

我年幼时一直不明白祖父的岳父为何总是手握戒尺，而不是我想象的那样应该拿着线装的书籍。这一点孙广才也一样做到了，不同的是我父亲手提扫帚，可不同的工具表达的是同样的目的。这个可怕的亡灵具有旧时代的严厉，他用自己的平庸去教育两个和他一样平庸的儿子，而且异想天开地指望他们光耀祖宗。对他的女儿——我的祖母，他也同样不掉以轻心。他把我祖母生活的每一刻几乎都变成了仪式，我可怜的祖母并不认为这种就范使她丧失了最起码的自由，她怀着盲目的幸福去严格遵守父亲的规定，何时起床，何时开始绣花，走路的姿态等等。后来她又将父亲的威严传达给了我祖父，在孙有元诚惶诚恐的目光中，我祖母心满意足地品尝着自己的优越。我祖父一生都被她那昙花一现的富贵笼罩着。而我祖母唯一谦虚的举止，那就是她从来都侧身坐在我祖父对面。她父亲的训诫是如此有力，使她早已在事实上逃离父亲以后，仍然深受束缚。

这个以严谨为荣的男人在为女儿选择婆家时，以其犀利的目光一眼就看准了一个和他类似的男人。当我祖母第一个丈夫以僵硬姿态来到他面前时，他女儿的命运已经确定了下来。这个即便是说一句最为平常的话都要仔细思索的家伙，在我今天看来很难不是弱智，比起我那个生气勃勃的穷光蛋祖父来，他实在算不了什么。然而他使我祖母的父亲满心欢喜，这种欢喜直接影响了我的祖母，她每次向我祖父提起他时，脸上都挂着标榜的神态。我的祖父是第二个受害者，孙有元凝神细听时的恭敬，使那个身穿长衫的家伙成为了我祖父自卑一生的镜子。

那个呆头呆脑的人穿着绸缎的衣衫，从我祖母朱红的大门矜持而入，上了蜡的头发梳理得一丝不苟，他右手微提长衫，穿过庭院来到客厅，从一张八仙桌边绕过去，走到了我祖母父亲的面前。就这么简单，他娶走了我的祖母。祖父讲述这些时，我刚好六岁，就是我即将被孙广才送给别人的时候，祖父的讲叙难以激起我同样的兴奋，只是一种微微的惊讶。只要从一扇敞开的大门走进去，再绕一下，就能娶走一个女人。我想：这我也会。

我祖母出嫁时的豪华，由于她后来三十多年的贫困，被她自己的想象所夸大了。后来又通过祖父很不可靠的嘴，来到了我耳中。于是我的脑袋里塞满了喧天的锣鼓声，其中有一支唢呐格外嘹亮，抬嫁妆的队伍长得望不到头。我祖父反复强调八人大轿，可我怎么会明白八人大轿的气派，毕竟我才六岁。祖父的讲叙过于激动，使祖母的婚礼在我脑中乱七八糟，最要命的是那支唢呐，祖父学吹出来的唢呐声，就像深夜的狗吠一样让我害怕。

我年方十六的祖母，她的脸蛋像是一只快从树上掉下来的苹果，即使如此她依然被涂上了厚厚的胭脂。我祖母在那个下午从轿子里被迎接出来时，她的脸在阳光下如同陶器一样闪闪发亮。

那个古板的新郎着实让我祖母大吃一惊。整个婚礼里他脸上都挂着被认为是庄重的微笑，笑容如同画出来似的纹丝不动。这个看来是假笑的家伙，并没有将他的君子姿态保持到床上。洞房花烛之时来到后，新郎的动作出奇的敏捷，我祖母在片刻的愕然后，发现自己已经一丝不挂。这个来势凶猛的家伙不说一句话就把该干的事都干了。翌日清晨他醒来后发现新娘传说般地消失了，他惊慌的寻找一直持续到打开那扇柜门为止，我赤裸的祖母在衣柜里瑟瑟发抖。

他人倒不坏。这是我祖母对他的最终评语。我无法设想在新婚之夜弄得新娘神志恍惚以后，他又通过舒适手段使我祖母得到了有效的安慰。此后的两年里，我祖母对每日来临的黑夜，都能心安理得并且受之无愧。我祖父孙有元称他是一个知道疼女人的男人，我怀疑这是祖母在漫长的回忆里重新塑造的形象。祖母对往事的念念不忘，使孙有元三十多年的温顺和谦卑显得可有可无。

我祖母的婆婆穿着一身黑色的绸衣，坐在夏天的客厅里，身旁是一个打扇的布衣丫环。她谈论自己满身的疾病时神态严肃，她无法容忍家中有呻吟之声，包括她自己的，这对她来说和狂笑一样伤风败俗。于是她的呻吟转化成了冷漠的语调，似乎在说着另一个深受疾病之苦的人。我祖母长时间地沉浸在她有关病痛的各种描述之中，其气氛的阴森可想而知。但我祖母的心理并未受到多大的影响，事实上她的父亲已经预先给予了她类似的教育。这个死去一般的家庭只有在夜晚时刻，她丈夫在床上短暂的活泼举止才略显生气。然而我祖母却感到十分亲切并且理所当然，她在爬上我祖父的背脊之前，很难设想还有另外的家庭。就如她一直不知道自己的脸蛋长得十分不错，直到后来我祖父坚定不移地鼓励和真诚地赞美，她才总算知道了这一点。而她的父亲、丈夫以及婆婆在这方面向来是守口如瓶。

我无法知道祖母在那个家庭里更多的事，他们生前的生活早已和他们一起被埋葬了。我祖父在失去妻子的最初几年里，寂寞和忧伤使他对祖母的往事充满热情，当他灰暗的眼睛闪闪发亮时，我祖母就在他的话语里复活了。

我祖母命运出现转折的时刻是一个晴朗的清晨，我的祖母年轻漂亮，不是后来我见到的那个皱皱巴巴的老太太。虽然她身上具备了和那个家庭相协调的古板，可她毕竟只有十八岁，幽居深院的年轻女子很容易被户外的鸟鸣吸引。我祖母穿着大红的褂子脚蹬绣鞋，站在了石阶上，清晨的阳光照射在她红润的脸上，她的纤纤细手有着动人的下垂。两只活泼的麻雀在庭院的树上叽叽喳喳，它们施展了一系列在我祖母看来是迷人的小动作。我年轻无知的祖母不知道它们是在谈情说爱，她被它们之间的亲密和热情深深感动。以至她婆婆滞重的脚步来到她身后时她都一无所知，她完全沉浸到了那个清晨美妙的情调之中。没有过去多久，两只麻雀依然在树枝上搔首弄姿的时候，严厉的婆婆已经无法容忍她那种出格行为继续下去，于是她听到一个吓人的声音在耳边突然响起，那个满身疾病的女人冷冷地说：

“该回屋去了。”

我祖母那时受到的惊吓使她一生难忘，她回过头去以后，看到的不是往常那种严厉，她从婆婆脸上复杂又锋利的神色里，看到了自己不安的前途。我祖母是一个聪明的女子，那时她立刻明白了那两只麻雀表现出来的美妙，其实是一种下流的勾当。她回到了自己屋中，预感到自己闯下了大祸，在前途不可预测的时刻，她的心脏在胸腔里狂奔乱跳。她听着婆婆的脚步拖泥带水地走入另一间屋子,不久之后是一个轻快的脚步正在接近,那是丫环走来,丫环走进了书房,将她在书房里昏昏欲睡的丈夫叫走了。

此后来到的寂静像是什么都没有发生,可我祖母内心的不安逐步扩张,到头来那种害怕里出现了期待的成分,她突然期待婆婆对她的惩罚快些来到,悬而未决只能使她更加提心吊胆。

晚饭的时候,我祖母最初预感到不幸即将来临,那时她的婆婆表现出了令人吃惊的亲切,有那么几次她眼圈竟然微红了,而她的丈夫则显得闷闷不乐。晚饭之后我祖母被留了下来,开始倾听她婆婆冗长的讲叙,婆婆向她展示了他们无可挑剔的家史,无论是学问还是在仕途上,都是值得后人炫耀的。而且他们祖上还出过一位贞节烈女,是清代一个惜香怜玉的色情皇帝加封的。她的讲述来到这里时真是流连忘返。最后告诉我祖母去整理一下自己的东西吧。这话听上去再明白不过了,一道休书已经来临。

我祖母难以忘记最后那个夜晚,那个古板的丈夫开始像一个人那样表达温情了,虽然他依然不说一句话,可他(我祖母后来告诉祖父)用手给予她长久的抚摸,至于眼泪,我的祖父不知为何没有说起。也许正是那一夜,使我祖母对他永生不忘。到后来从我祖父口中而出时,这个腐朽的家伙便成了一个知道疼女人的男人。

我祖母的婆婆毕竟是处在旧时代尾巴上的女人,她没有祖上那种专横，她没有对儿子说你应该怎样，而是给了他一个自己选择的机会，虽然他的选择早已在她的意料之中。

第二天清晨很早就起床了，她的婆婆起得更早。当她的丈夫来到客厅时又恢复了往昔的神态，我祖母很难从他脸上找到昨夜的悲哀。他们一起吃了早餐，我祖母那时是怎样的一种心情？这个还太年轻的女人显得六神无主。厄运即将来到，这已不容怀疑，可来到之前，我的祖母依然昏头昏脑，眼前的一切都在迷迷糊糊地摇摆。

然后是三个人走出家门，我祖母身穿黑衣的婆婆，将他们带到一条大路上。她指示我的祖母往西走，而她自己则走向了东面。那时候日本人的马蹄声正在逐渐逼近，逃难的人流断断续续地呈现在那条清晨的路上。那个捍卫家族清白的女人走向旭日东升，而我祖母只能让背脊去感受阳光的照耀。她的丈夫最后看着她走去的身影时，有不可言喻的悲哀，可他选择跟随母亲向东走却是不假思索的。

就这样，我祖母肩背一个沉重的包袱，里面是她的衣服和首饰，以及一些银元。她的脸色可怕的苍白，此后三十多年她的脸蛋不再有红彤彤的时候了。晨风吹乱了她的头发，可她一点没觉察，她走在逃难的人流里。也许这能给她一点安慰，因为那么看上去她不像是一个被休的女人，她脸上不知所措的悲哀，身旁的人也同样具有。我的祖母就像随波逐流的树叶，她将自己的悲哀和众人的逃亡混为一谈。显然她已经无颜回到严厉的父亲那里。她和众多的人走在一起时，延缓了她对自己前程的急切思考。

娇生惯养的祖母，在一场已经爆发的战争里开始了风餐露宿，而她落难的原因却和战争毫无关系。她真正倒霉的时刻是遇上那个面目已经不详的屠夫。我祖母是从他身上猪肉的油腻和生臭味作出这样的判断。此后三十多年里，我祖母一闻到生猪肉的气息就会战战兢兢。气势汹汹的屠夫就像切肉一样十分干脆地把我祖母给糟蹋了。

那个战火纷飞的傍晚时刻，我的祖母十分大意地离开了流亡的人群，在一条河边洗起她那逐渐粗糙起来的脸。当那条大路上再也望不到人影时，我祖母仍然蹲在河边多愁善感。于是她必须独自面对屠夫了，天色将黑的时候我祖母跪在他的脚旁，哀求的声音和她的身体一起在晚风里颤抖。她打开了包袱愿意将里面的一切给他，以此换回自己的清白。屠夫发出了那种她婆婆极端厌恶的狂笑，屠夫对她说：

"我就是把你操了，这些东西也跑不了。"

我祖母坐在花轿里成为他人之妻的时候，我的祖父，二十三岁的孙有元，跟随着他的父亲，远近闻名的孙石匠，和一班师兄弟来到了一个叫北荡桥的地方，准备建造一座有三个桥洞的石拱大桥。那是初春的一个早晨，我的曾祖父租了一条木船，载着他和一班徒弟在宽阔的河上顺风而下。曾祖父坐在船尾，吸着旱烟兴致勃勃地看着他的儿子，孙有元敞开胸膛站在船头，初春的冷风把他的胸膛吹得通红一片。船头微微起伏着，劈开的河水像匕首一样锋利地迅速后退。

就在这一年冬天的时候，民国的一位官僚准备回家省亲。他当初是烧了一家财主的房屋，逃命时游过那宽阔的河面后开始发迹。多年后他要衣锦荣归，县里的官员不能让他再游过河去回家。于是我曾祖父拿到了民国的银元，这对他来说意义重大，他嘱咐手下的徒弟：

“这次造的是官桥，大家都要用心。”

他们来到了那个没有一座桥，却叫北荡桥的地方。那时我曾祖父虽已年过五十，可这个精瘦的老头有着响亮的嗓门。他在那条河边走来走去，以游手好闲的姿态开始了他的工作，紧跟着他的是我生机勃勃的祖父。我曾祖父在踏勘地形的时候，不住地回过头去，就像我曾祖母吆喝家中的鸡一样，吆喝着他众多的徒弟。我的祖父则时时抓起一把土在手里搓动着，还用舌头去尝一尝。就这样他们在河两岸踏勘完了地形，画出图形以后曾祖父吩咐徒弟们搭工棚开采石料，自己则和我祖父背上干粮和工具进山去了。

他们进山去采凿龙门石。我的两个祖辈就像野猫一样在山里窜来窜去，他们叮叮咚咚地让那座不高的山三个月不得安宁。那时候石匠的功夫全体现在这块龙门石上，这是准备放在大桥中央的大石块，而且是要在大桥竣工合龙时放上去，既不能大一寸，也不能小一分。

我的曾祖父是那个时代最为聪明的穷人，比起我祖母的父亲来，他显得那样的能干和朝气蓬勃。这位一直浪迹江湖的老人，身上具备了艺术家的浪漫和农民的实惠。他弄出来的，并且在他的熏陶里长大的我祖父，也同样出类拔萃。我的两个祖辈在山里凿出了一块四方的龙门石，正面是双龙戏珠的浮雕，两条腾空而起的石龙争抢着中间那颗滚圆的石珠。他们不是那种在沟上铺一块石板的石匠，他们造出来的桥将作为艺术珍品傲视后代。

三个月后，将石料开采齐全的徒弟们，进山去迎接我的两个祖辈了。于是在那个炎热的夏日中午，我的曾祖父端坐在龙门石上，由八个徒弟扛出山来。他赤裸着上身，吧嗒吧嗒地吸着旱烟，眯缝的眼睛能让人感到他的心满意足，但他没有丝毫的得意洋洋，这样的经历他习以为常了。我的祖父孙有元满脸红光，健步走在一旁，他每走十步就用嘹亮的嗓音喊叫一声：

“龙门石来啦。”

这远不是辉煌的时刻，最为辉煌的是这年深秋，大桥竣工合龙的日子终于来到的时候。桥的两端搭起了彩牌楼，五彩的纸片在风中像树叶一样哗哗作响，那时候鼓乐喧天香烟缭绕，方圆百里赶来看热闹的乡亲人声鼎沸。没有一只麻雀飞到这里，如此吓人的声响，使它们在远处的树木上惊慌失措。我一直奇怪经历这样辉煌场面的孙有元，竟会在晚年对我祖母的婚礼惊叹不已。比起这样的场面来，我祖母的婚礼不过是杯中之水。

我曾祖父万万没有想到正是这样的时刻，使自己从此一蹶不振。凭着自己的聪明才干，一路闯荡过来的曾祖父，在北荡桥这里翻船了。事实上我曾祖父早就觉察那里土质松散，桥正在下沉。但他过于胸有成竹，根据以往的经验他觉得桥总是要沉下去一点的。随着大桥竣工的日子越来越近，下沉的速度也越来越快。我曾祖父疏忽了这一点，导致了他晚年的凄凉。

尽管后来惨遭失败，当初八个徒弟抬着龙门石走上去时，依然是那么激动人心。他们神气十足地来到了顶端。吭哟吭哟的号子声戛然而止，当他们小心翼翼将龙门石往豁口处放下去时，鼓乐齐喑，围观的人群也立刻变得无声无息了。就在那时我曾祖父听到了“格”的一声，而不是他预料中的“咔嚓”声，于是他比在场所有人都先知道灾难降临了。我曾祖父那时正在彩牌楼上，突如其来的事实使他的微笑还没有收敛就在脸上僵直了。那一声要命的“格”来到后，我的曾祖父霍地从凳子上站了起来。祖父后来告诉我们，那一刻他像一条临死的鱼一样，直往上翻白眼。但他毕竟是江湖上闯荡过来的，众人还没有醒悟过来发生了什么，他已经走下了彩牌楼，将烟管背在身后像是准备上酒馆似的走开了。他一直往山里走去，把耻辱留给儿子和一班徒弟去承受。

那时的龙门石紧紧夹在豁口上了，那八个强壮如牛的年轻人憋红了脸，想把龙门石重新抬起来，可那块大石头纹丝不动。在一片稻浪般荡过来的嘘吁声里，那八张脸像八副猪肝一样，在夏日剧烈的阳光里闪闪发亮。龙门石就如一块跷跷板似的斜在了那里，进不去也出不来。

我不知道孙有元是如何度过那个要命的白昼的，我曾祖父那时的逃之夭夭，太像是一个小偷了。孙有元那时要承受双倍的耻辱，他除了像师兄弟那样垂头丧气，还必须以我曾祖父儿子的身份羞愧不已。当时的场景简直乱透了，祖父告诉我们仿佛是房屋塌了一样。他个人的情况更为糟糕，他正是八个抬着龙门石上桥中的一个。孙有元支撑着桥栏都迈不动腿了，就像有人在他裆里捏了一把似的有气无力。

我的曾祖父是天黑以后回来的，他虽然无颜面对围观的乡亲，对他的儿子和徒弟依然可以自命不凡。这个内心极其慌张的老头，用干巴巴的声音，给予他一班不知所措的徒弟一顿劈头盖脑的训斥：

"不要哭丧着脸，我还没死，一切都可以从头开始。想当初……"

我曾祖父用慷慨激昂的声音，回顾了激动人心的过去，又向他的徒弟们描述了更为美妙的前景，然后突然宣布：

"散伙吧。"

他在徒弟们瞠目结舌的时刻转身就走，我那热衷于出其不意的曾祖父来到工棚门口时，又迅速转回身去给他们以信心十足的忠告：

“记住师傅的话，只要有钱就不怕没女人。”

这个旧时代的老人，极其容易自己来感动自己。当他决定连夜赶到县城，去向民国的官员负荆请罪时，他竟然觉得自己很像传说中的英雄一样深明大义，他对我祖父说一人做事一人当，声音的颤抖完全是出于激动。面对将失败转换成荣耀的父亲，孙有元也傻乎乎地跟着他激动起来。

可是我曾祖父的壮士气派走出十来步后就荡然无存了，他的错误在于回头看了一眼那座石桥。他这样做完全是不由自主，翘起的龙门石在月光里闪闪烁烁，仿佛是一头梦中的野狼向我曾祖父露出可怕的獠牙。曾祖父走去的身影，在我祖父眼中突然颤颤巍巍了。那个月光冷清的夜晚，我的曾祖父走上了那条漫长的小路，经受着更为漫长的失败对他的折磨。他完全不像孙有元后来向我们描述的那样，雄赳赳地走进了城里的大牢，他当初的模样比一个垂危的病人抬入诊所时更为糟糕。

很长一段时间里，孙有元都被父亲弄虚作假的英雄气概激励着。他没有像父亲临行前嘱咐的那样去改行干别的，不少师兄弟背起包袱回家以后，我祖父和另外七个抬着龙门石上桥的人继续留在那里。孙有元发誓要挽救这座石桥。我祖父的聪明才智在他父亲离去以后，得到了淋漓尽致的发挥。他带着七个师兄弟在桥身下面凿出了十六个小洞，随后又削了十六根木桩。他们将木桩塞进小洞以后，八个如狼似虎的年轻人，抡起了十六个榔头猛击木桩。这八个在路人看来是疯子的家伙，足足敲打了两个时辰。在他们微小的力量面前，巨大的桥架竟然微微抬高起来。到后来我祖父听到了令人激动的“格格”声，随后不久轰的一声，我祖父如愿以偿了。龙门石十分平稳地放进了豁口。

我激动无比的祖父在那条小路上撒腿跑开了，这个眼泪汪汪的年轻人，嗓音嘹亮地呼喊着我的曾祖父。他一口气跑了四十多里路，跑进了县城。当我曾祖父从牢里昏头昏脑出来时，他看到自己的儿子就像雨中淋了一夜似的浑身湿透了，可那时正是晴空万里阳光普照。我祖父把体内的水分差不多都快跑干了，孙有元叫了一声：

“爹……”

随即扑通一声倒地休克了过去。

我的曾祖父具备了那个时代特有的脆弱，北荡桥的失败尽管令他宽慰地被儿子挽回，可他本人则从此难以意气风发。我心灰意冷的曾祖父迈着老年农民迟钝的脚步，走向了我那位年轻时水灵漂亮的曾祖母。这两个老人将在生命的尾声上，开始从未有过的朝夕相处。

而我的祖父，对自己得意洋洋和心满意足的孙有元，就像他父亲先前一样，带着一班石匠继续着祖辈开创的事业。然而我祖父的辉煌时刻只是昙花一现，他们作为最后一代老式石匠，饱尝了那个时代对他们的冷漠。而且方圆几百里的河面上已经有不少石拱桥耸立在那里了，祖上过于精湛的手艺，使他们无法指望那些石桥在一夜之内全都塌掉。这支饥饿的队伍带着幼稚的理想，在江南的水乡游来荡去。唯一得到的一次机会，使他们造起了一座石板小桥，而且还是座歪桥。就是那一次孙有元有幸目睹了他岳父儒雅的风采。

那是一群农民筹了钱请他们前往的，我祖父那时候已经饥不择食，一向造石拱大桥的孙家，沦落到孙有元时只能造造石板小桥了。他们选择了大路的岔口做桥基，然而对面一棵大香樟树刚好挡住了桥基。我祖父挥挥手说把香樟树砍掉，他那时不知道要砍的是岳父的树木。

孙有元后来的岳父刘欣之，是远近闻名的大财主，当然他一辈子都不会知道自己后来的女婿竟然是个穷光蛋。这个满嘴先天下人忧而忧、后天下人乐而乐的秀才，一听要砍他家的大香樟树，就跟掘他的祖坟一样气得暴跳如雷，他完全忘记了自己满腹经纶，面对那几个前来商量的人，他用农民的粗话破口大骂。

毫无办法的孙有元只能斜过去一点筑起桥基，三个月以后他们造成了一座斜桥。石桥落成以后，筹钱的农民请来了刘欣之刘老先生，请他给取个桥名。正是那天上午，我祖父看到了他的岳父。身穿绸衣的刘欣之慢吞吞走来时，让我祖父目瞪口呆，这个在阳光下故作深沉的秀才，在孙有元眼中比民国的官员更具威风。几年后他和我祖母同床共眠时，再度回顾当初的情景，腐朽的刘欣之让生气勃勃的孙有元赞叹不已。

我祖母的父亲以读书人的姿态走到桥边以后，立刻表达了他的不屑一顾，仿佛自己遭受了侮辱似的厉声说道：

“这么一座蹩脚的歪桥，还让我取名。”

说罢拂袖而去。

我的祖父依然走南闯北，他们在国共之间的枪声和饥荒的景色里长途跋涉，那种年月谁还会筹钱来让他们一展手艺？他们像一班叫花子似的到处招徕生意。我祖父满怀着造桥的雄心大志，却很不合时宜地走在那个热衷于破坏的时代里。到头来这班人马不得不丧失最初的纯洁，他们什么活都干，连洗刷僵尸和掘坟也不放过，只有这样才能使他们不至于抛尸在荒野。孙有元在那极为艰难的时刻，仍然让他们跟着自己毫无希望地乱走，我不知道他使用了怎样的花言巧语。直到后来的一个夜晚，他们被当成共产党的游击队，遭受了国军的袭击，这班满怀过时理想的石匠才不得不生离死别。

那时候我祖父他们这班穷光蛋全睡在河滩上，第一排子弹射来时，孙有元竟然安然无恙，他还撑起身体大声询问谁在放鞭炮。然后他看到身旁一个师弟的脸已被打烂了，在月光下如摔破的鸡蛋似的一塌糊涂，我那睡意蒙眬的祖父撒腿就跑，他沿着河边跑去时嗷嗷乱叫，可当一颗子弹穿过他的裤裆，他就立刻哑口无言了。孙有元心想坏了，睾丸被打掉了。尽管如此，我祖父依然拼命奔跑。孙有元一气跑出了几十里,那时他感到自己的裤裆已经湿透了,他没想那是不是汗水，只觉得血要流光了，他赶紧停住脚步，伸手去按住裤裆里的伤口，这么一按他竟摸到了自己的睾丸。最初他吓一跳，心想他娘的这是什么东西，仔细一摸才知道它们仍然健在。我祖父后来就坐到了一棵树下，长时间地摸着被汗水浸湿的睾丸，嘿嘿笑个不停。当他对自己的安全确信无疑之后，他才想到那班在河滩上的师兄弟，那个师弟被打烂的脸使他号啕大哭。

显而易见，孙有元已经无法继续祖业了，他年方二十五，却要被迫去体会当初父亲告老还乡时的凄凉心情。我年轻的祖父在这年春节临近的时候，踏上了一条尘土飞扬的大道，以老年人的愁眉苦脸返回家中。

我的曾祖父一年多以前回到家中后就一病不起，曾祖母花完所有的积蓄都无法唤回他往昔的生气，于是又当掉了家中所有值钱的东西。到头来连她自己也一病不起了。大年三十的晚上，我祖父破衣烂衫身无分文地回到家中时，他的父亲已经命归黄泉，他的母亲则躺在死去的父亲身旁，也已是奄奄一息。我那疾病缠身的曾祖母对她儿子的回来，只能用响亮急促的呼吸声来表达喜悦了。我祖父就这样携带着贫困回到了贫困的家中。

这是我祖父年轻时最为凄惨的时刻，家中已没有什么东西值得他送进当铺，而在这春节的前后，他也无处去出卖体力换回一些柴米。束手无策的孙有元,在大年初一的早晨,顶着凛冽的寒风,扛起他父亲的遗体往城里跑去。我年轻的祖父竟然异想天开地想把死去的父亲送进当铺，一路上我祖父不停地向肩上的死尸赔礼道歉，同时挖空心思寻找理由来开脱自己。我曾祖父的遗体在那间四处漏风的茅屋里挨冻了两天两夜，然后又被我祖父在呼啸的北风里扛了三十来里路，当他被放到城里当铺的柜台上时，已经如一根冰棍一样僵硬无比了。

我祖父眼泪汪汪地恳求当铺的掌柜，说自己不是不孝，实在是没有别的办法。他告诉掌柜：

“我爹死了没钱收作，我娘活着躺在屋里没钱治病。做做好事吧，过几天我就将爹赎回去。”

当铺的掌柜是个六十多岁的老头，他这辈子没有听说过死人还能当钱。他捂着鼻子连连挥手：

“不收，不收。这里不收金菩萨。”

大年初一他以为可以讨个好口，使我曾祖父荣幸地成为了一尊身价连城的金菩萨。

可我不识时务的祖父依然连连哀求，于是三个伙计走上前来，伸手将我曾祖父推了下去。我那僵硬的曾祖父像一块石板一样掉落在地，发出了坚硬的声响。孙有元赶紧抱起他的父亲，仿佛罪孽深重似的察看我曾祖父是否摔坏了。紧接着一股冷水浇在了我祖父头上，在他还没有离开的时候，当铺的伙计就开始清扫被我曾祖父玷污了的柜台。这使孙有元勃然大怒，他对准一个伙计的鼻子就是狠狠一拳，那家伙的身体就像弹弓上射出的泥丸，弹出去跌倒在地。我强壮无比的祖父使足力气又把柜台抛翻过去，另外的几个伙计举着棍棒朝孙有元打来，孙有元只能举起他父亲的遗体，去抵挡和进攻他们。在那个寒冷的清晨，我祖父挥动着那具僵尸，把整个当铺搅得天翻地覆。勇敢的孙有元得到父亲遗体的有力支持，将那几个伙计打得惊慌失措。他们谁也不敢碰上那具死尸，以免遭受一年的厄运，那个时代的迷信使孙有元的勇敢几乎没有受到什么阻挡。当我祖父挥起他的父亲，向那个面如土色的掌柜击去时，轮到孙有元惊慌了，他把父亲的脑袋打在了一把椅子上。一声可怕的声响使我祖父蓦然发现自己作孽了，他那时才知道自己大逆不道地将父亲的遗体作为武器。父亲的脑袋已被打歪过去，我祖父经历了片刻的目瞪口呆之后，立刻扛起父亲的遗体蹿出门去，在凛冽的寒风里奔跑起来。然后孙有元就像一个孝子一样痛哭流涕了，那时候他坐在冬天的一棵榆树下面，怀抱我损坏了的曾祖父。我的祖父使了很大的劲，才把他父亲打歪的脑袋扳回来。

孙有元埋葬了父亲以后，并没有埋葬贫困，此后的几天里，他只能挖些青草煮熟了给母亲吃。那是一些长在墙脚下有着粉绿颜色的小草，孙有元不知道那是益母草。于是他惊喜无比地看到卧床不起的母亲，吃了这种草后居然能够下地走路了。这使我那粗心大意的祖父茅塞顿开，他极其天真地以为明白了一个真理，他感到那些妙手回春的郎中，其实什么本事都没有，无非是割一堆青草像喂羊一样去喂病人。因此他放弃了去城里打短工的念头，我祖父作为石匠之后，决定像一个郎中那样医治百病了。

兴致勃勃的孙有元知道刚开始必须上门问诊，日后名声大了就可以坐在家中为人治病。他背起了一篓子杂草，开始了走家串户的生涯，他嘹亮的嗓音像个捡破烂似的到处吼叫：

“草药换病啦。”

他风格独特的叫唤格外引人注目，可那一副贫穷的样子又让人将信将疑。到头来还真有一户人家请他上门就诊，我祖父行医生涯第一个病人，也是最后一个，是个腹泻不止的男孩。面对这个气息奄奄的孩子，孙有元只是马马虎虎地看一眼，也不号脉问诊，就从篓子里抓出了一把青草给患者的家人，让他们煮熟了给孩子吃。当他们满腹狐疑看着那把青草时，孙有元已经走到了屋外，继续他的喊叫：

“草药换病啦。”

当孩子的家人从屋里追出来，用虔诚的疑惑向我祖父发出询问时，我实在惊讶孙有元竟然还能胸有成竹地告诉他们：

“他吃了我的药，我就带走他的病啦。”

这个可怜的孩子吃下那一把青草后，立刻上吐下泻绿水，没两天就一命呜呼了。从而让我曾祖母在一个下午，胆战心惊地看到了十多个男人气势汹汹走来的情景。

我祖父那时候一点也不惊慌，他让脸色苍白的母亲回到屋里去，又将屋门关上，自己则微笑着极其友好地迎候他们。死者的家人和亲属是来向孙有元讨命的，我祖父面对这班脸色铁青一意孤行的人，竟然想用花言巧语哄骗他们回去。他们根本就不会来聆听孙有元冗长的废话，而是一拥而上，将我祖父团团围住，几把铿亮的锄头对准了他闪闪发亮的脑门。经历过国民党军枪林弹雨的孙有元，那时候显得不慌不忙，他得意洋洋地告诉他们，别说才十多个人，就是翻一倍，他也照样打得他们伤痕累累。死到临头的孙有元如此口出狂言，反而把他们给弄糊涂了。这时候我祖父解开了上衣的纽扣，对他们说：

“让我把衣服脱了，再和你们打。”

说着孙有元拨开一把锄头，走到屋前推开了房门，他进去后还十分潇洒地用脚踢上了门。我祖父一进屋就如石沉大海一样销声匿迹了，那班复仇者在外面摩拳擦掌，他们不知道我祖父已经越窗而逃，一个个如临大敌似的严阵以待。他们左等右等不见孙有元出来，才感到情况不妙，踢开房门以后，屋内空空荡荡。随后他们看到了我祖父背着他母亲，在那条小路上已经逃远了。我祖父不是一个憨乎乎的乡巴佬，越窗而逃证明了他是有勇有谋的。

孙有元背上我曾祖母撒腿就逃以后，他便很难终止自己的奔跑了。他就像我祖母一样，跻身于逃亡的人流之中，有那么几次他都清晰地听到了身后日本人的枪炮声。我祖父是那个时代典型的孝子，他不忍心看着我曾祖母扭着小脚在路上艰难行走，于是他始终背着母亲，满头大汗气咻咻地在那些尘土飞扬的路上，跟随着逃亡的人流胡乱奔走。直到后来的一个夜晚，精疲力竭的孙有元脱离了人流，将我曾祖母放在一棵枯萎的树下，自己走远去找水后，他才不用再背着母亲奔走了。连日的奔波让我虚弱不堪的曾祖母，在那棵树下一躺倒就昏昏睡去了。我曾祖母在那个月光冷清的夜晚，睡着后被一条野狗吃了。童年时我的思维老是难以摆脱这噩梦般的情景，一个人睡着后被野狗一口一口吃了，这是多么令人惊慌的事。当我祖父重新回到那棵树下，我的曾祖母已经破烂不堪了，那条野狗伸出很长的舌头一直舔自己的鼻子，凶狠地望着我的祖父。母亲凄惨的形象，使孙有元像个疯子一样哇哇大叫，我祖父那时完全忘记了自己是人，他像那条野狗一样张开嘴巴扑了上去。野狗更多的是被我祖父的嗷叫吓坏了，它立刻调转方向逃跑。气疯了的孙有元竟然去追赶逃跑的狗，他追赶时的破口大骂无疑影响了他的速度。到头来狗跑得无影无踪后，我祖父只能气急败坏同时又眼泪汪汪地回到母亲身旁。孙有元跪在我曾祖母的身旁使劲捶打自己的脑袋，他响亮的哭声使那个夜晚显得阴森可怖。

孙有元埋葬了母亲以后，他脸上由来已久的自信便一扫而光，他极其伤感地在逃亡的路上随波逐流，母亲的死使他的逃亡顷刻之间失去了意义。因此当我祖父在一处残垣前最初见到我祖母时，他的心里出现了一片水流的哗哗声。我祖母那时身上富贵的踪影已经丝毫不见，她衣衫褴褛地坐在杂草之上，恍惚的眼神从披散的头发中望到了我祖父凄凉的脸。被饥饿弄得奄奄一息的祖母，不久之后就伏在我祖父的背脊上睡着了。年轻的孙有元就这样得到了一个可以作为妻子的女人，他不再毫无目标地漂荡。经历了饥饿和贫困长时间掠夺的孙有元，背着我祖母往前走去时，他年轻的脸上红光闪闪。

风烛残年

祖父摔坏腰以后，我的印象里突然出现了一位叔叔。这个我完全陌生的人，似乎在一个小集镇上干着让人张开嘴巴，然后往里拔牙的事。据说他和一个屠夫，还有一个鞋匠占据了一条街道拐角的地方。我的叔叔继承了我祖父曾经有过的荒唐的行医生涯，但他能够长久地持续下来，证明了他的医术不同于我祖父那种纯粹的胡闹。他撑开宽大的油布伞，面对嘈杂的街道，就像钓鱼那样坐在伞下。他一旦穿上那件污迹斑驳的白大褂，便能以医生自居了。他面前的小方桌上堆着几把生锈的钳子，和几十颗血迹尚在的残牙。这些拔下的牙齿是他有力的自我标榜，以此来炫耀自己的手艺已经炉火纯青，招徕着那些牙齿摇晃了的顾客。

一天上午，当祖父背上一个蓝布包袱，怀抱一把破旧的雨伞，悄无声息地从我们前面走过时，我和哥哥十分惊奇。他临走时都没和我父母说一句话，而我的父母也没有任何异样的神态，我和哥哥趴在后窗的窗台上，看着祖父缓慢地走去。是母亲告诉我们：

“他去你们叔叔那里。”

祖父晚年的形象就像一把被遗弃的破旧椅子，以无声的状态期待着火的光临。厄运来到他身上的那一天，我哥哥孙光平以他年龄的优势，先于我得到了一个书包。那一刻在我童年记忆里闪闪发亮，在我哥哥即将获得上学机会的那个傍晚，我的父亲，兴致勃勃的孙广才，以莫名其妙的骄傲坐在门槛上，声音洪亮地教育我的哥哥，如果和城里的孩子吵架——

“一个你就打他，两个你赶紧逃回家。”

孙光平傻乎乎地望着孙广才，那是他对父亲最为崇拜的时候。我哥哥虔诚的神色，使我父亲不厌其烦地讲述同样的道理，并不觉得那已经是废话了。

我父亲是一个极其聪明的乡巴佬，任何时髦的东西他都一学就会。当我哥哥背上书包第一次走向城里的学校时，孙广才站在村口给予他最后的提醒。他一个成年人学电影里坏人的腔调实在是滑稽可笑，他扯开嗓子大喊：

“口令。”

我哥哥天生就具有非凡的概括能力，这个八岁的孩子转身来回答时，并没有转述父亲昨晚纷繁复杂的教导，而是简单明了地喊道：

“一个就打，两个逃回家。”

在这表达欢欣场面的另一侧，我晚年的祖父拿着一根绳子无声地从我身旁走过，去山坡上捡柴了。孙有元那时的背影在我眼中高大健壮，我坐在泥土上，他有力摆动的脚走去时，溅了我一脸的尘土，使我当时对哥哥的嫉妒和盲目的兴奋变得灰蒙蒙一片。

我祖父的厄运和我哥哥的兴奋紧密相连，二十多年前的那一天，当我和弟弟还依然满足于在池塘边摸螺蛳时，第一次从城里学校回来的孙光平，已经懂得用知识来炫耀自己了。我无法忘记孙光平最初背着书包回来的耀武扬威，我八岁的哥哥将书包挂在胸前，双手背在身后，显然后一个动作是对学校老师的模仿。然后他在池塘旁边坐下来拿出课本，先是对着太阳照一照，接着十分矜持地阅读了。我和弟弟那时候目瞪口呆，就像两条饥肠辘辘的狗，看到一根骨头在空中飞去。

就是在这个时候，孙广才背着满脸死灰的孙有元奔跑过来。我的父亲那时显得十分恼怒，他把孙有元放到床上以后，便在屋门外嘟嘟哝哝起来：

“我就怕家里有人生病，完了，这下损失大啦。多一个吃饭的，少一个干活的，一进一出可是两个人啊。”

我祖父在床上一躺就是一个月，后来虽然能够下地走路，可他从山坡上滚下来后，腰部永久地僵硬了。丧失了劳动能力的孙有元，在看到村里人时的笑容，比我祖母突然死去时更为胆怯，我清晰地记得他脸上战战兢兢的神色，他总是这样告诉别人：

“腰弯不下去。”

他的嗓音里充满了急切的表白和自我责备。突然而至的疾病改变了孙有元的命运，他开始了不劳而食的生活。在我离开南门前的不到一年时间里，这个健壮的老人如同化装一样迅速变得面黄肌瘦了。他作为一个累赘的存在已经十分明显，于是他开始了两个儿子轮流供养的生活。我就是在那时才知道自己还有一个叔叔。祖父在我们家住满一个月，就独自出门沿着那条通往城里的小路走去。他进城后似乎还要坐上一段轮船，才能到达我叔叔那里。一个月以后，总是在傍晚的时刻，他蹒跚的影子又会在那条路上出现。

祖父回来的时候，我和哥哥会激动地奔跑过去，我们的弟弟却只能干巴巴地站在村口，傻笑地看着我们奔跑。那时我所看到的孙有元，是一个眼泪汪汪的祖父，他的手在抚摸我们头发时颤抖不已。事实上我们充满热情的奔跑，并不是出于对祖父回来的喜悦，而是我和哥哥之间的一次角逐。祖父回来时手中的雨伞和肩上的包袱，是我们激动的缘由。谁先抢到那把雨伞，谁就是毫无疑问的胜者。记得有一次哥哥将雨伞和包袱一人独占，他走在祖父右侧趾高气扬，我因为一无所获而伤心欲绝。在短短的路程上，我一次次向祖父指出哥哥的霸道，我哭泣着说：

“他把包袱也拿走了，拿走了雨伞还要拿包袱。”

祖父没有像我指望的那样出来主持正义，他对我们的误解使他老泪横流，他抬起手背擦眼泪的情景我至今清晰在目。我四岁的弟弟是个急功近利的家伙，他看到祖父的眼泪后，飞快地往家中跑去，尖声细气地叫嚷着，将祖父的眼泪传达给我的父母：

“爷爷哭啦。”

从而弥补他和我同样一无所获的缺憾。

在我离家之前，祖父在我们家中承担的屈辱，是我当时的年龄所无法感受的。现在回想起来，父亲孙广才在祖父回到家中的那一个月里，总是脾气暴躁。他像冬天的狂风那样在我们狭窄的家中，时时会突然咆哮。除非孙广才伸出手指明确地去指骂孙有元，我才能确定父亲的怒气正在涌向何处，否则我会惊恐万分地看着父亲，因为我无法断定孙广才接下去会不会突然一脚向我踢来。我童年时的父亲是一个捉摸不透的家伙。

我唯唯诺诺的祖父，在家中的日子里总是设法使自己消失。他长久地坐在无人注意的角落里，无声无息地消磨着他所剩无几的生命。而当吃饭时，他却像闪电一样迅速出现，往往把我们弟兄三人吓一跳。那时候我的弟弟就会得到表现自己的机会，他手捂胸口用兴奋的神态，来夸张自己所受的惊吓。

祖父的胆小怕事在我记忆里格外清晰，有一次孙光明为了寻找他，这个走路还跌跌撞撞的孩子摔倒后哇哇大哭，而且还毫无道理地破口大骂，仿佛是别人把他绊倒的。我口齿不清的弟弟虽然竭尽全力想把话骂明白，可我听到的始终是一只小狗在乱叫。那一次祖父吓得脸色灰白，他担心孙光明的哭声持续到我父亲从田里回来，孙广才是不会放过任何供他大发雷霆的机会的。那种灾难即将来临的恐惧眼神，从孙有元眼中放射出来。

孙有元摔坏腰后，就很少讲叙那个让我们感到不安的祖母。他开始习惯独自去回忆和祖母共同拥有过的昔日时光。的确，我祖母和他之间的往事，也只有他能够品尝。

孙有元端坐在竹椅里，回想那个年轻漂亮而且曾经富有过的女人时，那张远离阳光的脸因为皱纹的波动，显得异常生动。我经常偷偷看到那脸上如青草般微微摇晃的笑容，这笑容在我现在的目光里是那么的令我感动。然而我六岁时的眼睛，却将一种惊奇传达到内心。我无比惊讶地发现一个人竟然会独自笑起来，我将自己的惊奇去告诉哥哥后，正在河边摸虾的孙光平，用一种我很难跟上的速度跑回家中，哥哥的激情证实了我的惊讶是多么正确。我和哥哥，两个脏乎乎的孩子跑到祖父面前时，他脸上的笑容依然在进行着微妙的流动。我八岁的哥哥，有着我难以想象的勇气。他用响亮的喊叫，将我祖父从多愁善感的回忆中一把拉了出来。我祖父如同遭到雷击似的浑身一颤，他有趣的笑容被我哥哥葬送了，一种恐慌在我祖父眼中闪闪发亮。接着我听到了哥哥幼稚的声音穿上了严肃的外套后，向我祖父走去。很显然，我哥哥在训斥他：

“一个人怎么可以笑，只有神经病才会一个人笑。”我哥哥挥了挥手，“以后别一个人笑了，听到了吗？”

明白过来的祖父，用极其谦卑和虔诚的点头回答了孙光平。

孙有元晚年竭力讨好家中任何一人，他的自卑使他作为长者，难以让我们尊敬。有一段时间，我处在对立的两种心情之中，一方面我默默地鼓励自己，去仿效孙光平那种对待祖父的权威，作为一个孩子能对大人发号施令，这是一件令人激动和振奋的事。可我时时屈服于祖父慈祥的目光，当我们四目相视时，祖父孙有元看着我的亲切目光，让我无法对他炫耀自己弄虚作假的权威。我只能垂头丧气地走出屋去，用崇拜的目光去寻找哥哥孙光平。

当祖父若无其事地诬告了我的弟弟以后，我彻底打消了向他展露自己威风的念头。孙有元在后来的日子里，让我觉得阴森可怕。

事情其实很简单，我祖父从角落里站起来，往房间走去时，不慎将桌边的一只碗打落在地。当时我就站在不远处，祖父当时异常害怕，他站在那里长时间地看着地上破碎的碗片。我现在回顾他当初的背影时，已经像一个阴影一样虚无了。但我记住了他那时发出的一连串惊恐的低语，至今为止我都没有听到过一个人能把话说得那么飞快。

孙有元没有像我以为的那样，去把地上的碗片收拾起来。我当时已经六岁，那个年龄让我隐约预感到发生了可怕的事，这种可怕显然和马上就要回到家中的父亲有关。我实在不知道孙广才这次咆哮起来声音会怎样吓人，我精力过人的父亲挥动拳头时，就如母亲挥动头巾一样轻松和得心应手。我就那么站着，看着祖父又回到了角落里坐下，他对自己的错误不加任何掩饰，心安理得地坐在了那里。祖父的安详无疑增加了我的不安，我儿童时期的目光在破碎的碗片和祖父平静的脸之间不知所措，然后我像是遇到蛇一样惊慌地逃走了。

正如我害怕的那样，孙广才对这一损失表现得极为激动。我不知道父亲是否希望这碗是祖父打碎的，从而使他对祖父的谩骂和训斥变得理所当然。满脸通红的孙广才像个孩子那样不知疲惫地乱喊乱叫，他的喊叫如同狂风似的吹得我们弟兄三人身体抖动。我胆怯的目光望到孙有元时，我的祖父让我大吃一惊，他谦卑地站起来告诉孙广才：

“是孙光明打碎的。”

那时候弟弟就站在我身旁，这个四岁的孩子对祖父的话很不在意，他脸上的惊吓刚才就有了，完全来自孙广才的可怕神态。当我父亲怒不可遏地问他：

“是你吗？”

我弟弟却是瞠目结舌一句话都说不出来，他被父亲凶狠的神态吓傻了，直到孙广才第二次向他这么吼叫，并且将自己的凶狠逼近了他，我才终于听到了他的申辩：

“不是我。”

我弟弟一直口齿不清，直到他死去的前一天，说话时依然咕哝咕哝。

弟弟的回答使我父亲怒火更大，也许他这样可以延长自己精神抖擞的发泄，孙广才几乎喊破了嗓子：

“不是你，碗怎么会碎？”

我弟弟一脸的莫名其妙，面对父亲的发问，他只能给予十分糊涂的摇头。我弟弟毕竟是太小了，他只懂得简单的否认，根本不知道接下去应该陈述理由。最为要命的是他那时候突然被屋外的鸟吸引了，而且还兴致勃勃地跑了出去，这是我父亲绝对无法容忍的，孙广才气急败坏地喊叫孙光明：

“你这个狗娘养的，你回来。”

我弟弟虽然知道害怕，可他不知道问题已经十分严重。他跑回屋来时睁圆眼睛十分认真地指着屋外，告诉孙广才：

“小鸟，小鸟飞过去啦。”

我看到父亲粗壮的巴掌打向了弟弟稚嫩的脸，我弟弟的身体被扔掉般地摔出去倒在地上。孙光明无声无息地躺在那里，似乎有很长时间。我的母亲，在父亲怒火面前和我一样害怕的母亲，那时惊叫着跑向我弟弟。孙光明终于哇的一声尖厉地哭了起来。我弟弟就像是不知道自己为何挨揍，他放声大哭时也不知道自己为什么要哭。

我父亲的怒火开始收缩了，孙广才捶了一下桌子，喊道：

“哭他娘个屁。”

接着他就往外走去，他在自己的怒气和孙光明的哭声之间，选择了让步。我父亲往外走去时，依然嚷嚷着：

“败家子，我养了一群败家子。老的走路都喊腰疼，小的都他娘的四岁了，说话嘴里还含个球似的咕哝咕哝说不清楚。败起家来倒是一个比一个凶。”

最后是表达对自己的怜悯：

“我命苦啊。”

这一切对当初的我来说，发生得太快了，我还没有从惊吓里摆脱出来，我父亲已经走出屋去了。当我用仇恨的目光去看祖父时，孙有元仍然站在那里，仿佛饱尝惊吓似的战战兢兢。我当时没有立刻出来为弟弟说话，大概是我自己也糊涂了，一个六岁的孩子似乎缺乏敏捷的反应，起码我当时是这样。此后这事就如月光下的阴影一样，始终缠绕着我。我一直想出来揭发祖父，可我最终还是没有这样做。有一次我曾经独自走到祖父身旁，孙有元当时坐在那个斑驳的墙角，用一贯的慈祥看着我，他亲切的目光在那时让我不寒而栗，我鼓起勇气对他说：

“碗是你打碎的。”

祖父平静地摇摇头，同时还向我慈爱地笑了笑。他的笑容就像是有力击来的拳头一样，我竭尽全力不让自己立刻逃走，用响亮的喊叫来掩盖内心的慌张：

“是你。”

我正义的声音并没有使祖父屈服，他平静地告诉我：

“不是我。”

祖父对自己坚信无疑的神态，反而使我怀疑起自己是不是真的弄错了。就在我不知所措的时候，他又向我露出了那要命的笑容，我的勇气立刻崩溃了，我赶紧逃离出去。

日子一天天过去后，我感到出来揭发祖父也变得越来越艰难了。同时我越来越明确感到自己对祖父有着难以言传的惧怕，当我有时跑回家中取东西，突然发现坐在角落里的祖父正看着我时，我就会浑身发颤。

年轻时生机勃勃的孙有元，经历了我祖母三十多年掠夺以后，到晚年成了一个胆小怕事唯唯诺诺的老人。然而当他体力逐渐丧失的同时，内心的力气却成长了起来。风烛残年的孙有元，再度显示了他年轻时的聪明才智。

我父亲喜欢在饭桌上训斥祖父，这种时候孙广才总是要很不情愿地看着自己正在遭受损失。在父亲虚张声势的骂声里，我的祖父低垂着头颅一副担惊受怕的模样。可他吃饭的速度丝毫没有受到影响，手上的筷子在夹菜时一伸一缩的迅速令人吃惊。孙广才的训斥他充耳不闻，仿佛将其当做美味佳肴。直到他手中的碗筷被夺走，他才被迫停止。那时的孙有元依然低着头，眼睛执著地盯着桌上的饭菜。

我父亲后来就让祖父坐在一把小椅子上，我的祖父在吃饭时只能看到桌上的碗，看不到碗中的菜。那时候我已经离开南门，我那可怜的祖父只能让下巴搁在桌子上，眼睁睁地看着他们往碗中去夹菜。我的弟弟因为矮小也遭受了同样的命运，但他时刻得到我母亲的帮助。孙光明是个爱逞强的孩子，他时不时会突然站到凳子上，摆脱母亲的帮助，用自己的行为来主宰自己的胃口，这个傻孩子便要遭到过于激烈的惩罚了。我父亲那时候毫不手软，为这么一点小事他会对我弟弟拳打脚踢，同时像个暴君那样反复宣告：

"谁再站起来吃饭，我就打断谁的腿。"

我聪明的祖父知道孙广才的真正用意，父亲对弟弟的严厉惩罚其实是为了恫吓祖父，我的祖父以逆来顺受的姿态端坐在小椅子上，他夹菜时高高抬起手臂的艰难，使孙广才感到心满意足。

然而我祖父就像在大堤上打洞的老鼠，他以极其隐蔽的方式对付他的儿子。就如上次祖父打碎了碗嫁祸到我弟弟身上，孙有元再次看中了年幼的孙光明。事实上也只有孙光明对那张桌子的高度，与我祖父一样耿耿于怀。可我弟弟只是在吃饭的时候才会去注意这些，别的时候他只知道像一只野兔子那样到处乱窜。我的祖父，长时间坐在角落里的孙有元，就拥有足够的时间来盘算如何对付这些了。

那几天里，当我弟弟一旦接近孙有元，我的祖父就会含糊其词：

"桌子太高了。"

孙有元的反复念叨，使我九岁的弟弟终于有一次站到了祖父和桌子中间，孙光明长时间地对祖父和桌子看来看去。孙光明闪闪发亮的眼睛，让我祖父明白了这个小家伙已经在开动脑筋了。

谙熟我弟弟心理的孙有元，那个时候剧烈地咳嗽起来，我不知道他这样是不是为了掩饰自己，他有着足够的耐心来期待孙光明自己做出决定。

我弟弟除了口齿不清以外，别的都是值得夸奖的。他用那个年龄破坏的欲望和小小的才智，立刻找到了对付桌子高度的办法。我弟弟得意洋洋地向祖父喊叫：

“锯掉它。”

我祖父显得十分吃惊，他的吃惊里流露出明显赞赏的神气，无疑这激励了孙光明。我弟弟神采飞扬，他完全陶醉在自己的聪明之中。他对孙有元说：

“把它的腿锯掉一截。”

孙有元这时候摇头了，他告诉我弟弟：

“你锯不动它。”

我那傻乎乎的弟弟不知道他正在走向陷阱，祖父对他的蔑视使他生气，他向孙有元喊道：

“我有力气。”

孙光明感到语言的辩护依然苍白，他一下子钻到桌子底下，将桌子扛起来费力地走了两步，随后又钻出来向祖父宣告：

“我有很大的力气。”

孙有元仍然摇头，他让孙光明明白，手的力气远远小于身体，我弟弟还是锯不动桌子的腿。

应该说孙光明最初发现桌子腿可以锯掉一截时，他仅仅只是满足于这种空洞的发现。孙有元对他力气的怀疑，使他必须拿出真正的行动来了。我的弟弟在那个下午气呼呼地走出家门，他为了向祖父证明自己能够锯掉桌子腿，向村里一家做木匠的走去。孙光明走到那个木匠家中时，那家的主人正坐在凳子上喝茶。我弟弟亲热地向他打招呼：

“你辛苦啦。”

然后对他说：“你不用锯子的时候，肯定会借给我吧。”

那个木匠根本就没把我弟弟放在眼里，他向孙光明挥挥手：

“走开，走开。谁他娘的说我会借给你。”

“我知道你不肯借的。”孙光明说，“我爹一定说你肯借，他说你盖房时他还帮过你。”

中了祖父圈套的孙光明，却为那个木匠布置了圈套。木匠问他：

“孙广才干什么用？”

我弟弟摇摇头说：“我也不知道。”

“拿去吧。”木匠这时候答应了。

我的弟弟扛着锯子回到家中，将锯子响亮地往地上一敲，尖声细气地问孙有元：

“你说我能锯掉吗？”

孙有元还是摇摇头，说道：

“你最多锯掉一条腿。”

那个下午，我既聪明又傻乎乎的弟弟，满头大汗地将四条桌子腿锯掉了半截，其间他还不时地回过头问孙有元：

“我的力气大不大？”

我祖父没有给予他及时的鼓励，但他将惊奇的神色始终保持在脸上。就是这一点，也足以使我弟弟兴致勃勃地锯完所有的桌子腿。接下来孙光明就无法为自己感到骄傲了，我祖父毫不留情地向他展示了现实的可怕，孙有元告诉他：

“你作孽了，孙广才会打死你的。”

我那可怜的弟弟吓得目瞪口呆，到那时他才知道后果的可怕。孙光明眼泪汪汪地望着祖父，孙有元却站起来走入了自己的房间。我弟弟后来独自走出屋去，他一直消失到第二天早晨。他不敢回到家中，在稻田里忍饥挨饿睡了一夜。我父亲站在田埂上，发现一大片稻子里有一块陷了下去，他就这样捉住了我的弟弟。经历了一夜咆哮的孙广才，依然怒火冲天，他把我弟弟的屁股打得像是挂在树上的苹果，青红相交，使我弟弟足足一个月没法在凳子上坐下来。而我的祖父在吃饭时，已经不用高抬手臂了。直到我十二岁回到南门时，那张锯了半截的桌子葬身于熊熊之火，他们吃饭时才不再俯首哈腰。

我回到南门以后，六岁时保留下来的对祖父的惧怕，竟然迅速地转换成对自己的同情。随着我自己在家中处境的逐日艰难，祖父的存在成为了我不可缺少的安慰。当我提心吊胆地害怕家中会出什么事时，很显然这事不管是否与我有关，我都将遭受厄运，于是我逐渐明白过来，祖父当初为何要诬告我的弟弟。那些日子我父亲经常露出精瘦的胸膛，将两排突出的肋骨向村里人展览，告诉他们他为什么瘦，那是因为——

“我养了两条蛔虫。”

我和祖父就像是两个不速之客，长久地寄生在孙广才的口粮里。

我弟弟锯掉了桌子腿以后，祖父和父亲之间出现过一次激烈的较量。我父亲虽然将他的气势汹汹保持到最后，但他在内心里还是被祖父打败了。所以我返回南门后，不再看到父亲对祖父有过公开的谩骂和训斥，这在我离开前是习以为常的事。我父亲对祖父的不满，到头来表现得十分窝囊。孙广才只是经常坐在门槛上，像个上了年纪的女人那样啰唆着不休，他唉声叹气地自言自语：

“养人真不如养羊啊，羊毛可以卖钱，羊粪可以肥田，羊肉还可以吃。养着一个人那就倒霉透了。要毛没毛，吃他的肉我又不敢，坐了大牢谁来救我。”

孙有元面对屈辱时的镇静，给我留下了无法磨灭的印象。他总是慈祥并且微笑地望着别人对他的攻击。我成年以后每次想到祖父，所看到的往往是他那动人的微笑。我父亲生前曾经十分害怕祖父的笑容，那时的孙广才总要迅速地转过身去，如同遭受一击似的坐立不安，直到他远远走开，独自一人时才会骂道：

“笑起来像个死人，一吃饭就活了。”

因为年老而终日昏昏沉沉的孙有元，也逐渐明白了我在家中的艰难处境，他对我的回避也就越来越明显。那年秋天，他蹲在墙角晒太阳时，我走到了他的身旁，默默地站了很长时间，希望他能和我说上一些什么，可他脸上与世无争的神情，使我们之间的沉默没能打破。后来当他依稀听到田里传来收工的吆喝声，手脚僵硬的孙有元立刻站了起来，颤颤巍巍地走进屋去。我祖父害怕孙广才会看到两个他不喜欢的人待在一起。

我和祖父，还有一场大火同时来到家中，使孙广才在很长一段时间里总是满腹狐疑地看着我们，仿佛那场火是我们带来的。最初的时候，当我偶尔和祖父在一起时，我会惊慌地听到父亲捶胸顿足的号啕大叫，站在不远处的孙广才歇斯底里地喊道：

“我的房子啊，我的房子又要完蛋啦。这两个人在一起，大火就要来啦。”

我是在接近七岁的时候，跟着身穿军装的王立强离开南门。在那条小路上，我遇到了从叔叔那里住满一个月后回来的祖父。那时我并不知道自己已被父母送给了别人，我以为自己走去是为了一次激动人心的游玩。我哥哥孙光平因为失去了竞争，他不再跑向祖父，而是无精打采地站在村口。哥哥泄气的神态，使我感到跟着身穿军装的王立强走去时格外骄傲。所以我在见到祖父时，显得趾高气扬，我对他说：

“我现在没工夫和你说话。”

我弱小的身体昂首阔步地从我祖父身旁走过，故意弄得尘土飞扬。现在我回忆起了祖父的眼神。当我回头张望哥哥时，我先看到了祖父，他滞重的身体挡住了我的目光。孙有元站在那里疑虑重重地望着我，他的眼神忐忑不安。他和当时的我一样，对我接下去的命运一无所知。但是他以一个老年人的历史，对我走去时的兴高采烈表示了怀疑。

五年以后，我独自回到南门时，命定的巧合使我和祖父相遇在晚霞与乌云纠缠不清的时刻。那时我们已经不能相认了，五年的时间使我承受了大量的记忆，从而将我过去的记忆挤到了模糊不清的角落。虽然我能够记住家庭的所有成员，可他们的面目已经含糊，犹如树木进入夜色那样。在我记忆迅猛增加的同时，祖父与我相反，疾病和衰老开始无情地剥夺他的往事，他在一条最为熟悉的路上迷失了方向。他遇到我，就如一个溺水者见到了漂浮的木板那样，对我的紧紧跟踪才使他回到南门。我们和那场大火同时抵达家中。

我们回到南门的第二天，祖父又离开南门前往我叔叔家中，这一次他住了两个多月。当他再度回来时，家中已经盖起了茅屋。我无法设想这个记忆所剩无几，而且说话含糊不清的老人，是怎样走去和走来的。他是第二年夏天的时候死去的。

孙有元经历了冗长的低声下气之后，在临终之际令人吃惊地焕发了他年轻时的蓬勃朝气，从而使他生命的最后那部分显得光彩照人。这个垂暮的老头，以他最后烛光般的力气，竟然去和那连日阴雨的天空较量。

眼看着田里的稻子快要到收割的时候，绵绵阴雨的来到使村里人忧心忡忡。稻田里的水明显地溢出了泥土，如同一张塑料薄膜一样覆盖在那里，沉重的稻穗越弯越低，逐渐接近无声上涨的雨水。我无法忘记那个灾难来临的时刻，束手无策的农民都像服丧一样神情萧条，管仓库的罗老头整日坐在门槛上抹着眼泪，向村里人发布悲观的预言：

“今年要去讨饭了。”

罗老头有着惊人的记忆力，他能够顺利地进入历史的长河，向我们描叙一九三八年、一九六〇年和此时一样的涝灾，来让我们相信马上就要去讨饭了。

平日里上蹿下跳的孙广才，在那时也像瘟鸡一样默不作声了。可他有时突然冒出来的话语比罗老头更为耸人听闻，他告诉我们说：

“到时候只能去吃死人了。”

村里一些上了年纪的人偷偷拿出了泥塑的菩萨，供在案上叩头念佛，祈求菩萨显灵，来拯救田里的稻子。我的祖父就是在这个时候，像个救星一样出现在众人面前。这个习惯坐角落里的老头，在一天下午霍地站起来，拿起他那把破雨伞走出屋去。当时我还以为他要提前去叔叔家了。我那走路颤巍巍的祖父，脸色灰白了多年之后重放红光。他撑着那把油布伞，在风雨里斜来斜去地走遍了村中每户人家，向他们发出嗡嗡的叫喊：

“把菩萨扔出去，让雨淋它，看它还下不下雨。”

我胆大包天的祖父竟然让菩萨去遭受雨淋，使那几户拜佛的人家不胜惊慌。看着祖父那副可笑的模样，我父亲起先还觉得有趣。连日垂头丧气的孙广才露出了笑容，他指着在雨中趔趄的祖父对我们说：

“这老头还能硬一下。”

当村里几个老人慌张地来央求孙广才，让他去制止孙有元这种渎神行为，我父亲才感到祖父惹来了麻烦。我不能不为祖父担忧。

孙广才走到了孙有元身旁，用吓人的声音喊道：

“你给我回去。”

让我吃惊的是祖父没有像往常那样惧怕我父亲，他僵硬的身体在雨中缓慢地转过来，定神看了一会孙广才，然后抬起手指着他儿子说：

“你回去。”

我祖父竟敢让孙广才回去，父亲气急败坏地大骂道：

“你这个老不死的，你他娘的活腻啦。”

孙有元却仍然一字一顿地说：

“你回去。”

我父亲那时反倒被祖父弄呆了，他一脸惊讶地在雨中东张西望，半晌才说：

“他娘的，他不怕我啦。”

村里的队长是一位共产党员，他感到自己有责任出来制止这种拜菩萨的迷信行为。他带着三个民兵，叫嚷着人定胜天的真理，挨家挨户地去搜查菩萨。他用自己不可动摇的权威，去恫吓那些胆小怕事的村民，警告他们谁要是窝藏菩萨，一律以反革命论处。

共产党人破除迷信的做法，在那天上午和我祖父以惩罚菩萨的方式来祈求菩萨不谋而合。我看到了起码有十多尊泥塑的菩萨被扔进雨中。那天上午我祖父重现了前天下午的神态，撑着那把破雨伞歪歪斜斜地走家串户，散布他新的迷信，他那牙齿掉光后的声音混乱不堪地在雨中荡漾，他以欣慰的微笑告诉他们：

“菩萨淋一天就不行啦，它尝到了苦头就会去求龙王别下雨。明天就晴啦。”

我祖父信心十足的预言并没有成为现实，孙有元第二天清晨站在屋檐下，看着飞扬的雨水时，他那满是皱纹的脸因为悲哀挤到了一起。我看着祖父长时间地站在那里，后来他哆嗦地仰起脸来，让我第一次听到了他的吼叫，我从来没想到祖父的声音竟会如此怒气冲冲，孙广才往昔的暴跳如雷和那时的孙有元相比，实在是小意思。我祖父对着天空吼道：

“老天爷，你下屌吧，操死我吧。”

紧接着我祖父突然显露出一副失魂落魄的模样，他张开的嘴犹如死去一般僵硬，他的身体在那里挺了好长一会，才收缩下去。我祖父呜呜地哭了起来。

有趣的是当天中午雨就停了，这使村里那些老人格外惊奇，看着天空逐渐破裂之后终于照射过来了阳光，他们不得不去回想孙有元此前在他们看来还是渎神的荒唐行为。这些迷信的老人开始诚惶诚恐地感到孙有元具有仙家的风采，他的破衣烂衫令人联想到了那个叫花子济公和尚。事实上没有共产党员队长带着民兵搜查，他们也不会把菩萨扔进雨中。可那时谁也不会去想队长的功劳，有关孙有元可能是仙的说法，在村里沸沸扬扬了三天。到后来连我母亲也将信将疑了，当她小心翼翼地去问我父亲时，孙广才说：

“是个屁。”

我父亲是一位彻底的唯物主义者，他对我母亲说：

“我是他弄出来的，他是仙，我怎么不是仙呢。”

消 失

孙有元死前的神态，和村里一头行将被宰的水牛极其相似。当时在我眼中是巨大的水牛，温顺地伏在地上，伸开四肢接受绳索的捆绑。那时我就站在村里晒场的一端，我的两个兄弟站在最前沿。我弟弟不懂装懂的嗓音，在那个上午就像尘土一样乱飘。其间夹杂着孙光平对他的训斥：

“你懂个屁。”

刚开始我和弟弟一样无知地认为，水牛并不知道自己的命运。可是我看到了它的眼泪，当它四脚被绑住以后，我就看到了它的眼泪，掉落在水泥地上时，像雷阵雨的雨点。生命在面对消亡时，展现了对往昔的无限依恋。水牛的神态已不仅仅是悲哀，确切地说我看到的是一种绝望。还有什么能比绝望更震动人心呢？后来我听到哥哥对别的孩子说，水牛被绑住时眼睛就红了。我在此后的岁月里，会战栗地去回想水牛死前的情景，它对自己生命的谦让，不做任何反抗地死去，使我眼前出现了令人不安的破碎图景。

长久以来，祖父的死对于我始终像是一个谜语，他的死混杂着神秘的气息和现实的实在性，从而让我无从得知他的真正死因。正如乐极生悲一样，我祖父在那个雨水飞扬的上午，对着天空发出极其勇敢的吼叫以后，立刻掉落进胆怯的深渊，让我看到了他不知所措后的目瞪口呆。孙有元在张嘴吼叫的那一刻，吃惊地感到体内有一样什么东西脱口而出，那东西似乎像鸟一样有着美妙的翅膀的拍动。然后他惊慌地转过身去，哀哀地叫唤着：

“我的魂啊，我的魂飞走了。”

祖父的灵魂像小鸟一样从张开的嘴飞了出去，这对十三岁的我来说是一件离奇同时又可怕的事。

那天下午，我看到了祖父脸上出现了水牛死前的神态。那时候雨过天晴，正当村里众多的老人惊诧孙有元的预言得到实现时，我的祖父已经没有心情来享受荣耀，他一味地沉浸在失去灵魂的悲哀之中。孙有元眼泪汪汪地坐在门槛上，面对逐渐来到的阳光，他咧开的嘴里发出十分伤心的哼哼声。他是在我父母下田以后，开始自己伤心地流泪。他的眼泪直到我父母从田里回来，依然畅流不止。我从未见过一个人能那么长时间地流泪。

我父亲从田里回来看到了孙有元的眼泪，孙广才自作多情地感到他的眼泪是冲着自己来的，我父亲嘀咕着：

“我还没死，就为我哭丧了。”

后来我祖父从门槛旁站起来，哭泣着从我们身旁走过，他没有像往常那样和我们坐在一起吃饭，而是走进了堆放杂物的房间，在他自己床上躺了下来。可是没过多久孙有元就用惊人的嗓音喊叫起了他的儿子：

“孙广才。”

我父亲没理他，对我母亲说：

“这老东西摆架子了，要我把饭送进去。”

祖父继续喊叫：

“孙广才，我的魂丢了，我要死啦。”

我父亲这时才走到祖父门前，对他说：

“要死了还那么大的嗓门。”

我祖父大声哭起来，在哭声里他模糊的声音断断续续：

“儿子啊，你爹要死啦。爹不知道死是怎么回事，爹有点怕啊。”

孙广才很不耐烦地提醒他：

“你不活得好好的吗？”

孙有元也许是得到儿子的对话，他精神抖擞越发起劲地喊叫了：

“儿子啊，爹不能不死，爹活一天你就穷一天。”

祖父响亮的声音使我父亲颇感不安，孙广才恼火地说：

“你轻一点好不好，让人家听到了好像我在迫害你。”

孙有元对自己死去的预知和安排，在我少年的心里有着不可言传的惊讶和惧怕。现在想来，祖父在那一瞬间觉得灵魂飞走的生理感受，对他来说是真实可靠的，我想他在面对自己死亡时是不会弄虚作假的。也许孙有元摔坏腰后，就有可能设计起自己的末日来了。从而让他对着天空吼叫时得到的纯属一般的生理感受，上升为灵魂飞走的死亡预兆。那个雨过天晴的下午，孙有元流泪不止时，已经完成了对自己的判决。这个垂暮的老人，在即将与亡妻相遇和彻底诀别尘土飞扬的人世之间曾经无从选择。他整整九年时间犹豫不决。当他最后感到死亡已经无法回避地来到时，他的眼泪表达了对艰难尘世是如何依依不舍。他唯一的要求是让孙广才答应给他做一口棺材，以及敲锣和吹唢呐。

"唢呐吹得响一点，好给你娘报个信。"

祖父躺在床上马上就要死去，这个事实使我惊愕不已。那一刻祖父在我心中的形象出现了彻底的变化，不再是一个老人坐在角落里独自回想过去的形象，我的祖父和死亡已经紧密相连。对我来说，祖父变得异常遥远，和我记忆不多的祖母合二为一了。

我弟弟对祖父即将死去，表现出了极大的兴趣。整整一个下午，他都站在门旁，从门缝里窥视祖父，而且时时跑出去向我哥哥报信：

"还没有死。"

他向孙光平解释：

"爷爷的肚皮还在动。"

孙有元对死的决心，在我父亲看来不过是在虚张声势。孙广才那天下午扛着锄头走出家门以后，心怀不满地认为孙有元是变一个法子来折腾他。可到了傍晚我们吃过饭后，祖父仍然没有从屋里出来，我的母亲端着一碗饭走进去时，我们听到了祖父嗡嗡的声音：

“我要死啦，我不吃饭啦。”

这时候我父亲才真正重视祖父死的决心，当我父亲惊奇地走入祖父的房间后，这两个冤家竟然像一对亲密兄弟那样交谈起来。孙广才坐在孙有元的床上，我从没有听到过父亲如此温厚地和祖父说话。孙广才从房间里走出来后，他已经相信父亲不久之后就会离世而去，喜形于色的孙广才毫不掩饰自己的愉快心情，他对自己是不是孝子根本就不在乎。孙有元准备死去的消息正是他向外传播的，我在屋里都能听到他在远处的大嗓门：

“一个人不吃饭还能活多久？”

在期待里躺了一夜的孙有元，翌日清晨看到孙广才走进来时，敏捷地撑起身体问他的儿子：

“棺材呢？”

这使我父亲吃了一惊，他没有看到设想中奄奄一息的孙有元。他从房间里出来后显得有些失望，孙广才摇晃着脑袋说：

“看来还得熬两天，他还能记得棺材。”

我父亲可能是担心孙有元在吃午饭时，突然谦卑地走出来坐在我们中间。孙广才觉得这并不是不可能的，所以他必须重视祖父心目中的棺材。于是在那个上午，我父亲手提两根木条像个小偷似的走了进来，用可笑的神秘向我弟弟下达命令，让他敲打木件。一贯大大咧咧的父亲突然贼头贼脑地出现，使我感到十分意外。随后他挺直了身体，推开祖父的屋门，用孝子的声音说：

“爹，木匠请来了。”

从半开的门里，我看到了祖父微微欠起身体露出了欣慰的笑容。那时我游手好闲的弟弟已经获得了短暂的职业，孙光明将木条满屋挥舞，让剑和刀自相残杀。我弟弟是一个自由主义者，他不会让自己长时间地接受房屋的限制。孙光明极为迅速地投入到真正的战争之中，他像一个古代将领那样汗流浃背地杀出了房屋。这时他完全忘记了自己真正的职业，而沉浸到厮杀的快乐之中。我弟弟气喘吁吁的呐喊声，在那个上午的阳光里逐渐远去，谁也不知道他跑到哪去了。直到晚饭前他才回来，那时他两手空空。当我父亲追问他木条扔哪去时，孙光明一脸的糊涂，支支吾吾地解释了半晌，那神态仿佛是他从未碰过木条似的。

在我弟弟远去以后，我听到了躺在灰暗屋中祖父不安的喊叫：

“棺材。”

能使他灵魂得到安宁的木头敲打声消失后，孙有元苍白无力的嗓音里，飘荡着饥渴的沙沙声。他生前最后的奢望，由于我弟弟的马虎，一下子变得虚无缥缈了。

后来由我承担起了为祖父的精神制造棺材的敲打职业。我十五岁的哥哥对这已经不屑一顾了。孙广才一把逮住了我，他突然发现这个闷闷不乐的孩子有时也可以干点事。他将木条递过来时一脸的鄙视：

“你也不能光吃不干活。”

此后的两天里，我用单调的敲打给我祖父以安慰的声响。我处在悲哀的心情里不能自拔。十三岁的年龄，已经让我敏感地想到这是在为自己敲打。回到南门以后的那些日子，尽管祖父孙有元没有给过我理解和同情之情，由于我们在家中的处境是那样相似，孙有元时刻表现出来对自己的怜悯，来到我眼中时，我会感到也包含了对我的怜悯。我对父亲和家庭的仇恨，正是在为祖父催死的敲打声里发展起来的。很久以后，我仍然感到父亲在无意之中向我施加了残忍的刑罚。我当初的心情，就如一个死囚去执行对另一个死囚的处决。

孙有元行将死去的事，使我们那个一贯无所事事的村庄出现了惊奇与热闹。那些经历了漫长岁月之后反而变得幼稚的老人，对我祖父准备死去表达了惊讶的虔诚。孙有元对待菩萨的态度，让他们感到他很可能要回家了。一种有趣的说法使我祖父的出生变得滑稽可笑，他似乎是像下雨那样从天上下来的，现在他对自己死的预知，又证明他在尘世的期限已到，他要归天了，回到他真正的家中。

而那些年纪轻一点的人，牢记着共产党无神论的教育，他们对自己长辈的言论嗤之以鼻。就像孙广才训斥孙有元那样，那些可爱的老人都被训斥成是年龄长到狗身上去了，越活越糊涂。

那时的我却坐在敞开大门的屋中，为祖父敲打着单调的声响。在屋外众多的目光里，我履行着在他们看来是滑稽的职业。这对我是怎样的一种心情？尤其是村中那些孩子对我指手画脚，并且嘻嘻哈哈，我脆弱的自尊在耻辱和悲哀之间无法脱身了。

屋外嘈杂的声响让孙有元在离世而去之际，重现了他年轻时遭受国民党军队子弹追赶的情景。丧失了安宁的孙有元在屋里大声呼喊孙广才，他不知道外面发生了什么。当我父亲走进屋去时，孙有元正精神抖擞地坐在床上，向孙广才打听是不是哪家失火了。

我祖父躺到床上去是准备立刻就死的，可是三天下来他越躺越有精神。尽管孙有元每天都叫嚷着不吃东西了，我那言语不多的母亲总还是盛一碗饭走进去。我祖父在理想的死亡和现实的饥饿面前，曾经有过激烈的犹豫，不过最后还是屈服于饥饿的力量。我母亲每次都会拿着一只空碗出来。

孙广才从来就是一个缺乏耐心的人，我祖父没有像他想象的那样越来越奄奄一息。于是对孙有元的死，他立刻失去了信心。当我母亲端着一碗饭推开祖父房门，我祖父故伎重演叫着不吃东西时，孙广才一把拉住了我的母亲，冲着我祖父喊叫：

“要死就别吃，要吃就别死。”

我母亲那时异常惊慌，她低声对孙广才说：

“你这是作孽，老天爷要罚你的。”

我父亲可不管这一套，他一下子蹿到屋外，对不远处的人说：“你们听说过死人吃东西没有？”

事实上祖父并不像父亲认为的那样，孙有元觉得自己灵魂已经飞走是确实的感受，他对自己即将死去坚信不疑。那时的祖父在心理上已经死去，正期待着自己的生理也进入一劳永逸的境地。当我父亲越来越不耐烦的时候，孙有元也为自己久久未死而苦恼。

在生命的末日里，孙有元用残缺不全的神智思考着自己为何一直没死。即将收割的稻子在阳光里摇晃时，吹来的东南风里飘拂着植物的气息。我不知道祖父是否闻到了，但我祖父古怪的思维断定了自己迟迟未死和那些沉重的稻穗有关。

那个早晨孙有元又大声叫唤孙广才了，我父亲发泄过多的怒气之后，变得有些垂头丧气，他懒洋洋地走入祖父的房间。孙有元用神秘的口气低声告诉孙广才，他的灵魂没有飞远，就在附近，所以他一直没死。孙有元说这话时的谨慎模样，仿佛是担心灵魂会听到他的话。灵魂没有飞远的原因是被那一片稻香所吸引。我祖父告诉孙广才，他的灵魂正混在一群麻雀中间，就是此刻在稻田上空盘旋的那群麻雀。孙有元要我父亲扎几个稻草人放在房屋周围，好把他的灵魂吓走，否则他的灵魂随时都会突然回到他体内。我祖父张开牙齿脱落的嘴，嗡嗡地对孙广才说：

“儿子啊，我的魂一回来，你就又要受穷啦。”

我父亲马上就叫嚷起来：

“爹，你别死啦，你活过来算了。一会棺材，一会稻草人，你就别再折腾啦。”

村里的那些老人从牢骚满腹的孙广才那里得知这些时，并不像我父亲认为的那样是孙有元在瞎折腾。我祖父认为灵魂仍在附近飞翔，对他们来说是真实可信的。那个中午，那时我不再敲打木条，我看到几个老人拿着两个稻草人走来了，虔诚的神态在阳光下有着一种离奇的庄严。他们将一个稻草人靠在我们门口的墙上，另一个放在孙有元的窗旁。正如后来他们向孙广才解释的那样，他们这样做是为了成全我祖父顺利地升天。

我祖父确实大限已近，此后的三天里孙有元的状况一落千丈。当我父亲有一次走入祖父的房间时，孙有元只能用蚊虫般细微的声音和他儿子说话了。那时候的孙有元对付饥饿不像前几天那么软弱无能，应该说他已丧失起码的胃口，我母亲端进去的饭他最多只吃两三口。这使我父亲疑神疑鬼地在那两个稻草人近旁转悠了很久，嘴里嘀咕道：

“难道这东西还真管用？”

我祖父躺在那间夏天的屋子里，连续多日没有洗澡，后来的几天在奄奄一息里又将尿流在了床上。那间堆放杂物的房间便充斥了一股暖烘烘的臭气。

孙有元真正显示弥留之际的神态之后，孙广才开始安静下来，他连续两个上午走到祖父屋中去察看，出来后紧皱眉头，我那习惯夸大其词的父亲断言孙有元拉了有半床屎尿。第三天上午我父亲没有走入祖父的房间，他说是吃不消里面的臭气。他要我母亲进屋去看看祖父怎么样了，自己坐在桌前教育我的哥哥和弟弟说：

“你们爷爷快死啦。”他的理由是，“人和黄鼠狼一样，你要捉它时它就放个臭屁把你熏晕了，自己可以逃走。你们爷爷要逃走啦，所以那里面臭死人啦。”

我母亲从祖父屋里出来时脸色苍白，她的双手将围裙的下摆捏成一团，对孙广才说：

“你快去看看吧。”

我父亲像是被凳子发射出去似的，蹿进了祖父的房间，过了一会十分紧张地走出来，手舞足蹈地说：

“死啦，死啦。”

事实上那时孙有元还没有死去，他正断断续续地从休克状态里走进走出。我粗心大意的父亲却急冲冲地去寻求村里人的帮助，他那时才想起来连个坑都还没挖。孙广才扛着锄头哭丧着脸满村去叫人，然后在祖母的坟旁和几个乡亲为孙有元挖起了长眠之坑。

孙广才是一个不会轻易知足的人，那几个乡亲挖完坟坑准备回家时，我的父亲在他们身后喋喋不休，告诉他们帮忙要帮到底，要么就别帮忙。孙广才要他们去把我祖父抬出来，他自己则是站在门旁寸步不进，那个后来和他打架的王跃进皱着眉说怎么这么臭时，我父亲点头哈腰地对他说：

“死人都这样。”

我的祖父正是那时候睁开眼睛的，当时他们已经将他的身体抬了起来。孙有元显然不知道他们即将要埋葬他，摆脱了昏迷之后的孙有元向他们发出了嘿嘿一笑。我祖父突然出现的笑容把他们吓得魂不附体。我在屋外听到了里面一片乱七八糟的叫嚷声，随即一个个惊慌失措地蹿了出来，最为强壮的王跃进吓得面如土色，他用手捂着胸口连声说：

“吓死我啦，吓死我啦。”

接着他就大骂孙广才：

“我操你十八代祖宗，你他娘的要吓人也不能这么做。”

我父亲满腹狐疑地看着他们，他不知道发生了什么，直到王跃进说：

“他娘的，还活着呢。”

孙广才这才急忙走入孙有元屋中，我祖父看到了他的儿了以后，又露出了嘿嘿的笑容。孙有元的笑容使孙广才勃然大怒，他还没有从祖父屋里出来就叫骂起来：

“你死个屁，你要是真想死，就去上吊，就去跳河，别他娘的躺在床上。”

孙有元细水长流的生命，绵绵不绝地延续着，使村里人万分惊讶。当初几乎所有的人都在内心确定了孙有元将会立即死去，可孙有元却把自己弥留之际拉得十分漫长。最让我们吃惊的是那个夏日的傍晚，因为炎热我们将桌子搬到了那棵榆树下面，我们吃饭时看到祖父突然出现。

在床上躺了二十来天的孙有元，竟然从床上下来，扶着墙壁像个学走路的孩子一样蹒跚地走出来。这情景把我们都看呆了。我祖父那时完全沉浸在自己内心的不安里，一直没死的事实使他感到焦虑和忧心忡忡。他艰难地走到门槛旁，颤巍巍地坐了下来。孙有元对我们的吃惊视而不见，他像是一袋被遗忘的地瓜那样搁在那里。我们听到了他垂头丧气的嘟哝：

“还没死，真没意思。”

孙有元是第二天早晨死去的。我父亲走到他床边时，他睁开眼睛定定地看着孙广才。祖父当初的眼神一定十分怕人，否则我父亲不会吓得魂飞魄散。他后来告诉我们，祖父那时的眼神仿佛要把他顺便捎上，一起去死。但我父亲没有逃跑，应该说是没法逃跑。孙广才的手已被他临终的父亲紧紧捏住。我祖父的眼角滚出了两滴细小的泪水后，便将眼睛永远闭上了。孙广才感到他被捏住的手渐渐获得了自由，这时他才慌乱地逃出来，口齿不清地要我母亲进去看看。比起父亲来，母亲显得镇静多了。显然她走进去时略有迟疑，可她出来时是一步一步走来的，她告诉我父亲：

“已经冰凉了。”

我父亲如释重负地笑了，他向外走去时连声说：

“总算死了，我的娘啊，总算死了。”

父亲在门前的台阶上坐了下来，笑嘻嘻地看着不远处几只走来走去的鸡。可是没过多久，他的脸色悲伤起来，接着嘴巴一歪掉下了眼泪，随后他抹着眼泪哭泣了。我听到他喃喃自语：

“爹啊，我对不起你啊。爹啊，你苦了一辈子。我是个狗杂种，我不孝顺你。可我实在也是没办法啊。”

祖父如愿以偿地死去，对于当时的我来说，并没有引起我失去了一个活生生的人这样的感受。我当时的心情十分古怪，说不准是悲哀，还是不安。我能明确意识到的，那就是一种情景将在我眼中永远消失。在傍晚的时刻，孙有元步履蹒跚地在那条小路上摇摇晃晃地出现，向我和池塘走来。我总是很远就看到了他抱在怀里的油布雨伞，和肩上的蓝布包袱。要知道，这情景曾经给过我多次阳光般的温暖和安慰。

祖父打败了父亲

孙有元不是一个懦弱的人，起码他的内心不是这样，他的谦卑在很大程度上表达着对自己的不满。我离开南门的第四年，也就是我弟弟锯掉那张桌子的腿以后，祖父在家中的糟糕处境越加明显。

孙有元让孙光明锯掉桌腿以后，并不意味着他和孙广才这两个老对手可以偃旗息鼓了。我父亲是个穷追不舍的家伙，他不会让孙有元长时间心安理得。不久之后他就不让我祖父吃饭时坐在桌旁，而是给他盛一小碗饭让他在角落里吃。我的祖父必须学会忍饥挨饿了，这个已到晚年的老人对食物的欲望像个刚结婚的年轻人，可他只能吃一小碗，孙广才那张仿佛饱尝损失的脸，使我祖父很难提出再吃一碗饭的要求，他只能饥肠辘辘地看着我的父母和兄弟大声咀嚼。他唯一拯救自己饥饿的办法，就是在洗碗前将所有的碗都舔一遍。那些日子村里人时常在我家的后窗，看到孙有元伸出舌头，兢兢业业地舔着那些滞留饭菜痕迹的碗。

我的祖父在承受屈辱时是不会心甘情愿的，我说过孙有元不是一个懦弱的人，到那时他只能和孙广才针锋相对，而没有别的迂回的办法。大约一个月以后，当我母亲将那一小碗饭递过去时，我祖父故意没有接住，把碗摔破在地上。我可以想象父亲当初勃然大怒的情景，事实也是如此，孙广才霍地从凳子上站立起来，用吓人的声音指着孙有元大骂：

“你这个老败家子，连他娘的碗都端不住，你还吃个屁。”

我的祖父那时已经跪在了地上，撩起衣服将地上的食物收拾起来。孙有元一副罪该万死的模样，对我父亲连声说：

“我不该把碗打破，我不该把碗打破，这碗可是要传代的呀。”

孙有元最后那句话让我父亲瞠目结舌，孙广才半晌才反应过来，他对我母亲说：

“你还说这老不死可怜，你看他多阴险。”

我祖父对孙广才看都不看，他开始眼泪汪汪起来，同时依然执著地说：

“这碗可是要传代的呀。”

这使孙广才气急败坏，他对着祖父吼叫道：

“你他娘的别装了。”

孙有元干脆嗷嗷大哭，声音响亮地叫道：

“这碗打破了，我儿子以后吃什么呀？”

那时候我弟弟突然笑出声来，祖父的模样在他眼中显得十分滑稽，我那不识时务的弟弟竟然在那种时候放声大笑。我哥哥孙光平虽然知道那时候笑是不合时宜的，可孙光明的笑声感染了他，他也止不住笑了起来。我父亲那时可真是四面楚歌，一边是孙有元对他晚年的糟糕预测，另一边是后辈似乎幸灾乐祸的笑声。孙广才疑虑不安地看着他的两个宝贝儿子，心想这两个小子实在是有点靠不住。

我兄弟的笑声是对我祖父的有力支持，虽然他们是无意的。我一贯信心十足的父亲，在那时难免有些慌张，面对依然号啕叫着的孙有元，孙广才丧失了应有的怒气，而是脆弱地向门口退去，同时摆着手说：

“行啦，祖宗，你就别叫啦，就算你赢了，就算我怕你，你他娘的就别叫啦。”

可是来到屋外以后，孙广才又怒火冲天了，他指着在屋中的家人骂道：

“你们全他娘的是狗养的。”

第四章

威胁

我成年以后，有一天中午，一个站在街道旁的孩子以其稚嫩有趣的动作，使我长久地注视着他。这个衣着鲜艳的小家伙，在灿烂的阳光里向空气伸出胖乎乎的胳膊，专心致志地设计着一系列简单却表达他全部想象的手势。其间他突然将右手插入裤裆，无可奈何地进行了现实的搔痒，而他脸上则维持住了被想象陶醉的痴笑。面对如此嘈杂的街道，孩子不受侵犯地沉浸在小小的自我之中。

后来，一队背着书包的小学生从他身旁走过，才使他发现自己其实并不幸福。这个孩子发呆地看着处于年龄优势的他们走远。我没有看到他的目光，但我知道他那时的沮丧。被他们随随便便背在肩上的书包，微微摇晃着远去。这一景象对一个还没到上学年龄的孩子来说，意味着什么是不言而喻的。况且他们又是排着队走去，他的内心一定充满了嫉妒、羡慕和向往。这样的情感折磨着他，最终产生了对自己的不满。我看到他转过身来，哭丧着脸气呼呼地走入一条胡同。

二十多年前，当我哥哥背上书包耀武扬威地走去，我的父亲向他发出最后的忠告时，站在村口的我最初发现了自己的不幸。一年多以后，我同样背上书包上学时，已经不能像孙光平那样获得孙广才的忠告了，我所得到的完全是另外一类教导。

那时我离开南门已有半年，那个将我带离南门的高大男人成为了我的父亲，而我的母亲不再是拥有蓝方格头巾在田间快速走动的瘦小女人，取而代之的是脸色苍白终日有气无力的李秀英。我后来的父亲，那个名叫王立强的男人，有一天上午用他有力的胳膊搬开了一只沉重的木箱，从下面的箱子里拿出了一只全新的草绿色军用挎包，告诉我这就是我的书包。

王立强对农村来的孩子有着令人哭笑不得的理解，或许因为他也出自农村，所以他始终觉得乡下的孩子和狗一样喜欢随地拉屎撒尿。他正式领养我的第一天，就反复向我说明便桶的重要性。他对我排泄方式的关心，在背上书包这对我来说是神圣的时刻仍然念念不忘。他告诉我，上学以后就不能随随便便上厕所了，首先应该举手，在老师允许以后才能去。

我当时的内心是多么骄傲，穿着整洁的衣服，斜背着草绿的书包，身边走着身穿军装的王立强。我们就这样来到了学校。我看到一个织着毛衣的男人，轻声细气地和王立强说话，但我不敢笑，因为他是我的老师，然后是一个和我同龄的孩子，挥舞着书包向我们奔跑过来。那个男孩和我互相看来看去，不远处有一群孩子都在看着我。王立强说：

“你过去吧。”

我走到了那群陌生的孩子中间，他们好奇地看着我，我也好奇地看着他们。不一会我就发现自己十分优越，我的书包比他们的都要大。可就在这时，就在我为自己感到自豪的时候，准备离去的王立强走过来响亮地提醒我：

“拉屎撒尿别忘了举手。”

我小小的自尊顿时遭受了致命的一击。

我年幼时这五年的城镇生活，是在一个过于强壮的男人和一个过于虚弱的女人之间进行的。我并不是因为招人喜爱才被城镇选中，事实上王立强夫妇对我的需要远胜于我对城镇生活的热情。他们没有孩子，我后来的母亲李秀英说她没有喂奶的力气。同样的说法到了王立强那里就完全不一样了，王立强用果断的语气告诉我，疾病缠身的李秀英要是一生孩子就要断气。这话在我当时听来实在有些吓人。他们都不喜欢婴儿，选中六岁的我，是因为我能够干活了。公正地说，他们是准备一辈子都把我当儿子对待的，否则他们完全可以去领养一个十四五岁的男孩，这样的孩子干活时会让他们更为满意。问题是一个十四岁的孩子已经具有了难以改变的习性，他们可能会因此大伤脑筋。他们选中了我，让我吃饱穿暖，让我和别的孩子一样获得上学机会，同时也责骂和殴打过我。我这个别人婚姻的产物，就这样成为了他们的孩子。

我在那里整整五年的生活，李秀英只有一次出门，那次她离去以后，我就再也没有见到过她。我一直没有弄明白李秀英究竟得了什么病，她对阳光的热爱给了我无法磨灭的印象。这位我后来的母亲整个身体就像是一场绵绵阴雨。

王立强第一次带我走进她的房间时，满屋的小凳子让我惊奇万分，上面摆着众多的内衣内裤，让通过窗玻璃的阳光照耀它们。她对我们的进来仿佛毫无察觉，伸出的手似乎在拉一根很细的线一样，摸索着阳光。随着阳光的移动，她也移动凳子，好让那些色彩纷呈的内衣始终沐浴着阳光。她神态安详地沉浸在那单调和贫乏之中。我不知道我在那里站了有多久，当她向我转过脸来，我看到了一双大而空洞的眼睛，从而让我现在回想时，看不到她的目光。接着是很细的声音，像一根线穿过针眼一样穿过了我的耳朵，她告诉我，她要是穿上潮湿的内衣就会——

“立刻死掉。”

我吓了一跳，这个毫无生气的女人说到死掉时斩钉截铁。我离开了亲切熟悉的南门和生机勃勃的父母兄弟，来到这里时，一个令我不安的女人对我说的第一句话，就是她随时都会死掉。

后来我才渐渐感到李秀英当初的话并不是耸人听闻的，在那些连续阴雨的日子，她就会发烧不止，躺在床上哼哼唧唧，她那时奄奄一息的神态，总让我感到她马上就要实现自己的预言了。可是阳光穿过窗玻璃来到那一排小凳子上时，她就安详和心满意足地接受自己继续生存的事实。这个女人对潮湿有着惊人的敏感，她都可以用手去感觉空气中的湿度。每天早晨我拿着干抹布推开她的房门去擦窗玻璃，她从印着蓝花的布蚊帐里伸出一只手，像是抚摸什么东西似的抚摸着空气，以此来检验这刚刚来到的一天是否有些潮湿。最初的时候总把我吓得战战兢兢，她整个身体消隐在蚊帐后面，只露出一只苍白的手，张开五指缓缓移动，犹如一只断手在空气里飘浮。

疾病缠身的李秀英自然要求清洁，她的世界已经十分狭窄，如果再乱糟糟的话，她脆弱的生命就很难持续下去。我几乎承担起了全部保持屋内整洁的劳动，擦窗玻璃是所有劳动中最重要的，我每天都必须擦两次，从而保证阳光能够不受尘污干扰地来到她的内衣上。打开窗户以后我的苦恼就来了，我要把玻璃向外的一面擦得既干净又迅速，我小小的年龄要达到迅速实在是力不从心。李秀英是一个真正弱不禁风的女人，她告诉我风是最坏的东西，它把尘土、病菌，以及难闻的气味吹来吹去，让人生病，让人死去。她把风说得那么可怕，使我在童年的印象中，风有着青面獠牙的模样，在黑夜里爬上我的窗户，把玻璃磨得沙沙乱响。

李秀英完成了对风的攻击之后，突然神秘地问我：

“你知道潮湿是怎么来的？”

她说：“就是风吹来的。”

她说这话时突然的怒气冲冲把我吓得心脏乱跳。

玻璃起到十分奇妙的作用，它以透明的姿态插入到李秀英和外界生活之间，既保护了她不受风和尘土的侵扰，又维护住了她和阳光的美好关系。

我至今清晰地记得那些下午的时刻，阳光被对面的山坡挡住以后，李秀英伫立在窗前，望着山那边天空里的红光，仿佛被遗弃似的满脸忧郁，同时又不愿接受这被遗弃的事实，她轻声告诉我：

“阳光是很想照到这里来的，是山把它半路上劫走了。”

她的声音穿越了无数时光来到我现在成年的耳中，似乎让我看到了她和阳光有着由来已久的相互信任。而那座山就像是一个恶霸，侵占了她的阳光。

整日在外忙忙碌碌的王立强，并不只指望我能够干活，他似乎希望我在屋内的响声，可以多少平息一点李秀英因为孤单而出现的忧伤。事实上李秀英并不重视我的存在，她喜欢用过多的时间来表达对自己的怜悯，而用很少的心情来关心我，她总是不停地唠叨自己这里或那里不舒服，可当我提心吊胆地出现在她面前，期待着自己能为她干些什么时，她却对我视而不见。有时候我的吃惊，会引起她对自己疾病的某种不可思议的骄傲。

我刚到她家时，看到她在屋内地上铺着泛黄的报纸，上面晒着无数小白虫。患病的李秀英胡乱求医，那些可怕的小白虫是她新近得到的一道偏方。当这个憔悴的女人将小白虫煮熟后，像吃饭似的一口一口十分平静地咽下去时，站在一旁的我脸色灰白。我的恐惧竟然引起了她的得意，她向我露出了神气十足的微笑，不无自得地告诉我：

“这是治病的。”

李秀英虽然自我得让人时常难以忍受，她在骨子里却是天真和善良的，她的疑神疑鬼是女人的通病。我刚去时，她总是担心我会干出一些对她家极为不利的事，所以她考验了我。有一次我在擦另一个房间的窗户时，发现窗台上有五角钱。我吃了一惊，五角钱对当初的我可是一笔巨大的数目。当我将钱拿去交给她时，显然我的吃惊和诚实使她如释重负。她明确告诉我，这是对我的考验。她用令人感动的声调称赞我，她那过多赞美词语的称赞，使我当时激动得都差点要哭了。她对我的信任一直保持了五年，后来我在学校遭受诬陷时，只有她一个人相信我是清白的。

身强力壮的王立强一旦回到家中就显得死气沉沉，他经常独自坐在一边愁眉不展。曾经有一次，我来到他家的第一个夏天，他让我坐在窗台上，仔细地向我讲述山坡那边有一条河，河上有木船，这样简单却使我铭心刻骨的景象。总的来说他是一个温和的男人,可他有时候的语言十分恐怖。他有一个非常喜爱的小酒盅，作为家中唯一的装饰品被安放在收音机上端，他为了让我重视酒盅，很严肃地告诉我，如果我有朝一日打破了酒盅，他就会拧断我的脖子。当时他手里正拿着一根黄瓜，他咔嚓一声扭断了黄瓜，对我说：

“就是这样。”

吓得我脖子后面一阵阵冷风。

在我接近七岁的时候，生活的变换使我仿佛成为了另外一个人。应该说我那时对自己的处境始终是迷迷糊糊，我在随波逐流的童年，几乎是在瞬间的时间里，将在南门嘈杂家中的孙光林，变换为在李秀英的呻吟和王立强的叹息里常受惊吓的我。

我是那样迅速地熟悉了这个名叫孙荡的城镇，最初的时候我每天都置身于好奇之中。那些石板铺成的狭长街道，让我觉得就如流过南门的河一样不知道有多长。有时候在傍晚，王立强像个父亲那样牵着我的手走过去时，我会充满想象地感到这么走下去会到北京的，往往是在那时，我突然看到自己走到家门了，这个疑问曾经长时间地困扰着我，我一直是往前走的，可最后总是走到了家门口。孙荡镇上的那座宝塔是我最惊奇的，宝塔的窗户上竟会长出树木来。这一景象延伸以后，有一次我古怪地觉得李秀英的嘴上也可能会长出树木，就是不长树木，也会长出青草。

街道上的石板经常会发出翘来翘去的声响，尤其是在雨天的时候，使劲往一侧踩去，另一侧就会涌出一股泥水。这个游戏曾经长久地迷恋着我，一旦获得上街的机会，我就满腔热情地投入到这样的游戏之中。当时我是多么想把泥水溅到过路人的裤子上，我用胆怯禁止了自己的小小欲望，没有出现的后果向我描叙了自己遭受惩罚的可怕情景。后来我看到三个大男孩，将一排放在各家门前的便桶盖扔上了天空。便桶盖在空中旋转时简直美妙无比，几个遭受损失的成年人从屋里冲出来只是破口大骂而已，而那三个孩子则是大笑地逃跑了。我突然发现了逃跑的意义，它使惩罚变得遥远，同时又延伸了快乐。因此当一个穿得漂亮整洁的女孩走过来时，我使劲踩向了一块翘起的石板，泥水溅到了她的裤子上，我自己开始了预先设计好的逃跑。要命的是我实现内心的欲望之后，快乐并没有来到。那个女孩没有破口大骂，也不追赶我，而是站在街道中央哇哇大哭。她长久的哭声，使我经历了长久的胆战心惊。

就在这条街道拐角的地方，住着一个戴鸭舌帽的大孩子。他用嘴巴在一根竹竿上能吹出歌声来，这对当初的我就如宝塔窗户上长出树木一样奇妙。他经常双手插在裤袋里在街上闲逛，和一些认识的成年人打着招呼。这个大孩子体现出来的风度，曾让我默默仿效过。当我也将双手插进裤袋,努力做出大摇大摆的样子时，我得意洋洋塑造出来的形象，却被王立强用训斥给葬送了。他说我像个小流氓。

这个戴鸭舌帽的大孩子，在吹出美妙的笛声之后，还能惟妙惟肖地吹出卖梨膏糖的声音。当我和其他一些馋嘴的孩子拼命奔跑过去后，看到的不是货郎，而是坐在窗口哈哈大笑的他。我们上当受骗后一脸的蠢相，使他过于兴奋的笑声不得不在急促的咳嗽里结束。

尽管屡屡上当，我依然一次次奔跑过去。我被声音召唤着盲目和傻乎乎地跑去，为的是让他取笑我。有一次我窘迫地发现只有自己一个人上了他的当，他当时快乐的笑声使我小小的自尊心受到了伤害。我对他说：

“你吹出来的一点也不像卖糖的。”我故作聪明地告诉他，“我一听就知道是假的。”

不料他笑得更厉害了，他问：

“那你跑什么？”

我立刻哑口无言，没想到他会这么问，我一点准备也没有。

后来的一天中午，我上街去买酱油遇到他，他又变了个法子让我受骗。那时他已从我身边走过去了，他突然站住叫了我一声。然后俯下身，翘起屁股让我看看他的裤子是不是破了。他黑色的裤子在屁股上补了两块暗红的补丁，我不知道自己中了他的圈套，将脸凑近他那猴子似的红屁股，我告诉他没有破。他说：

“你再仔细看看。”

我仔细看了还是没有扯破的地方。

他说：“你把脸凑近一点看看。”

当我把脸几乎贴到他的屁股上时，他突然放了一个响亮的臭屁，把我熏得晕头转向，而他哈哈大笑地走去了。虽然他一次次捉弄我，可我依然崇拜他。

蜂拥而来的全新生活几乎将我淹没，使我常常忘记不久前还在南门田野上奔跑的自己。只是在有些夜晚，我迷迷糊糊行将入睡时，会恍惚看到母亲的蓝方格头巾在空气里飘动，那时突然而起的悲哀把我搞得焦急万分，可是睡着以后我又将这一切遗忘。有一次我曾经问过王立强：

“你什么时候送我回去？”

当时王立强和我一起走在傍晚的街道上，他拉着我的手，走在夕阳西下的光芒里。他没有立刻回答我的问话，而是给我买了五颗橄榄，然后才告诉我：

“等你长大了就送你回去。”

深受妻子疾病之苦的王立强，在那时抚摸着我的头发，声音忧郁地告诉我要做一个听话的孩子，以后上学了要好好念书。如果我做到了他的要求，他说：

“等你长大了，我就为你找个强壮的女人做妻子。”

他这话太让我失望了，我以为他会奖给我什么呢，结果是个强壮的女人。

王立强给了我五颗橄榄以后，我就不再着急地要返回南门，我不愿立刻离开这个有橄榄可吃的地方。

只有一次我显得异常激动。一天下午，一个将书包挂在胸前，双手背在身后的孩子让我错误地看到了自己的哥哥。那时我突然忘记了自己是在孙荡，仿佛回到了南门的池塘边，看着刚刚上学的哥哥耀武扬威地走着。我向孙光平呼喊着奔跑过去。我激动的结局却是一个陌生的孩子莫名其妙地转过头来，我才一下子明白过来自己早已离开南门，这突如其来的现实使我非常悲伤。那一刻是我最想回到南门的时候，我在呼啸的北风里哭泣着往前走去。

一个十月一日出生名叫国庆的男孩，和另一个叫刘小青的，成了我幼时的朋友。现在我想起他们时内心充满了甜蜜。我们三个孩子在那石板铺成的街道上行走，就像三只小鸭子一样叫唤个不停。

我对国庆的喜爱超过刘小青，国庆是个热衷于奔跑的孩子，他第一次跑到我面前时满头大汗，这个我完全陌生的孩子充满热情地问我：

“你打架很厉害吧？”

他说：“你看上去打架很厉害。”

我对刘小青的喜爱，是由他哥哥迷人的笛声建立起来的。他和那个戴鸭舌帽大孩子的兄弟关系，使我对他的喜爱里渗满了羡慕。

和我同龄的国庆，小小的年纪就具有了领导的才能。我对他的崇拜，是因为他使我的童年变得多彩多姿。我忘不了他带领我和刘小青站在河边等待波浪的情景，在此之前我根本不知道波浪会给予我如此奇妙的享受。我们三个孩子以一定的距离站成一排，在那夏天的河边，轮船驶过以后掀起的波浪推动着我们赤裸的脚，我看着波浪一层层爬上我的脚背。我们的脚就像泊在岸旁的船，在水里摇摇晃晃。可是在这时候我要回家了，我要擦窗户玻璃，去拖地板。当国庆和刘小青看着远处的轮船逐渐驶近，第二次波浪即将来临时，我却被迫离开波浪，用我童年的速度奔跑回家。

另一种让我难忘的享受是登上国庆家的楼房，去眺望远处的田野。那时候就是在城里，也只是不多的人家住楼房。我们向国庆家走去时因为激动，我和刘小青像两只麻雀那样叽叽喳喳。国庆则表现出他作为主人的风度，这个孩子走在我们中间时时用手擦一下鼻子，以成年人的微笑来掩饰他那孩子的骄傲。

然后国庆敲响了一扇屋门，门只是打开了一点，我看到了半张全是皱纹的脸。国庆响亮地喊了一声：

“婆婆。”

门打开到让国庆能够进去的宽度，我看到了里面的灰暗，和这个身穿黑衣老太太的全部的脸。她的眼睛以她年龄极不相称的亮度看着我们。

在我面前的刘小青准备进去时，她迅速将门重新关成一条缝，只露出一只眼睛。于是我第一次听到了她暗哑的声音：

“叫一声婆婆。”

刘小青叫了一声后就走进去，下面轮到我了。依然是一条缝和一只眼睛。这个老太太让我吸了一口冷气。可是国庆和刘小青已经踩着楼梯上去了，我只能颤抖地叫一声。我获准进入了那一片灰暗，老太太将门关上后，只有楼梯顶端有一圈亮光。我上楼时始终没有听到她走开的脚步，我知道她正用皱巴巴的眼睛看我，这是多么可怕的事。

此后的两年里，我每次怀着幸福的心情前往国庆家中时，都对自己要越过这个老太太灰暗的关卡而恐惧。那常常让我做噩梦的脸和声音，在路上就开始折磨我。我必须用和国庆趴在楼上窗口这无比的幸福来鼓励自己，才有胆量去敲响那扇屋门。

有一次我敲响屋门后，这个老太太出乎意料地没有让我叫她一声婆婆，而用神秘的微笑让我走了进去。结果这一次国庆没在家中，当我提心吊胆走下楼梯时，老太太像逮住小鸟一样逮住了我。她拉着我的手走入了她的房间。她湿漉漉的手掌使我全身发抖，可我不敢有半点反抗的举动，我整个地被吓傻了。

她的房间倒是很明亮，而且一尘不染。墙上挂着许多镜框，里面黑白的相片让我看到了一群严肃的男女老人，竟然没有一个在微笑。老太太轻声告诉我：

“他们全死了。”

她压低了声音仿佛是怕他们听到似的，使我不敢出一口大气。随后她指着一张胡须很长的相片说：

"这个人有良心，昨晚还来看我呢。"

一个死人来看她？我吓得哇的一声哭了起来。她对我的哭声深表不满，她说：

"哭什么，哭什么。"

接着她不知指着哪张相片又说：

"她不敢来，她偷了我的戒指，怕我向她要回来。"

这个我童年记忆里阴森的老女人，用阴森的语调逐个向我介绍相片上的人以后，才让我离开她那间可怕的屋子。后来我再也不敢去国庆家中，即使有国庆陪伴我也不敢接近这个噩梦般的女人。直到很久以后，我才感到她其实并不可怕，她只是沉浸在我当时年龄还无法理解的自我与孤独之中，她站在生与死的界线上，同时被两者抛弃。

我第一次登上国庆家的楼房，是那样惊讶地看到远处的一切。仿佛距离突然缩短了，一切都来到眼皮底下。田野就像山坡一样，往上铺展开去，细小走动的人让我咯咯笑个不停。这是我第一次真实感到，什么叫无边无际。

国庆是一个把自己安排得十分妥当的孩子，他总是穿得干干净净，口袋里放一块叠得方方正正的小手帕。我们站成一队上体育课时，他常常矜持地摸出手帕擦一下嘴。他那老练的动作，让鼻涕挂在胸前的我看得发呆。而且他像个医生那样拥有自己的药箱，那是一个小小的纸板盒，里面整齐地放着五个药瓶。他将药瓶拿出来向我介绍里面的药片治各类疾病时，这个八岁的孩子显得严肃和一丝不苟，我崇敬的眼睛看到的已不是同龄的孩子，而是一位名医。他总是随身携带这些药瓶，有时他在学校操场上奔跑时会突然站住，用准确自信的手势告诉我，他身上哪儿患病了，必须吃什么药。于是我跟着他走进教室，看着他从书包里拿出药箱，打开瓶盖取出药片，放入嘴中一仰头就咽了下去。就那么干巴巴地咽下去，他都不需要水的帮助。

国庆的父亲，是个令我生畏的人，在他感到身体不舒服时会走向他的儿子。那时我的同学就充满激情了，他清脆的嗓音滔滔不绝，他会仔细询问父亲不舒服的来龙去脉。直到父亲很不耐烦地打断他，他才结束自己滔滔不绝的废话，改成熟练地打开他那神圣的纸板盒，手在五个药瓶上面比画了几下，就准确地拿出了父亲需要的那种药。当他将药递过去时，就不失时机地向父亲要五分钱。那一次他父亲答应了准备去取钱时，他迅速地递上去一杯水，体贴地让父亲吃药，自己走过去把手伸入父亲扔在床上的衣服口袋，伸出来后向父亲展示了五分的硬币，然后放入自己口袋。当我们一起向学校走去，他却从口袋里摸出两个五分硬币。国庆是一个慷慨的同学，他告诉我另一个五分是为我拿的。随即他就实现了自己的诺言，我们一人吃一根冰棍。

我一直没有见过国庆的母亲，有一次我们三人在旧城墙上玩耍，挥舞着柳枝在黄色的泥土上奔跑，用呐喊布置出一场虚构中的激战。后来我们疲惫不堪地坐了下来，是刘小青突然问起了国庆的母亲。国庆说：

“她到天上去了。”

然后他指了指天空：

“老天爷在看着我们。”

那时的天空蓝得令人感到幽深无底，天空在看着我们。三个孩子被一种巨大的虚无笼罩着，我内心升起一股虔诚的战栗，辽阔的天空使我无法隐藏。我听到国庆继续说：

“我们做什么，老天爷都看得一清二楚，谁也骗不了它。”

对国庆母亲的询问，所引发出来对天空的敬畏，是我心里最初感到的束缚。直到现在，我仍会突然感到自己正被一双眼睛追踪着，我无处可逃，我的隐私并不安全可靠，它随时面临着被揭露。

小学二年级的时候，我和国庆出现了一次激烈的争吵。争吵的话题是如果用麻绳将世界上所有的原子弹绑起来爆炸，地球会不会被炸碎。这个问题最先来自于刘小青，他想出用麻绳捆绑原子弹，让我现在写下这些时不由微微一笑。我清晰地记起了当初刘小青说这话时的神态，他是将快要掉进嘴巴的鼻涕使劲一吸，吸回到鼻孔后突发奇想说这番话的。他吸鼻涕的声音十分响亮，我都能感觉到鼻涕飞入他鼻孔时滑溜溜的过程。

国庆支持了刘小青，他认为地球肯定会被炸碎，最起码也会被炸出一个可怕的大洞。那时候我们所有的人都会被一阵狂风刮得在天上乱飞乱撞，而且有一种吓人的嗡嗡声。就像我们的体育老师那样，鼻子上有洞，说起话来嗡嗡的有着北风呼啸的声响。

我不相信地球会被炸碎，就是一个大洞我也认为不可能。我的理由是原子弹是由地球上的东西做成的，原子弹小地球大，大的怎么会被小的炸碎？我激动地质问国庆和刘小青：

“你们能打败你们爹吗？打不败。因为你们是你们爹生的。你们小，你们爹大。”

我们都无法说服对方，于是三个孩子走向了张青海，那个打毛衣的男老师，指望他能够作出公正的判决。那是冬天的中午，我们的老师正坐在墙角里晒太阳，他织毛衣的手滑来滑去，像女人的手一样灵巧。他眯着眼睛听完我们的讲叙后，软绵绵地训斥道：

“这是不可能的。全世界人民都是爱好和平的，怎么会把原子弹绑在一起爆炸？”

我们争论的是科学，他却给了我们政治的回答。于是我们只能继续争吵，到后来成了攻击。我说：

“你们懂个屁。”

他们回报我：

“你懂个屁。”

我那时被怒气冲昏了头脑，向他们发出很不现实的威胁，我说：

“我再也不理你们啦。”

他们说：

“谁他娘的要理你。”

此后的时间里，我必须为自己不负责任的威胁承担后果。国庆和刘小青正如他们宣告的那样，不再理睬我。而我在实现自己的威胁时，却显得力不从心。他们是两个人，我只是一个人，问题的关键就在这里，他们可以坚定地不理我，我则是心慌意乱地不理他们。我开始独自一人了，我经常站在教室的门口，看着他们在操场上兴奋地奔跑。那时我的自尊就要无情地遭受羡慕的折磨。我每天都在期待着他们走上前来与我和好如初，这样的话我既可维护自尊，又能重享昔日的欢乐。可他们走过我身旁时，总是挤眉弄眼或者哈哈大笑。显而易见，他们准备长此下去，这对他们来说没有丝毫损失。对我就完全不同了，放学后我孤单一人往家走去时，仿佛嘴中含着一颗楝树果子，苦涩得难以下咽。

过久的期待使我作为孩子的自尊变得十分固执，另一方面想和他们在一起的愿望又越来越强烈。这两种背道而驰的情感让我长时间无所适从后，我突然找到了真正的威胁。

我选择了国庆回家的路上，我飞快地跑到了那里，等着他走来。国庆是一位骄傲的同学，他看到了我时摆出一副坚决不理睬的样子。而我则是对他恶狠狠地喊道：

“你偷了你爹的钱。”

他的骄傲顷刻瓦解，我的同学回过头来冲着我喊叫：

“我没有，你胡说。”

“有。”

我继续喊道。然后向他指出就是那次他向父亲要五分钱，结果却拿了一角钱的事。

“那五分钱可是为你拿的呀。”他说。

我可不管这些，而是向他喊出了威胁中最为有力的一句话：

“我要去告诉你爹。”

我的同学脸色苍白，他咬着嘴唇不知所措，我是这时候转身离去的，像一只清晨的公鸡那样昂首阔步。我当时心里充满了罪恶的欢乐，国庆绝望的神色是我欢乐的基础。

后来我也以近似的方式威胁了王立强，那个年龄的我已经懂得了只有不择手段才能达到目的。威胁使我在自尊不受任何伤害的前提下，重获昔日的友情。我用恶的方式，得到的则是一种美好。

翌日上午，我看到国庆胆怯地走过来，用讨好的语气问我愿不愿意上他家楼上去看风景，我立刻答应了。这一次他没叫上刘小青，只有我们两个人。在走去的路上，他轻声恳求我，别把那事告诉他父亲。我已经获得了友情，又怎么会去告密呢？

抛弃

国庆在九岁的一个早晨醒来时，就必须掌握自己的命运了。在离成年还十分遥远，还远没有到摆脱父亲控制的时候，他突然获得了独立。过早的自由使他像扛着沉重的行李一样，扛着自己的命运，在纷繁的街道上趔趔趄趄不知去向。

我可怜的同学那天上午是被一阵杂乱的声响从睡梦里惊醒的。那是初秋的时节，这个睡眼惺忪的孩子穿着短裤衩走到了门口，看到父亲正和几个成年的男人在搬家中的物件。

最初的时候，国庆喜悦无比，他以为是要搬到一个全新的地方去居住。他的喜悦和我当时离开南门时的喜悦十分相似，可他接下去面临的现实则比我糟糕得多。

我的同学用和那个清晨一样清新的嗓音问父亲，会不会搬到一个到处都有长翅膀的白马那里去。一贯严肃的父亲没有被儿子的幻想所感动，相反他对儿子的荒唐想法显得很不耐烦，他让儿子走开，对他说：

“别挡着道。”

于是国庆回到了自己的卧室，他是我们这群孩子中最为懂事的，可他当时的年龄还无法预见以后。他兴致勃勃地整理起了自己的东西，那些半新不旧的小衣服，以及他收藏的螺帽、小剪刀、塑料手枪一大堆乱七八糟的东西，他却有能力将它们整齐地放入一个纸板箱中。他是在一片嘈杂的声响里进行自己愉快的工作，并且不时跑到门口，自豪地看着他父亲在搬家具时，显露出来令他崇拜的力气。然后轮到他自己了，我的同学竟然还能搬动那只和他人差不多大小的纸板箱。他是擦着墙壁一点一点移过去的，他知道墙壁也是一只手，而且是一只有力的手。他虽然精疲力竭，可他的眼睛是那么骄傲地望着从楼梯上来的父亲，他的父亲却冷冷地对他说：

“你搬回去。”

我的同学只能竭尽全力地无功而返，他的头发因为满是汗水，被他胡乱摸弄后犹如杂草丛生。那一刻他也许真有些不知所措了，他坐在一把小椅子里使用起了有限的思维。任何孩子都不会把自己的以后想得糟糕起来，现实还没有这么训练他们。国庆那时的思维就像操场上的皮球一样乱蹦乱跳，过于顽皮的思维很难和父亲有关，他想到别处去啦。后来他喜气洋洋地看着窗外的天空。

我不知道他是否想象出了一匹白马在空中展翅飞翔。

家中乱七八糟的声响一遍一遍走下楼梯，他似乎有所感觉，但他没有进一步去知道这些声响已被安放在了三辆板车上，所以他也没有听到车轮滚动。他那像蝙蝠一样瞎飞的思维终止时，父亲已经走入他的屋中，一个严峻的现实站在了他的身旁。

国庆没有告诉我们当初的详细情景，而且我和刘小青都还年幼无知，是后来的事实让我明白了国庆已被他的父亲抛弃。我不喜欢国庆的父亲不仅是因为他做了这种事，这个我见到过多次的男人，有着让我心里发虚的严厉。现在我寻找这个记忆中的形象时，突然感到他和我想象中祖母的父亲有些近似。我第一次见到他时，他如同审问一样对我的来历盘根问底，当国庆替我说话时，他冷冷地打断我的同学：

“你让他自己说。”

他当初咄咄逼人的目光让我心里发抖。他走入国庆房间时肯定也使用了这样的目光。但他的声音可能是平静的，甚至可能有一些温柔。他告诉儿子：

“我要去结婚了。”

接下去是要国庆明白以后的事实，十分简单，父亲不可能再照顾他了。我的同学那时的年龄显然无法立刻领会其间的严酷，国庆傻乎乎地看着他的父亲。这个混账男人留下了十元钱和二十斤粮票后，就提起两只篮子下楼了。篮子里装的是最后要拿走的东西。我九岁的同学扑在窗口，在阳光里眯缝着眼睛看着他父亲从容不迫地走去。

国庆最初的悲伤，是他走入那两个被搬空的房间开始的。即使那时他仍然没有去想父亲已经永久抛弃他了，他的眼泪和哭声是因为突然面对了空荡荡的房间。

他回到自己的房间以后，没有被破坏的环境让他渐渐平静下来，他坐在自己的床上左思右想。这个房间我去过多次，我极喜爱那里的窗口。他真正意识到自己的糟糕处境，是在这天下午找到我以后。那时我正在擦李秀英的宝贝窗玻璃，我听到他在屋外的一声声喊叫。我不敢离开尚未擦完的窗户，是李秀英无法忍受国庆那种如同玻璃打碎似的锐利喊叫，这个坐在床上的女人痛苦不堪地对我说：

“你快去让他闭嘴。”

我怎么能让一个遭受不幸的人闭上嘴巴呢？我们站在屋外的石板路上，身后的木头电线杆发出一片嗡嗡的声响。我忘不了国庆当时苍白的脸色，他杂乱无章地告诉我上午发生的事，那时他自己都还没有弄明白。我所听到的是一堆如同苍蝇一样乱糟糟飞来的印象，他父亲搬动家具时的巨大力气，以及提着篮子出门这样的印象。我无法知道哪些应该在前，哪些应该在后。国庆是在向我讲叙时终于逐渐明白了过来，他的讲叙戛然而止，我看到他眼泪夺眶而出，然后说出了一句让我们都明白的话：

“我爹不要我了。”

那天下午我们找到了刘小青，他正扛着一把拖把满头大汗地往河边跑去。国庆的眼泪汪汪让他大吃一惊，我告诉他国庆被他爹丢掉了。刘小青和不久前的我一样莫名其妙，我冗长的解释和国庆不住的点头才让他知道发生了什么。他立刻说：

“找我哥哥去。”

去找那个戴鸭舌帽的大孩子，刘小青当时的骄傲恰如其分。谁不想有这样的哥哥呢？我们走到了他端坐的窗下，那时轮到刘小青去讲叙一切了。这个手拿笛子的大孩子听完后显得十分气愤，他说：

“岂有此理。”

他将笛子迅速一插，翻身越出窗外，对我们挥挥手说：

“走，找他算账去。”

我们三个孩子走在湿漉漉的街道上，清晨那场暴雨使街道旁的树木挂满雨水。前面走着一个单薄的大孩子，他的笛声固然美妙，可他能打败国庆的父亲吗？我们三个人傻乎乎地跟着他，他发怒的样子让我们充满信心。他走到了一棵挂满雨水的树下，突然沉思起来，可是等到我们也走入树下后，他立刻抬腿猛踢一下树木，同时自己逃离了出去。树上的雨水纷纷落下，淋得我们满身都是。他却哈哈大笑地回家了。

他的行为很不光彩，否则刘小青不会面红耳赤。尴尬的刘小青对国庆说：

“去找老师吧。”

湿淋淋的国庆摇摇头，哭泣着说：

“我谁也不找了。”

我的同学独自走去了，这个聪明的孩子能够说出他所有舅舅和阿姨的姓名。他回到家中以后，想到了死去的母亲的兄妹，于是他就坐下来给他们写信。他的信是用铅笔写成的，写在从练习簿里撕下的纸上。他在表达自己处境艰难时，显然更加艰难地写下了这些。不久后，他母亲的兄妹全部赶来，证明了他在信上准确地表达了一切。

国庆以他童年时的细心，记住了所有舅舅和阿姨所从事的工作，从而使他能够写出八张信封。但是他不知道信该如何寄出。他在屋中时将八张纸叠成了八个小方块，他做事一向有条不紊。然后他将它们捧在胸前，向涂着深绿颜色的邮局走去。

一个坐在邮局里的年轻女人接待了我的同学，国庆怯生生地走到她面前，用令人怜悯的声调问她：

“阿姨，你能像老师那样教我寄信吗？”

那个女人却这样问他：

“你有钱吗？”

国庆让她吃惊地拿出了十元钱，虽然她帮助了他，可她始终像看着一个小偷那样看着我的同学。

国庆母亲的八个兄妹赶来时，气势十分盛大，他们以强有力的姿态护卫着国庆走向他的父亲。被八个成年人宠爱着的国庆，一扫这些日子来的愁眉苦脸，他神气十足地走在他们中间，不时回头吆喝我和刘小青：

“跟上我们。”

那是傍晚的时刻，我和一群成年人走在一起，我的骄傲仅次于国庆，我看到刘小青同样也耀武扬威。就在这天下午，国庆喜气洋洋地向我们宣告：他的父亲马上就要搬回来住了。

这是我来到孙荡后第一次傍晚出门，我请假时向王立强说明了这一切，王立强令我感激地允许我在黄昏时刻走出家门。他支持我这时候和国庆站在一起，但他警告我什么话都不要说。事实上我和刘小青根本进不了国庆父亲的新婚之屋，我们只能站在屋外的泥土上。前面是一堆矮小的房屋，我们很奇怪国庆的父亲为何放着楼房不住，却住到了这里。

“这里什么风景都看不到。”

我和刘小青都这么说。我们听到了那八个来自外地成年人的声音，他们的城市口音给我们带来了高楼大厦和柏油马路的气息。这时候两个比我们小得多的男孩趾高气扬地走过来，蛮不讲理地要我们滚蛋。后来我们才知道，他们是国庆父亲新娘的两个宝贝儿子。我们被两个小得多的男孩驱赶，这简直太荒唐可笑。我们警告他们，应该是他们立刻滚蛋。于是他们用唾沫向我们射击，我和刘小青走上去给他们各自一拳。这两个外强中干的小家伙立刻号啕大哭起来，他们的援兵立刻从那堆矮小的房屋里冲了出来，是一个像猪蹄子那么胖乎乎的女人，那是他们的母亲。国庆父亲的新娘唾沫横飞，凶神恶煞似的扑了过来，吓得我和刘小青拔腿就逃。这个女人用男人惯用的脏话尖声咒骂着，追赶我们。她一会叫嚷着要把我们扔进粪坑，一会又发誓要把我们吊在树上，她追赶时向我们描绘了一系列可怕的结局。我在疲于奔命时回头张望了一下，看到一个胖女人身上的肥肉胡乱抖动，这情景让我头皮一阵阵发麻。这么胖的女人即便压一下，都能把我们压死。

直到我们逃过了一座石拱桥，才看到她骂骂咧咧地走回去，她可能感到更重要的是立刻去援助她的新郎。确定她没有在什么地方埋伏下来后，我和刘小青胆战心惊地往回试探着走去，就像电影里深入敌区的侦察兵那样小心翼翼。那时天色已黑，我们回到了原先的地方，在照射过来的灯光里，我们所听到的依然是那八个兄妹慷慨激昂的声音，我们为什么听不到国庆父亲的声音？过了很久，我们终于听到了另外的声音，就是那个追赶我们的声音，她告诉他们：

“你们是来打架，还是来讲道理。打架要人多，讲道理一个人就够了。你们全都给我回去，明天派一个人来。”

这个粗俗的女人一旦开口，竟然还能让语言充满威力。她盛气凌人地让他们回去，就如她的儿子让我们滚蛋。那八个来自城市的兄妹无言了片刻，随即他们的话语蜂拥而出。我和刘小青一句都听不明白，那么多人同时说话，来到我们耳中时等于什么话都没说。国庆的父亲是这时候开口的，否则我们还以为他不在呢。那个我很不喜欢的男人怒气十足地对那八个兄妹喊道：

“叫什么，你们叫什么。你们也太不负责任了，你们声音这么大，让我以后怎么在社会上做人？”

“谁不负责任了？”

接下去犹如房屋倒塌似的争吵不休，似乎有几个男人要去揍国庆的父亲，而几个女人声嘶力竭地阻挠着他们。国庆母亲的兄妹们陷入了愤怒和苦恼之中，这一对新婚男女要命的固执，使他们精疲力竭地讲叙道理之后，蓦然发现根本就没有听众。他们没有一点办法来和这一对男女认真地说话。应该是大哥吧，八人中为首的那一位，决定不把国庆交给他们了。他对国庆父亲说：

“就是你愿意抚养，我们也绝不会答应。你这种人，简直是畜生。”

这八个成年人从那里走出来时，让我们听到了一堆乱七八糟的呼吸声。饱受惊吓的国庆走在他们中间，恐惧不安地看着我和刘小青。我听到他们中间一个男人说：

“姐姐怎么会嫁给这种人。”

过度的气愤使他抱怨起了国庆已经死去的母亲。

国庆由他们承担起了抚养的义务，此后每月他们都各自给国庆寄来两元钱。那个涂着深绿颜色的邮局，成了国庆财富的来源。他每个月都有几次向我们得意洋洋地宣告：

“我要去邮局了。”

国庆最初得到十六元生活费时，也使我经历了童年时最为奢侈的生活，还有刘小青和别的几个同学。我们紧紧跟随着国庆，他的嘴时时向往着那些糖果和橄榄。他是一个慷慨大方的孩子，他给予了我们和他一样的享受。他像个阔少一样挥霍自己不多的钱财，我们每天清晨向学校走去时，都在心里期待着他的挥霍。于是到这个月最后的十来天，我的同学就一贫如洗了，他不得不依靠我们的施舍充饥。我们却无法像他施舍我们时那么大模大样，我们在家中开始了行窃。偷一把煮熟的米饭，偷一块鱼、一块肉、几根蔬菜，都用脏乎乎的纸包起来送给国庆。国庆把它们摊开放在腿上，他津津有味地吃着，把咀嚼的声音搞得那么响，让仍站在一旁早已吃饱的我们垂涎三尺。这样的情景没有持续多久，我们的老师，那个打毛衣的张青海，收走了国庆的生活费代为保管，每月只给他五角钱零用。即便这样，国庆依然是我们中间最为富有的。

国庆被父亲抛弃以后，逐渐习惯了自己安排自己。他在心里从没有真正接受这个事实，他没有仿效父亲的行为，也将父亲抛弃。相反父亲依然像过去那样控制着他，我们的老师可能是常常忘了国庆的现状，他仍然用向父亲告发这样的方式，来让做了错事的国庆胆战心惊。我的同学那时竟然不去想自己早已是自由自在，而是毫无意义地忐忑不安着。对他来说，父亲似乎依然时刻注视着自己。

另一方面，他以孩子的天真为父亲的突然出现而激动不安。其实他父亲的出现只不过是在街上的偶尔撞见，那个男人六亲不认的神态，决定了他不可能有朝一日来到国庆的床前。

我记得有一次我们三人站在街旁，用小石子打路灯。这个主意完全是国庆想出来的，我们劲头十足，都期望着自己砸碎路灯。当一个成年人走过来制止我们时，我和刘小青吓得撒腿就跑，令我们吃惊的是国庆寸步未动，他站在那里响亮地说：

“这又不是你家的灯。”

可是那时候国庆的父亲突然出现了，国庆立刻丧失了刚才的勇敢，而是战战兢兢地走过去叫了一声：

“爹。”

随后向父亲申辩自己没有砸路灯，他那时像个十足的叛徒指着我和刘小青说：

“是他们在打路灯。”

国庆的父亲却是恼怒地说：

“谁是你的爹？”

这个男人放弃了对儿子处罚的权利，对国庆来说，这样的打击远甚于放弃对他的照顾。接下去我们看到的国庆是那么的可怜巴巴，他穿越马路走来时都咬破了嘴唇，他竭力忍住了急欲流出的眼泪。

就是这样他依然坚信有朝一日醒来时，会看到父亲站在床前注视着他。有一次他充满信心地告诉我，一旦他父亲生病，那么他就会——

“来找我的。”

他反复要我证明，他的父亲生病时会向他求医。他一遍遍地对我说：

“你看到过的，对吧，你看到过的。”

他不再随便动用那个小纸板盒，在连续咳嗽的时候，他都没有打开那些药瓶。他天真地以为，只要瓶里有药，他的父亲就总有一天会回来。

这种时候国庆在谈到他母亲时，不再因为往事过于遥远而显得淡漠。他经常说从前这个词了，从前他母亲活着的时候，他有多么多么好。他从来没有告诉我们从前幸福的具体事例，只是用不停的感叹，让我们对他模糊不清的从前羡慕不已。他开始想象他的母亲，在无依无靠的时候，这个只有九岁的孩子，想象没有面对未来，而是过早地通往了过去。

童年时，我们对飞马牌烟盒上飞翔的骏马迷恋不已，我们生长的平原只有牛哞哞叫唤着走过，那些绵羊总是长久地被关在茅棚里。对于猪，我们都不喜欢。我们最为热爱的是飞翔的白马，我们从没有见过它们。后来一群军人来到了孙荡，一辆马车在夜深人静的时刻穿越了整个城镇，驶进了镇上的中学。

那天上午放学后，我们三个人挥舞着书包向中学奔跑而去。国庆张开手臂像一只大鸟一样跑在前面，他的喊叫纠正了我的错误理解，他叫着：

“我是飞马啊。”

跟在后面的我和刘小青，除了模仿他，就再也找不出更能表达我们激动的姿态了。

我们成了三匹尖声嘶叫的飞马，飞过了百货店，飞过了影剧院，飞过了医院——飞过医院以后，国庆像是被击中似的放下了手臂，他的飞翔夭折了。他哭丧着脸，贴着墙壁往我们来的方向走去。他都没有和我们说一句话，我们不知道发生了什么，赶紧追上去问他为什么不去看飞马了。可他只知道不停地往前走，我们去拉住他，他生气地打开我们的手，哭泣着说：

“你们别理我。”

我和刘小青傻头傻脑地互相看了半晌，然后惊愕地看着他走远。随即我们就不再吃惊，我们立刻忘记了他。我和刘小青张开手臂继续奔跑，要去看飞翔的马。

那是两匹棕黄的马，它们在中学的小树林里，一匹在木槽里喝水，另一匹不停地在树干上蹭屁股。它们根本就没有翅膀，而且浑身脏乎乎的。一股马臊臭熏得我们龇牙咧嘴。我轻声问刘小青：

“这是马吗？”

刘小青提心吊胆地走上去，怯生生地问一位年轻的军人：

“它们为什么没有翅膀？”

“什么？翅膀？”那个军人很不耐烦地挥挥手，“走开，走开。”

我们赶紧走开，周围的人都嘻嘻笑了起来。我对刘小青说：

“这肯定不是马，马应该是白颜色的。”

一个大孩子对我们说：

“对，这不是马。”

“那它是什么？”刘小青问。

“老鼠。”

这么大的老鼠？我和刘小青吓一跳。

国庆在医院的门口看到了他的父亲，他突然悲伤的原因是他父亲走进了医院，这情景意味着他最后的期待已经落空。那时候飞马还有什么意思呢？

第二天国庆告诉了我们，他昨天为何转身离去。他忧伤地说：

“我爹不会来找我了。”

然后他响亮地哭了起来。

“我看到他去医院了，他生了病都不来找我，他就再也不会来找我了。”

国庆站在篮球架下放声大哭，他一点都不知道难为情，我和刘小青只得气势汹汹地去驱赶围上来的同学。

被活人遗弃的国庆，开始了与楼下那位被死人遗弃的老太太的亲密交往。那个穿着黑色绸衣，脸上的皱纹如同波浪一样的老女人，实在让我害怕，可是国庆却不对她产生恐惧。国庆不再把全部的时间，贡献给我们共同的童年。他经常和那位孤单老太太待在一起。有时我在街上看到他们两人拉着手一起走来，国庆本该是活泼的脸，在她黑色的手臂旁显得有些阴沉。这个女人以她垂暮的气息腐化着国庆蓬勃的生命力，从而让我现在眺望尚是年幼的国庆时，看到了他脸上闪烁着灰暗的衰落。

我无法设想他们两人坐在一间门窗紧闭屋中的情景，他们肯定会走上与死人交往的路途。那个嗓音喑哑的老太太讲叙死人时，有着令人战栗的亲切，这一点我已经饱受惊吓了。而我的同学显然被这一切所迷住，他经常向我和刘小青讲起他的母亲，怎样在黎明前无声地走来和他说上几句话后又无声地离去。当我们询问究竟说些什么时，他却神态庄重地告诉我们这应当是保密的。有一次他母亲忘了回去的时间，公鸡的啼叫使她大惊失色，急忙中她没有从门口出去，而是破窗而出像鸟一样飞走了。这个细节的应用，无疑增强了国庆叙述的真实性。也使我一连几天疑惑不解，国庆母亲破窗而出让我为她担惊受怕，她家可是住在楼上。我曾悄悄问过刘小青：

“她会不会摔死？”

刘小青回答：

“她已经死了，就不会怕摔死。”

我听后恍然大悟。

国庆讲叙他和母亲相会时的神态是那么的认真，甚至是幸福的，我们很难不相信他。可他讲叙的语调实在叫我害怕，那种迷人的亲切和黑衣老太太简直一模一样。

而且他声称自己经常看到菩萨，有房屋那么大，像阳光那么金灿灿，它会突然在眼前的上空出现，随即犹如闪电一样消失。

有一天傍晚，我们两人坐在河边，我反驳了他，我坚决不相信会有菩萨，为了证明自己的不信，我大骂菩萨。国庆却无动于衷地坐着，过了一会才说：

“你骂菩萨时，心里怕极了。”

他不说这话我还好，那么一说我突然真的害怕了。那时夜色正在来临，我看着宽广无比的灰暗正在弥漫开来，内心的颤抖使我的呼吸杂乱无章。

国庆继续说：

“不怕菩萨的人会受到惩罚的。”

我声音乱抖地问他：

“是什么样的惩罚呢？”

国庆沉思了片刻，然后说：

“婆婆知道。”

那个吓人的老太太知道？

国庆轻声告诉我：

“人在害怕时就能看到菩萨。”

我立刻睁大眼睛去看灰暗的天空，可是什么都没有看到。我吓得都要哭出来了，我对国庆说：

“你可千万不要骗我。”

那时的国庆体现了令我感激的友情，他轻声鼓励我：

“你再仔细看看。”

我再次睁大眼睛，那时天完全黑了。害怕和虔诚终于让我看到了菩萨，我不知道是真正看到，还是在想象中看到。总之我看到了一尊有房屋那么大，像阳光那么金灿灿的菩萨，不过它一闪就消失了。

那位和死者亲密无间并且无所顾忌的老太太，由于生命还在极其苦恼地延续，她就不得不经常和极其陌生的现实打交道。她用可怕的方式使国庆的灵魂得到安宁，国庆则以勇敢的行为在现实中保护了她。

她最为忧心忡忡的是那条经常盘踞在胡同中央的黄毛狗，当她不得不上街买米买盐或者打酱油时，狗使她的害怕，远远胜过她使我的害怕。事实上那条没有孩子喜欢的丑八怪老狗，对谁都汪汪乱叫，可她却是一厢情愿地把自己作为了它唯一的敌人。那条狗一看到她就显出一副穷凶极恶的样子，它汪汪吼着不断做出准备扑上去的姿态，其实它只是原地蹦而已。那时候她屋内墙上众多的死人就爱莫能助了。我看到过她被狗吓得浑身哆嗦，她的小脚在往回逃命时充满了弹性，这个上了年纪的女人把身体摇摆得像一把正在扇动的扇子。那时候国庆的父亲还没有离家出走，我们三个孩子在后面幸灾乐祸地高声大笑。我向国庆家走去时，已经不用担心她在门缝后面的半张脸，她没有工夫在门后守候我们，而是坐在自己屋中哭哭泣泣。我们会贴到她的门上，从木缝里欣赏她撩起衣角擦眼泪。

后来，她通过死者和国庆建立了奇妙的默契，也就意外地得到了国庆的保护。那些日子里她每次上街都要有国庆走在身边，这样她就可以不必提心吊胆。那条黄毛狗每次汪汪叫着企图阻挡他们，国庆都蹲下身体做出一副捡石头的样子，狗就迅速逃窜了。他们继续往前走去时，老太太的眼神充满了对国庆的崇拜，我的同学则是骄傲地对她说：

“再凶的狗也都怕我。”

对狗的惧怕，使她每天都要跪在泥塑的观音前，虔诚地恳求菩萨保佑那条老狗长寿。国庆每次放学回家，她最先询问的就是那条狗还在不在，得到肯定的回答后，她就欣然微笑起来。

她最为担心的就是黄毛狗先她而死。她告诉国庆，去阴间的路途非常遥远，既黑又冷，她要穿上棉衣还要拿一盏油灯。如果狗比她先死，就会在阴间的路上守候她，她说到这里时紧张得全身发抖，她眼泪汪汪地说：

“到那时候你就帮不了我了。”

这个孤独的老女人，具有时代特有的固执和认真。她用了几十年的油瓶有自己的刻度，她不相信商店的售货员，他们灌油时眼睛总是望着别处。一旦油超过了刻度，她绝不会沾沾自喜，而是心怀不满地倒出来一点。如果没有到刻度，那么不加满她就不会走开，她会长时间地站在那里，什么话也不说，只是固执地看着油瓶。

她的丈夫似乎在很早以前就魂归西天，那个有很大力气的男人，生前对螺蛳有着古怪的热衷。他喜欢坐在夏天的天井里，摇着扇子悠然自得地吃着螺蛳。她几十年守寡生涯里，对丈夫最好的纪念还不是她力保了贞操，而是一丝不苟地继承了他的这一嗜好。生前的时候，那个男人占有了所有的螺蛳肉，她则是心甘情愿地去吃屁股上那截乱糟糟的东西。丈夫死后的几十年，她始终没去尝螺蛳肉的滋味，心满意足地吃着它们的屁股，把肉留给挂在墙上的丈夫。她把习惯和怀念融为了一体。

我的同学对螺蛳并不喜欢，可那位老太太将螺蛳吸得滑溜溜的响亮，而且每吸一次都伸出舌头舔去留在嘴唇上的残汁。这情形不断重复以后，国庆就很难去阻止嘴角流出的口水。食欲激动起来的国庆，试着去拿桌上的螺蛳肉时，这个老女人立刻惊慌了，她赶紧拍掉国庆手中的食物，凑近他的耳朵吓人地说：

“他看见啦。”

那个挂在墙上的死人确实是在看着他们。

我十二岁那年春天的时候，这个老太太终于获得了一劳永逸的长眠。她死在了路上。她是和国庆去街上买了酱油往回走时，突然感到自己的脚有点迈不动了。她说要找一个地方歇一下，说着走向了一个墙角，在阳光里懒洋洋地坐了下来，双手抱着酱油瓶。我的同学一直站在她的身旁，她闭上眼睛后，国庆以为她睡着了。我的同学无聊地站在那里东张西望，那是阳春时节，他看到墙边的青草已经生长了出来，阳光使他眯缝起了眼睛。老太太中间曾睁开过眼睛，轻声细气地问他那条狗还在不在？国庆朝那条狗看看，狗正趴在胡同中央昂着头注视着他们。他说在那里呢。老太太长长地出了一口气后，又闭上了眼睛。国庆仍然站在她身旁，有一会他心情愉快地看着阳光怎样在她脸上的皱纹里波动。

国庆后来告诉我们，她是迷了路以后冻死的。她去阴间的时候太匆忙了，都忘了穿棉衣和拿油灯。阴间的路长得走不完，又黑又冷。她在漆黑不见五指的路上走呀走呀，结果迷路了。前面呼呼的寒风吹过来，她被冻得直发抖，她实在走不动路了，只好坐下来。她就这样被冻死啦。

国庆在十三岁的时候，终于使自己成为了真正的自由人。他不愿意背着书包去接受老师的滔滔不绝。当刘小青他们都升入了中学，国庆则开始干活挣钱了。

那时候我已经回到南门，当我开始了在家中的糟糕生活时，我的这位同学能够自食其力了，他干起了送煤的工作。他像一个真正的苦力那样，扁担上挂着一条脏乎乎的毛巾，衣服敞开，吭哟吭哟地将煤挑到用户的屋前。手帕作为过去的习惯，唯一被保存了下来。他放下沉重的煤担时，第一个动作就是摸出手帕擦一下嘴，即便是满头大汗，他也只是擦一下嘴。他的衣服口袋里增加了一个小本子和一支铅笔。他用清脆的声音和幼稚的礼貌，挨家挨户去打听是否需要他将煤挑来。最初的时候他的年龄很难得到人们信任，望着他瘦小的身材，有人会问：

“你挑得动煤吗？”

我的同学脸上堆满了聪明的笑容，他说：

“不让我试试，你怎么能知道呢？”

国庆以自己的诚实和精于计算，不久之后就博得用户的信任。煤厂的发货员无法在斤两上捞到他一丝便宜，到头来他稚气十足的神态，以及众人皆知的遭遇，使发货员出于喜爱和怜悯总是多给他几斤煤，当然最终受益的还是用户，反过来这种受益又使国庆生意兴隆。他几乎击败了那位在这个职业里干了二十多年的同行。

国庆后来的这位同行，在我记忆里有着十分醒目的形象，这个矮小的男人差不多是一个白痴。谁都不知道他叫什么名字，别人随便叫他什么名字他都会答应。当他挑着煤急匆匆走去时，我们的叫唤是不会得到回答的。只有他挑着空担子同样急匆匆走来时，我们对他随心所欲的叫唤，他都会低着头认认真真地答应。

那时候我总是叫他“国庆”或者“刘小青”，而他们则叫出我的名字。他“嗯，嗯”地走去，从不抬起头来看我们。他永远是急匆匆地走路，仿佛他一辈子时刻都在赶火车。有一次我们叫他“厕所”，他也答应了，那一次把我们笑得全身发颤。可是这个对自己姓名满不在乎的人，对钱就一丝不苟了。而且他计算的速度惊人地快，当那些用户刚开始啰啰唆唆算着该付多少钱时，他已经把数目告诉他们了。这是居住在孙荡的人，所听到的他唯一的话。

国庆和我们一起取笑他时，显然没想到日后竟然成为了他的同行。国庆的加入使他的饭碗敲掉了一个大角，他不再像过去那样忙忙碌碌，这个可怜的人开始有更多的时间挑着空荡荡的担子，在街上寂寞却依然匆忙地行走。他似乎一点也不嫉妒国庆，我怀疑他可能不具备这样的能力。这个对自己职业兢兢业业的男人，从来没有在脸上流露过笑容。他把煤倒入用户家中的煤筐后，还会十分自觉地从门后拿出扫帚和簸箕，清扫地上的煤屑。然后异常严肃地挑起空担走了出去。可是有一次在街上看到挑着同样担子的国庆后，他竟然笑眯眯起来。

谁都不知道这两个人是怎样建立友谊的，人们开始经常看到这两个满身煤灰的人，在茶馆里相对而坐。那个拥有无数名字，其实一个名字都没有的前辈，像个仆人似的把双手放在腿上，只是在喝茶时将一只手提起来一下。国庆就完全不一样了，他在茶盅旁放着一块手帕，喝一口茶水便擦一下嘴。衣衫褴褛并且肮脏的国庆，完全是一副落难公子的姿态。他们看上去虽然亲密无间，可没有人听到他们有过交谈。

国庆获得职业后不久也获得了爱情，他喜欢的那个女孩子长大以后也许是个美人，在当初可是看不出这一点。我见过这个名叫慧兰的小姑娘，那时候我还没有回到南门，国庆对她似乎还不屑一顾。她家就在国庆家所在的那条胡同。这个扎着两根翘辫子的女孩，总爱站在门口甜滋滋地喊：

“国庆哥哥。”

她家的院子里种着令人激动的葡萄，有一年夏天，我和国庆，还有刘小青曾经有过一个周密的计划，将院内的葡萄在某个深夜洗劫一空。可是她家的围墙太高了。不过我们真正失败的原因还不是围墙，我们谁也无法在深夜出来，而不让家中的大人知道。那时国庆的父亲还没有离家出走。一想到成年人对我们可怕的惩罚，我们的计划尽管周密，也只能成为空想。

因此当国庆看上这个黄毛丫头后，已经升入初中的刘小青，还以为他是在打那些葡萄的主意。不识时务的刘小青还问国庆：

“要不要多叫几个人？”

他告诉国庆他可以叫上中学的同学，并且设法去搞一把梯子。

国庆听了非常生气，他对刘小青说：

“你怎么可以偷我未婚妻的葡萄。”

事实上他们的爱情在我回到南门之前就播种了。无人管束的国庆在夏日的中午，喜欢赤脚只穿一条短裤衩四处游荡。比他小两岁的慧兰，就是在这样一个中午和国庆偷偷走到了乡间，然后赤裸裸地在一个池塘里学习游泳。慧兰小小年纪就懂得了如何体贴国庆，他们向乡间走去的时候，由于石板被阳光烤得灼烫，赤脚的国庆像只青蛙一步一跳。慧兰不忍心看到国庆受难的模样，就脱下自己的塑料小凉鞋贡献给他。那个时候的国庆还不知道对待女孩子应该殷勤有礼，他粗鲁地挥了挥手，不屑地说：

“谁穿你这种女人的鞋子。”

国庆在和慧兰谈情说爱时，完全具有了成熟青年的派头。每天下午慧兰放学的时候，这个十三岁的孩子就换上干净的衣服，将头发梳得光溜溜的守候在校门口。这是他给自己疲劳一天后的最好酬劳。接下去的情景是国庆双手插在裤袋里，大模大样地走在前面，背着书包的慧兰则是小跑地紧跟其后。

那时慧兰便会诉苦似的告诉他，某个淘气的男孩往她课本里放了一撮泥土。

“泥土算得了什么。”

我的同学像个成年人一样挥挥手，然后得意洋洋地告诉他的小恋人：

“我都往女同学的书包里放过蛤蟆。”

他们充满孩子气的对话，使他们的恋爱显得天真烂漫。往往要到分手的时候，国庆才会从口袋里拿出一把早已准备好的糖果，塞入慧兰幸福的书包。

看来国庆是真的打算要和慧兰结婚生孩子，否则他就不会如此郑重地对待这场恋爱。他时刻都在掩饰自己年龄的缺陷，从而使他的严肃和认真显得有些滑稽。当这一对孩子以公开的姿态在街上反复行走以后，他们在这个城镇里也就逐渐著名了。国庆错误地估计了成年人对他们的看法，当他认为这一切都是顺理成章时，他觉得别人也会感到理所当然。

慧兰的父母都是医院里的药剂师，他们对这一对孩子的亲密早就察觉，他们觉得孩子之间的亲密不值得大惊小怪。当别人告诉他们这两个孩子有点像是谈恋爱了，他们听后反而觉得这种说法荒唐。后来是国庆自己的行为，让他们发现传闻其实很真实。

我的同学十三岁的年龄，在一个星期日的上午，买了一瓶酒和一条烟异想天开地前往岳父家去做客了。我真佩服他竟然能够不慌不忙地走进去，他将礼物放到桌子上时脸上堆满了恭敬的笑容，慧兰的父亲显然吃了一惊，他问国庆这是什么意思？

国庆说：“是送给你的。”

那位药剂师连连摆手，说道：

“你那么苦，我怎么能接受你的礼物。”

那时我的同学已在椅子里坐了下来，他跷起了二郎腿，可两条腿都腾在空中。他对那两位男女药剂师说：

“不要客气，这是女婿我的一点心意。”

这话让他们吓一跳，过了半晌慧兰的母亲才问：

“你刚才说什么？”

“岳母。”国庆甜甜地叫了一声，然后说道，“我是说……”

他还没说完，那个女人已经尖声喊叫起来，她质问国庆：

“谁是你的岳母？”

国庆还来不及解释，那个男人吼叫着要他立刻滚蛋。国庆慌忙站了起来，对他们申辩：

“我们是自由恋爱的。”

慧兰的父亲气得脸色灰白，他一把扯住国庆就往外拉，嘴里大骂：

“你这个小流氓。”

国庆竭力挣扎，连连说：

“现在是新社会，不是旧社会。”

国庆被慧兰的父亲推出门去以后，慧兰的母亲紧接着也将礼物扔了出去。可惜了那瓶酒，“砰”的一下就完蛋了。那时屋外已经聚了不少人，国庆一点都不觉得自己狼狈，他用手指点着慧兰的家，振振有词地对他们说：

“这一家的大人啊，封建思想太严重了。”

他们纯洁的恋爱在慧兰父母眼中简直是胡闹，一个十三岁的男孩和一个十一岁的女孩竟然正儿八经地谈情说爱。女儿的行为对他们来说实在是伤风败俗，他们感到连自己都成了镇上的笑料。

他们当然无法容忍这种荒唐的恋爱，必须彻底摧残掉。他们开始打骂自己唯一的女儿，当国庆从他们窗前经过，听到心上人哭喊时，他的痛苦可想而知。遭受打骂的慧兰仍然压抑不住奔向幸福时的激动，我不知道她是否更多地想奔向国庆口袋中的糖果。他们仍有相会的机会。那时他们已经失去过去的欢乐，将痛苦慢慢转化成仇恨的国庆，咬牙切齿地向她讲叙了如何报复她父母的计划，她则是恐怖万分地听着，还没听完就已经吓得眼泪汪汪了。

后来的一天下午，国庆从慧兰家窗前经过时，他看到慧兰满脸是血地扑在窗口，事实上只是一些鼻血，哭泣着喊叫他：

“国庆哥哥。”

我的同学气得浑身发抖，那一刻他真是想杀死慧兰的父母了。这个十三岁的孩子跑回家中以后，拿着菜刀就往慧兰家走去。当时他的一个邻居刚好从屋里出来，看到国庆的模样十分奇怪，问他这是干什么？国庆怒气冲冲地回答：

“我要去杀人。”

这个乳臭未干的孩子把裤管和袖管高高卷起，将菜刀扛在肩上，杀气腾腾地走向慧兰的家。他走在胡同里的时候畅通无阻，所有看到他的成年人，都忽视了他可怕的仇恨。当他告诉他们要去杀人时，他稚嫩的声音和天真的神态使他们嘻嘻发笑。

国庆就这样轻而易举地进入了慧兰家的院子，那时候慧兰父亲正在燃煤球炉，她的母亲蹲在地上给鸡喂食。国庆手持菜刀突然出现，使他呆若木鸡。国庆没有立刻动手，而是废话连篇地宣告他为什么要杀他们。然后才挥起菜刀走上去，慧兰的父亲拔腿就逃，蹿到了屋后大叫起来：

“杀人啦。”

那位可怜巴巴的母亲忘了逃命，眼睁睁地看着菜刀向她挥起来。这时候鸡救了她，那群受惊的鸡四处逃散，其中有两只张开翅膀扑到了国庆胸前。慧兰的母亲急中生智，也从院门蹿了出去。

准备追赶的国庆那时看到了慧兰，手扶门框的慧兰睁圆眼睛，一副惊恐万分的样子。我的同学立刻忘记了追赶，他赶紧走到慧兰身旁。慧兰却害怕地退缩着身体，这让国庆深感不满，他说：

“你怕什么，我又不会杀你。”

他的安慰丝毫不起作用。慧兰依然恐惧地望着他，那双发怔的眼睛看上去像是假的。国庆赌气地说：

“早知道你会这样，我就不冒着生命危险杀人啦。”

那时候院子的两个出口已被外面的人堵住，没过多久警察也来了。那天下午有关一个孩子杀人的消息不胫而走，经历了长时间寂寞的人群蜂拥而来。最先来到的一个警察走进去对国庆说：

“把菜刀放下。”

于是轮到国庆被吓傻了，外面嘈杂的人声和警察的出现，使他立刻抱住慧兰将菜刀架在她脖子上，声嘶力竭地喊道：

“你们别进来，一进来我就杀了她。”

那个发号施令的警察立刻退了出去。一直没有声音的慧兰哇的一声大哭起来，国庆焦急地对她说：

“我不会杀你，我不会杀你，我是骗他们。”

可是慧兰依旧号啕大哭，国庆气呼呼地训斥她：

“别哭啦，我还不是为了你。”

他满头大汗地往四周看看，沮丧地说：

“现在连逃命都来不及了。”

在院外杂乱的人群里，慧兰哭哭啼啼的母亲，那时还在指责丈夫刚才自私的逃命，只顾自己逃走没想到应该保护妻子。她的丈夫听着女儿在院内的哭喊，眼泪汪汪地对她说：

“你就别说这些了，你的女儿的性命都快保不住了。”

这时候一个警察攀着屋檐，一纵身爬上了屋顶，他准备偷偷来到国庆后面，然后从屋顶上跳下去。这个警察在孙荡是很著名的，有一次他一人对付了五个流氓，并用他们自己的鞋带绑住了他们，像提着一串螃蟹似的把他们送进了公安局。他攀上屋顶时的潇洒，博得了众多围观者的阵阵赞叹。接着他猫着腰悄无声息地在屋顶上移动，要命的是他踩滑了两张瓦片，整个地从屋顶上摔了下去，先是摔在葡萄棚上，让外面的人听到了一片乱糟糟的竹竿断裂声，然后他摔在水泥地上。如果不是棚架的缓冲，没准他就摔瘫痪了。

突然从天上掉下一个人来，把国庆吓得又连连喊叫：

“你出去，你出去，我要杀了她啦。”

遭受意外失败的警察，从地上站起来有气无力地说：

“我出去，这就出去。”

双方的对峙一直持续到傍晚，一个身材高大的警察想出了一个真正的主意。他穿上便服后，从后门走了进去。当国庆高喊着让他出去时，他却露出了亲切的笑容，他用极其温和的声音问国庆：

“你这是在干什么？”

国庆擦擦额上的汗水后说：

“我要杀人。”

“可你不应该杀她呀。”

他指着慧兰轻声说，接着又指指院外：

“你应该杀她的父母。”

国庆不由自主地点了点头，他开始被警察迷惑住了。

警察问：“你一个小孩杀得了两个大人吗？”

国庆回答：“杀得了。”

警察点点头说：“我相信，可是外面还有很多人，他们会保护你要杀的人。”

他看到国庆有些不知所措后，就伸出手说：

“我帮你去杀他们，行吗？”

他的声音是那样的亲切，终于有一个人站出来帮助自己了。这时的国庆完全被他迷惑了，当他伸出手来时，国庆不由得将菜刀递给了他。他拿住菜刀后就扔到了一旁，那时国庆根本没有注意这个动作，长时间的委屈和害怕终于找到了依靠，国庆扑过去抱住他的身体哭起来。警察却一把提起国庆脖后的衣领,走了出去。我的同学使劲仰起脖子，被那个高大的男人提着在人群闪出的路上走去。即便这时，他仍然不知道自己已经束手被擒。他的哭声因为呼吸困难，变成了长短不一的呜呜声。

诬 陷

我们的老师有着令人害怕的温柔，这个戴着眼镜的男人，有点像我后来见到的苏宇的父亲。他总是笑眯眯地看着我们，可他随时都会突然给予我们严厉的惩罚。

他的妻子似乎是在乡下一个小集镇上卖豆腐，这个穿着碎花衣服的年轻女人，总是在每个月的头几天来到学校，有时候她还会带来两个穿得花里胡哨的小女孩。当时我们都觉得她很漂亮，她有一个习惯动作就是经常伸手去搔屁股。听说她所在地方的人都叫她豆腐西施。她每次来到，我们的老师就要愁眉苦脸，因为他刚刚领到的工资必须如数交给她，她再从中拿出一点给他。那时候她总要尖声细气地训斥我们的老师：

“皱什么眉？晚上需要我了你就笑嘻嘻，要你拿钱你就要哭了。”

我们当初都弄不明白老师为何一到晚上就会笑嘻嘻。我们给老师的妻子起了个绰号叫皇军，她就像是扫荡的日本鬼子，每个月都来扫荡老师的钱袋。

这个绰号是谁想出来的，我已经记不起来。可我忘不了那一次国庆跑进教室时的有趣神态，他将黑板擦往讲台上使劲敲几下，然后郑重其事地宣布，说老师要迟一些再来，因为——

“皇军来了。”

国庆那一次可真是胆大包天了，他竟然还敢接下去这么说：

“汉奸正陪着她呢。”

这个小学二年级的孩子，必须为他的聪明付出代价。几乎同时有二十来个同学揭发了他，皇军的丈夫，我们的老师站在讲台上脸色铁青，那时的国庆吓得满头大汗。我也吓傻了，我不知道老师会怎样处罚国庆，不仅是我，就是那些揭发国庆的同学也都有些不安。我们当初的年龄对即将来到的处罚，有着强烈的恐惧，即便这种处罚是针对别人的。

老师可怕的脸色足足保持了有一分钟，随即突然变得笑眯眯了，他的脸色在转变的那一瞬间极其恐怖。他软绵绵地对国庆说：

“我会罚你的。”

然后面向我们：

“现在上课了。”

我的同学整节课都脸色惨白，他以切实的害怕和古怪的期待等着老师对他的处罚。可是下课后老师看都没看他一眼，就夹着讲义出去了。我不知道他这一天是怎样熬过来的，他自始至终坐在自己座位上，像个新来的同学那样胆怯地望着我们。他不再是那个热衷于在操场上奔跑的国庆，倒成了一只受不起惊吓的小猫。有几次我和刘小青走过去时，他嘴巴一歪一歪都快要哭出来了。直到下午放学以后，他完全地走出了校门，才突然像一头囚禁过久的豹一样狂奔乱跑了。当时我们都感到，不会有事了，我们断言老师肯定是忘了，而且皇军还在这儿呢，晚上老师一定又要忙着去笑嘻嘻了。

然而翌日上午的第一节课，老师说的第一句话，就是让国庆站起来问他：

“你说我应该怎么处罚你？”

彻底忘记这事的国庆，身体像是被推了一下地打了个寒战。他恐惧地望着老师，摇了摇头。

老师说：“你先坐下，好好想一想。”

老师让他好好想一想，其实是让他别忘了自己折磨自己。此后的一个月，国庆都过得暗无天日。总是在国庆忘记了处罚这事，显得兴高采烈时，老师就会突然来到他身旁，轻声提醒他：

“我还没罚你呢。”

这种引而不发的处罚，使国庆整日提心吊胆。这个可怜的孩子那些日子里，只要一听到老师的声音，就如树叶遇到风一样抖动起来。他只有在放学回家时才略感安全，可是第二天往学校走去时他又重新胆战心惊。这种惶惶不可终日的生活，直到父亲对他的抛弃才算结束，而被另一种更为深远的不幸所代替。

老师也许是由于怜悯，他不仅放弃了对国庆的恫吓，而且那些日子里，他想方设法寻找理由来表扬国庆。国庆的作业里有两个错字都能得满分，我一个错字没有才只能得九十分。在国庆母亲的兄妹来到之前，我们的老师曾带着国庆去见过他的父亲。嗓音温和的老师反复向那个混账男人说明，国庆是多么听话多么聪明，学校里的老师没有不喜爱他的。听了老师冗长的赞美之后，国庆的父亲却是冷冷地说：

“你那么喜欢他，就收他做儿子算了。”

我们的老师毫不示弱，他笑眯眯地说：

“我倒是想收国庆做孙子。”

我自己在遭受处罚之前，曾经十分崇敬和喜爱我们的老师。当王立强领着我最初来到学校时，老师织毛衣的模样让我万分惊奇，我从未见过男人织毛衣。王立强把我带到他身边，让我叫他张老师时，我才知道这个滑稽的男人是我的老师。他当初显得亲切和蔼，我记得他用手抚摸我的肩膀，说出一句让我受宠若惊的话：

“我会给你安排一个好座位的。”

他确实这样做了，我被安排到第一排的中央。他讲课时，除非要在黑板上写字才会站到讲台后面去，别的时候他就站在我的面前。将他的讲义摊开放在我的桌上，双手撑住我的课桌，唾沫横飞地讲着。我倾听时，仰起的脸上饱尝了他的唾沫，犹如在细雨中听课。而且他还能时时发现自己的唾沫已经飞到了我的脸上，于是他时时伸过来沾满粉笔灰末的手，替我擦去他的唾沫。往往是一节课下来，我的脸就要像一块花布那样色彩纷呈了。

我第一次接受他的处罚，是三年级的第一学期。一场在冬天来到的大雪，使我们这些忘乎所以的孩子，在操场上展开了雪球的混战。我的倒霉是将一个应该扔向刘小青的雪球，错误地击在了一个女同学的脑袋上。我现在已经忘记了她的名字，这个娇滴滴的女孩发出的哭喊，现在听起来像是遭受了调戏似的。她向老师指控了我。

于是刚刚坐下的我，被老师从座位里叫了出去。他让我到外面去捏一个雪球玩玩，当时我以为他是在讽刺我，我在座位上站着不敢动，他也仿佛把我忘了似的继续讲课，过了一会他才奇怪地说：

“你怎么还不去？”

我这才走到教室外面，去捏了一个雪球。我重新回到教室时，老师正在朗诵课本上有关欧阳海的故事，他的朗诵犹如一条山路似的高高低低，让我站在门边不敢出声。他终于朗诵完一个大段，走到了讲台后面，要命的是他看都没看我。他对我的遗忘使我心里发慌。他在黑板上写字时，我怯生生地对他说：

“老师，雪球捏好了。”

他总算看了我一眼，嘴里“嗯”了一下，接着继续写字。写完后将粉笔扔入了粉笔盒，叫出了那个遭受雪球一击的女同学，让她走到我跟前看看，刚才击中她的雪球是否和我手中的一样大。这个女孩根本就没有看到刚才的雪球，我是扔在她的后脑上，并且马上就碎了。早就平静下来的女孩，一走到我面前又委屈地哭哭啼啼起来，她说：

“比这个还要大。”

我只能再次倒霉地被老师赶出教室，去捏一个更大的。当我捧着一个大雪球进来后，老师没再让那个女同学前来检验。他绕了两个圈子后，真正发布了对我的处罚，告诉我就这么站着，等到雪球融化了我才能回到座位上。

在那冬天的上午，呼呼北风从教室破碎的窗玻璃上吹进来，老师双手插在袖管里，在寒冷中讲叙着英雄欧阳海的故事。而我则捧着一个冰冷的雪球站在门边，我的手因为寒冷出现了奇特的灼烫，这种灼烫的感觉使我的手如同在被锯断一样疼痛。可我还必须时刻小心，不让雪球脱手而落。

这时老师走到了我的身旁，他体贴地对我说：

“你捏紧一点，这样就会融化得快一点。”

一直到下课，雪球都没怎么融化。老师夹着讲义从我身旁走出去后，同学们全围了上来。他们的询问和雪球何时才能融化的议论，无疑加重了我的悲哀，委屈得差点要让我哭了。国庆和刘小青气势汹汹地走到那个女同学课桌前，大骂她是叛徒、是走狗。那可怜的女孩一下子就哭了起来，她整理了书包后站起来就往外走，说是要去告诉老师。国庆和刘小青没想到她又用上这一招，赶紧拉住她拼命求饶认罪。这时我的手完全麻木了，就如两根冰棍一样，雪球毫无知觉地掉落在地，开放出了满地的雪花。雪球的破碎让我极其害怕，我就和满地的雪花那样哇哇哭了起来，同时恳求身旁的同学能够证明我：

“我不是有意的，你们都看到的，我不是有意的。”

我们老师的权威并不是建立在准确的判断上，而是紧随其后的那种严厉的独特的惩罚。他判断是非简直太随心所欲了，正因为这样，他的处罚总是以突然袭击的方式来到，并且变幻莫测。他从没有重复过自己的处罚，我在孙荡小学的四年生活证明了这一点。他在这方面表现了卓越的才华和出众的想象力。这就是我们一见到他就胆战心惊的全部缘故。

有一次我们十来个同学在操场上扔皮球，不小心打碎了教室的窗玻璃。那一次老师对我们的处罚是最轻的，由于我事先根本就没有料到自己也会接受处罚，我就进行了一次软弱无力的反抗。

我依然记得当时打破玻璃的那个同学的可怜神态，老师还没有跨进教室，他就呜呜地乱哭了，他已从想象中看到自己受罚时的可怕情景。后来老师进来了，他笑眯眯地站在讲台上，我怀疑他一旦得到处罚学生的机会就会深感愉快。和以前一样，他总是做出出乎我们意料的决定，他没有像我们认为的那样，直接去处罚那个同学，而是让所有参加扔皮球的同学举起手来，我们举起了手。他就说：

“你们每人写一份检查。”

当时我真是万分吃惊，其实这是老师的一贯作风。我觉得自己没有错，为什么也让我写检查？我的心里出现了反抗的声音——我不写，这是我第一次反抗成年人，而且是反抗这个让所有学生不寒而栗的老师。

我努力使自己勇敢，心里还是一阵阵发虚。下课后我极力鼓动受罚的同学和我一样反抗老师。他们在表达自己不满时和我一样激动，可一旦说到拒绝写检查，他们全部吞吞吐吐了。到头来国庆还装得满不在乎地对我说：

“现在写检查没关系，现在我们还没有档案，以后工作了就不能写，检查要进档案的。”

于是孤立的我，经历了也许是我一生中勇敢的时刻，我大声告诉他们：无论怎样我都不写。我站在教室的角落里，看到众多的同学都吃惊地望着自己。我虚荣的激动使我声音颤抖。极不牢靠的兴奋，让我感到自己，一个十岁的孩子拥有了真理。是的，我是对的。老师自己也说过，一个人不可能没有缺点。

“老师也会有错的时候。”

我这样告诉大家。

整整一天我都陶醉在对自己的欣赏之中，我还是一个孩子，可我已经能够看到成年人的缺点了。我的想象开始展翅飞翔，我布置了这样的场景，老师和我在课堂上进行了争论，我那时滔滔不绝妙语连珠，因为我有真理的支持。老师尽管也能言善辩，可他没有真理的支持，最后当然是他输了。他令人激动地承认了这一点，并且用美丽的词语称赞我。所有的女同学都崇敬地望着我，当然也包括所有的男同学，并且用美丽的词语称赞我。那时我已经能够感受被女孩子喜爱时的那种幸福了。这种时候我的想象必须终止了，我已经热泪盈眶。我要让想象长久地停留在这个地方，从而让自己一遍遍周而复始地品尝这激动无比的幸福。

在我情绪最为高涨的时候，我们的老师显得十分冷静，他对我不闻不问。我逐渐变得忐忑不安，禁不住吓唬自己，会不会是老师正确呢？毕竟那时候我也在扔皮球，如果不是我扔给刘小青，刘小青再扔给了他，他又怎么会扔出去打碎了玻璃？我的思维开始了可怕的延伸，到头来我整日忧心忡忡，哪还敢在课堂上和老师争论。

自信的恢复是来自于李秀英的帮助。有一次我在擦玻璃时，终于忍不住去问李秀英，我是不是可以在操场上玩扔皮球。李秀英说当然可以。接着我继续问，如果我们中间有个同学打碎了玻璃，我有没有错。她这次的回答更为干脆：

“别人打碎的，关你什么事。”

真理终于又回来了，我不再疑神疑鬼。谁也无法来改变我相信自己是正确的。

然而老师对我长时间的冷落，使我的激动慢慢消亡，开始被越来越明显的沮丧所代替。最初的时候，我曾经激动地期待着在课堂上和老师展开争论。夜晚的时刻我准备了那么多的语言，清晨来到后又不断地鼓励自己。一听到上课铃响，我的心就狂跳不已。我最担心的是自己会临阵怯场，到时候一句话都说不出来。由于老师的冷落，使这样的担心越来越突出。我的沮丧和胆怯与日俱增，而自信则开始不知去向。慢慢地我就恢复了事前的平静，我觉得一切都过去了，我开始忘记这些。也许老师也早已忘记了这事，皇军又来了，他晚上又要笑嘻嘻了。

似乎所有的一切，都不过是我在内心的自我争吵，我同时扮演了老师和我，终于我精疲力竭地放弃了这种游戏。我重新投入到喧闹的操场上去，恢复了童年时真正的我，无忧无虑地奔跑和喊叫。可是这时候国庆走过来了，告诉我，老师让我去他办公室。

我一下子又紧张了，我在那个阳光明媚的下午向老师走去时一抖一抖的。国庆他们轻松自在的喊叫就在我的身后，我知道自己曾经热切期待而后来又极其害怕的时候来到了。我努力搜寻那些准备已久的雄辩词语，可我一句也找不着啦。那时候我感到嘴唇发抖马上就要放声大哭了，我鼓励自己不要哭，要勇敢。我知道老师会极其严厉地训斥我，说不定他又会想出什么奇奇怪怪的办法来处罚我，但我一定不能哭，因为我没有错。是的，我没有错，错的是老师。我应该这样去告诉他。我说话的时候要慢一点，不要被他突然而起的喊叫所吓倒，也不要怕他的笑眯眯。就这样，我走入了老师的办公室，我欣慰地感到自己又有勇气了。

老师向我友善地点点头，他正微笑着和另一位老师说话。我站在他身旁，看他手里翻弄着一沓纸，第一张就是刘小青的检查。他和别的老师说着话，缓慢地将一张一张检查翻过去，让我看得十分清楚。最后我看到了国庆的检查，字写得特别大。老师这时才向我转过身来，和颜悦色地问：

“你的检查呢？”

这时候我完全崩溃了。所有同学的检查经历了一次展览后，我立刻丧失了全部的勇气，我结结巴巴地说：

“还没有写完。”

“什么时候能写完？”他询问的声音极其温和。

我迫不及待地回答：“马上就写完。”

我在孙荡的最后一年，升入小学四年级后，一个星期六的下午，我正在楼下燃煤球炉。国庆和刘小青跑来告诉我一个吃惊的消息，在我们教室的墙上出现一条用粉笔写成的标语，意思是打倒张青海，即我们的老师。

当时他们显得异常兴奋，他们用近乎崇拜的语气恭维我，说我真是有胆量。该死的张青海早该打倒了，我们都接受过他方式奇特却极其要命的处罚。他们的兴奋感染了我，他们以为是我写的而对我的崇拜，使我在那一刻真想成为那个写标语的人。可我只能诚实，我几乎是不好意思地告诉他们：

“不是我。”

国庆和刘小青当初显示出来的失望，让我深感不安。我以为他们的失望是因为我不是那个勇敢的人，就像刘小青说：

“也只有你才有这样的胆量啊。”

我心里觉得国庆比我更有胆量，我这样说了，丝毫不是为了谦虚。国庆显然接受了我的称赞，他点点头说：

“要是我，我也会写的。”

刘小青紧接上去的附和，促使我也说出了这样一句话。我实在不愿意再让他们失望了。

我就这样进入了一个圈套，我根本就想不到国庆和刘小青是肩负着老师的旨意，来试探我。星期一来到后，我向学校走去时还傻乎乎地兴高采烈，紧接着我就被带入了一个小房间，张青海和另一位姓林的女老师，开始了对我的审问。

先是林老师问我是否知道那条标语的事。在那么一个小房间里，门被紧紧关上，两个成年人咄咄逼人地看着我。我点点头说是知道。

她问我是怎么知道的，我犹豫不决了。我能说出国庆和刘小青的兴高采烈吗？如果他们也被带到这里来，会怎样看我呢？他们肯定会骂我是叛徒。

我紧张地看着他们，那时候我仍然不知道他们怀疑我了。那个女老师嗓音甜美地问我，星期六下午和星期天来没来过学校。我摇摇头。我看到她向张青海微笑了一下，接着迅速扭过头来问我：

“那你怎么知道标语？”

她突然响起的声音吓我一跳。一直没有说话的张青海这时软绵绵地问我：

“你为什么要写那条标语？”

我急忙申辩：“不是我写的。”

“不要撒谎。”

林老师拍了一下桌子，继续说：

“可是你知道那条标语，你没来过学校，怎么会知道？”

我没有办法了，只能说出国庆和刘小青，否则我怎么来洗刷自己。我这样说了，可他们对我的话没有丝毫兴趣，张青海直截了当地告诉我：

“我查对过笔迹了，就是你写的。”

他说得那么肯定。我的眼泪夺眶而出，我拼命摇头，让他们相信我。他们都在椅子上坐了下来，互相看来看去，仿佛根本就没听我的申辩。我的哭泣将众多的同学引到了窗下，那么多人都看着我哭，可我顾不上这些了。那个女老师站起来去驱赶他们，接着关上了窗户。刚才关上了门，现在又关上了窗户。这时张青海问我：

“你是不是说过，要是你，你也会写的。”

我恐惧地望着他。我不知道他是怎么知道的，难道他偷听了我们星期六下午的对话？

是上课的铃声暂时拯救了我，他们让我在这里站着别动，他们要去讲课了。他们走后我独自一人站在这间小屋子里，椅子就在旁边，我不敢坐。那边的桌子上有一瓶红墨水，我真想去拿起来看看，可他们让我站着别动。我只好去看窗外，窗外就是操场，此刻高年级的同学正在那里列队，不一会就解散了，他们打球或者跳绳。体育课是我最喜欢的课。那边教室里传来了朗读的声音，隔着玻璃听起来很轻。我第一次站在外面听着他们朗读，我多么希望自己也在他们中间，可我只能站在这里受罚。有两个高年级的男同学敲打起窗玻璃，我听到他们在外面喊：

“喂，你刚才为什么哭？”

我的眼泪又下来了，我伤心地抽泣起来。他们在外面哈哈笑了。

下课铃响过以后，我看到张青海带着国庆和刘小青走过来。我想他们怎么也来了，是我把他们牵涉进来的。他们在窗外就看到了我，他们的眼睛只看了我一下，就傲慢地闪了过去。

接下去的情形真让我吃惊，国庆和刘小青揭发了我，我在星期六下午说的那句话——要是我，我也会写的。于是林老师用手指着我，却面对张青海说：

“有这想法就会写那标语。”

我说：“他们也这样说了。”

这时国庆和刘小青急忙向老师说明：

“我们是为了引诱他才这么说的。”

我绝望地看着我的同学，他们则是气呼呼地瞪着我。然后老师就让他们出去了。

那是一个多么可怕的上午，两个成年人轮番进攻我，我始终流着眼泪不承认。他们的吼叫和拍桌子总是突然而起，我在哭泣的同时饱受惊吓，好几次我吓得浑身发抖不敢出声。林老师除了枪毙我以外，什么恫吓的话都说了。到后来她突然变得温柔了，耐心地告诉我，公安局里有一种仪器，只要一化验就会知道，那墙上标语的笔迹和我作业簿上的一模一样。这是那个上午里我唯一得到的希望，但我又担心仪器会不会出差错，我就问她：

“会不会弄错呢？”

“绝对不会。”

她十分肯定地摇了摇头。我彻底放心了，我对他们欢欣地叫道：

“那就快点拿去化验吧。”

可他们却一动不动地坐在椅子里，互相看了好一会，最后是张青海说：

“你先回家吧。”

那时放学的铃声已经响过了，我终于离开了那间小屋子。上午突然来到的一切，使我暂获自由以后依然稀里糊涂。我都不知道自己怎样走到了校门口，在那里我见到了国庆和刘小青，由于委屈我又流出了眼泪，我走过去对他们说：

“你们为什么要这么做呢？”

当时的国庆有些不大自在，他红着脸对我说：

“你犯错误了，我们要和你划清界限。”

刘小青却是得意洋洋地说道：

“实话告诉你吧，我们是老师派来侦察你的。”

成年人的权威，使孩子之间的美好友情顷刻完蛋。以后很长时间里，我再没和他们说过话。一直到我要返回南门，去向国庆求助时，才恢复了我和他之间的亲密，可同时也成了我们的分别。后来，我就再没有见到过他。

下午的时候，我傻乎乎地坐到教室里准备上课了。夹着讲义走进来的张青海一眼就看到了我，他一脸奇怪地问我：

“你在这里干什么？”

我在这里干什么？本来我是来上课的，可他这么一问我就不知道了。他说：

“你站起来。”

我慌忙站起来。他让我走出去，我就走了出去，一直走到操场中央，我四下望望，不知道他要我走到哪里去。犹豫了片刻后，我只能鼓起勇气往回走，重新来到教室里，我提心吊胆地问张青海：

“老师，我要走到哪里去？”

他回过头来看着我，依然是软绵绵地问我：

“你上午在哪里？”

我扭过头去，看到了操场对面那间小屋子，我才恍然大悟。我问：

“我要到那小屋子里去？”

他满意地点点头。

那天下午我继续被关在那间小屋子里，我一直拒绝承认惹恼了他们。于是王立强来到了学校，身穿军装的王立强来到后，仔细听着他们的讲述，其间有几次回过头来责备地望了望我。我当初多么希望他也能认真地听一听我的申辩，可他听完老师的讲叙后，根本就不关心我会说些什么。他带着明显的歉意告诉他们，我是他领养的，领养时我已经六岁了。他对他们说：

“你们也知道，一个六岁的孩子已经有一些很难改变的习性了。”

这是我最不愿意听到的。但他没有像老师那样逼我承认，这方面的话他一句都没说。他很快就站起来说是有事走了，他这样做也许是为了避免伤害我。如果他继续待下去，他就很难不去附和老师的话。他逃脱了这个令他尴尬的处境。我却是充满了委屈，他那么认真地听老师讲叙，可一句也不来问我是不是这样。

要不是后来李秀英对我的信任，我真不知道该怎么办。当初的我深陷于被误解的绝望之中，那是一种时刻让我感到呼吸困难的情感。没有人会相信我，在学校里谁都认为那标语是我写的。我成了一个撒谎的孩子，就是因为我拒不承认。

那天下午放学回家时，我接受了双重折磨。在被误解的重压之下，我还必须面对回家以后的现实，我想王立强肯定将这事告诉李秀英了。我不知道他们会给我什么样的处罚，我就这样几乎是绝望地回到家中。一听到我的脚步，躺在床上的李秀英立刻把我叫过去，她十分严肃地问我：

“那标语是不是你写的？你要说实话。”

整整一天了，我接受了那么多的审问，可没有一句是这样问的。我当时眼泪就下来了，我说：

“不是我写的。”

李秀英在床上坐起来，尖厉地喊叫王立强，对他说：

“肯定不是他写的，我敢保证。他刚来我们家时，我偷偷将五角钱放在窗台上，他都很老实地拿过来交给我。”然后她面向我，“我相信你。”

王立强在那边屋子里表达了对老师的不满，他说：

“小孩又不懂事，写一条标语有什么了不起的。”

李秀英显得很生气，她指责王立强：

“你怎么能这样说，这样不就等于你相信是他写的了。”

这个脸色苍白脾气古怪的女人，那一刻让我感动得眼泪直流。她也许是因为用力说话，一下子又瘫在了床上，轻声对我说：

“别哭了，别哭了，你快去擦玻璃吧。”

在家中获得了有力的信任以后，并没有改变我在学校的命运。我在那间光线不足的小屋子里，又待了整整一天。隔离使我产生了异常的恐怖。虽然我和别的同学一样上学，也一样放学回家，可我却是来到这间小屋子，被两个处于极端优势的成年人反复审问。我哪经受得住这样的进攻。

后来他们向我描绘了一个诱人的情节。他们用赞赏不已的口气，向我讲叙了这样一个孩子，和我一样的年龄，也和我一样聪明（我意外地得到了赞扬），可他后来犯了一个错误。

他们不再气势汹汹，开始讲故事了，我凝神细听。这个和我一样大的孩子偷了邻居的东西，于是他在自己心里受到了指责，他知道自己犯错误了。后来经过一系列的思想斗争，他终于将东西还给了邻居，并且认了错。林老师这时亲切地问我：

“你猜，他受到批评了吗？”

我点了点头。

“不。”她说，“他反而受到了表扬，因为他已经认识到自己的错误。”

他们就这样引诱我，让我渐渐感到做了错事以后认错，比不做错事更值得称赞。遭受了过多指责以后，我太渴望得到称赞了。

我是怀着怎样激动和期待的心情，终于无中生有地承认了下来。

两个达到了目的的成年人总算舒了一口气，然后精疲力竭地靠在椅子上，古怪地看着我。他们既没有称赞我，也不责骂。后来是张青海对我说：

“你去上课吧。”

我走出了小屋子，穿过阳光闪烁的操场，心里空荡荡地走向了教室。我看到教室里许多同学都扭过头来向我张望，我感到自己开始脸红了。

可能是三天以后，那天我很早就背着书包去学校。走进教室时我吓一跳，张青海独自一人坐在讲台后面，讲台上放着他的讲义。他看到我立刻招了招手，我走到了他身旁，他轻声问我：

“你知道林老师吗？”

我怎么会不知道她呢？她甜美的嗓音在那间小屋子里责骂恫吓过我，也是她说过我聪明。我点点头。

张青海微微一笑，神秘地告诉我：

“她被关起来了。她家里是地主，她一直隐瞒着，后来派人去调查才知道的。”

我吃了一惊。林老师被关起来了？前几天她还和张青海一起审问我，那么义正词严，那么滔滔不绝。现在她被关起来了。

张青海低头看他的讲义去了，我走到了教室外面，望着对面那间小屋子，心里反复想着林老师被关起来这令人吃惊的事。那时有几个同学走了进去，我听到张青海又在轻声告诉他们这些了。老师的微笑让我害怕，在那间小屋子里，林老师和他显得那么同心同德，现在他却是这样的神态。

回到南门

应该说，我对王立强和李秀英有着至今难以淡漠的记忆。我十二岁回到南门，十八岁又离开了南门。我曾经多次打算回到生活了五年的孙荡去看看，我不知道失去了王立强以后，李秀英的生命是否还能延续至今。

虽然我在他们家中干着沉重的体力活，但他们时常能给予我亲切之感。我七岁那年，王立强决定让我独自去茶馆打开水。他说：

“我不告诉你茶馆在哪里，你怎么去呢？”

这个问题让我想得满头大汗，终于找到了答案，我欢快地说：

“我去问别人。”

王立强发出了和我一样欢快的笑声。当我提着两只热水瓶准备出门时，他蹲了下来，努力缩短他的身高，以求和我平等。他一遍一遍告诉我，如果实在提不动了就将热水瓶扔掉。我当时十分惊讶，那两个热水瓶在我心目中是非常昂贵的物品，他却让我扔掉。

“为什么要扔掉？”

他告诉我，如果实在提不动了摔倒在地的话，瓶里的开水就会烫伤我。我明白他的意思了。

我口袋里放了两分钱，提着两个热水瓶骄傲地走了出去。我沿着那条石板铺成的街道走去，用极其响亮的声音向旁人打听，茶馆在什么地方。我不管此后的打听是否多余，依然尖声细气喊叫着。我小小的诡计一下子就得逞了，路旁的成年人都吃惊地看着我。我走入茶馆时，用更加响亮的声音将钱递过去，收钱的老太太吓了一跳，她捂着胸口说：

“吓死我啦。”

她的模样让我咯咯笑出声来，而她则迅速转换成了惊奇。当我提着两瓶水走出去时，她在后面提心吊胆地说：

“你提不动的。”

我怎么会扔掉热水瓶呢？他们对我的怀疑，只会增加我的自得。王立强在我离家时的嘱咐，在路上变成了希望。希望在想象里为我描绘了这样的情形，当我将两瓶开水提回家时，王立强是那样的欣喜若狂，他高声喊叫李秀英，那个床上的女人也走过来了，他们两人由衷地赞叹我。

就是为了得到这个，我咬紧牙关提着那两瓶开水往家走去。

我时刻鼓励着自己,不要扔掉,不要扔掉。中间我只是休息了一次。

可我回到家中以后，王立强令我失望地没有流露一丝的吃惊，仿佛他早就知道我能提回家中似的接过了水瓶。看着他蹲下去的背影，我用最后的希望提醒他：

“我只休息了一次。”

他站起来微笑了一下，似乎这没有什么了不起的。我彻底沮丧了，一个人走到一边。心想：我还以为他会赞扬我呢。

我曾经愚蠢地插在王立强和李秀英的夜晚之间，为此我挨揍了。强壮的王立强和虚弱的李秀英,他们的夜晚是令人不安的夜晚。我刚来他们家时，每隔几天我上床睡觉后，便会听到李秀英的哀求和呻吟之声。那时我总是极其恐惧，可是翌日清晨我又听到了他们温和地说话，一问一答的声音是那么亲切地来到我的耳中。

有一天晚上，我已经脱了衣服上床睡觉，在床上有气无力躺了一天的李秀英，那时突然尖厉地喊叫着我，要我过去。我穿着短裤衩，在那个冬天的夜晚哆嗦地推开了他们的房门，正在脱衣服的王立强满脸涨红地将门踢上，怒气冲冲地要我滚回去。我不知道发生了什么，可我又不敢走开，李秀英正在里面拼命喊叫我。我只能又冷又怕地站在门口，浑身打抖。后来可能是李秀英从床上被窝里跳了出来，这个穿潮湿一点内衣就会发烧的女人，那时候不顾一切了。我听到王立强在里面低声喊道：

“你不要命啦。”

门咚的一下被打开了，我还没明白过来发生了什么，就被李秀英拉进了被窝。然后她不再喊叫了，而是喘着气对王立强说：

“今晚我们三个人睡。”

李秀英抱着我，将脸贴在我的脸上，她的头发覆盖了我的一只眼睛。她虽然瘦骨嶙峋，可她的身体很温暖。我用另一只眼睛看到王立强正恼怒地冲着我说：

“你给我出去。”

李秀英贴着我的耳朵说：

“你说不出去。”

这时我完全被李秀英征服了，她温暖的身体我当然不愿离开，我就对王立强说：

“我不出去。”

王立强一把捏住我的胳膊，把我提出了李秀英的怀抱，扔在了地上。他那时眼睛通红极其可怕，他看到我坐在地上没有动，就向我喊道：

“你还不出去。”

我的倔强这时上来了，我也喊道：

“我就是不出去。”

王立强上前一步要把我提出去，我立刻紧紧抱住床腿，任他怎么拉也不松手。气疯的王立强捏住了我的头发，就往床上撞。我似乎听到李秀英尖厉地喊叫起来。剧烈的疼痛使我松了手，王立强一把将我扔了出去，随即锁上了门。当时的我也疯狂了，我从地上爬起来，使劲捶打房门，号啕大哭着大骂道：

“王立强，你这个大混蛋。你把我送回到孙广才那里去。”

我伤心欲绝地哭喊着，指望李秀英能站出来援助我。刚开始我还能听到李秀英在里面和王立强争吵，过了一会就没有声音了。我继续哭喊，继续破口大骂，后来我听到李秀英在里面叫我的名字，她声音虚弱地对我说：

“你快去睡吧，你会冻坏的。”

我突然感到无依无靠了，我只能呜咽着走回自己的卧室。在那个冬天的黑夜里，我怀着对王立强的仇恨渐渐睡去。第二天醒来时我感到脸上疼痛难忍，我不知道自己已经鼻青脸肿了。正在刷牙的王立强看到我时吃了一惊，我没有理睬他，而是从他身旁拿起了拖把，他伸手制止我，满口泡沫含糊不清地说了什么。我使劲挣脱他的手，将拖把扛进了李秀英的房间。李秀英也吃了一惊，她嘟哝着指责王立强：

“手这么重。”

这天早晨，王立强买来了两根油条说是给我吃的。油条就放在桌上，我突然拥有一顿可口的早餐时，我刚好绝食了。他们怎么劝说我都不吃一口，而是哭泣地说：

“把我送回到孙广才那里。”

我与其是在哀求，还不如说是在威胁他们。王立强由于内疚，接二连三表示的姿态，反而加强了我与他对立的决心。我背起书包出去时，他也紧随而出，他试图将手放在我肩上，我迅速地扭开了身体。于是他又摸出一角钱给我，我同样坚决拒绝他的收买，摇摇头固执地说：

“不要。”

我必须真正品尝饥饿的滋味。王立强对我绝食的不安，促使了我继续下去的信心。我用折磨自己的方式来报复王立强。最初的时候我甚至有些骄傲，我发誓再也不吃王立强的东西了，同时我想到自己会饿死，这时候我眼泪汪汪地感到自己多么值得骄傲。我的饿死对于王立强是最有力的打击。

可我毕竟太年幼了，意志只有在吃饱穿暖时，才会在我这里坚强无比。一旦饿得头晕眼花，也就难以抵挡食物的诱惑了。事实上我过去和现在，都不是那种愿为信念去死的人，我是那样崇拜生命在我体内流淌的声音。除了生命本身，我再也找不出活下去的另外理由了。

那天上午，同学们都看到了我鼻青脸肿的模样，可没有人会知道我此后来到的饥饿更为吓人。我清晨空腹走出家门以后，到了第三节课，我就受不了了。先是一种空空荡荡的感觉，里面就如深夜的胡同一样寂寞，有着风吹来吹去似的虚无。随即扩散到了全身，我感到四肢无力脑袋昏昏沉沉。接下去我就面临真正的胃疼，那种虚弱的疼痛比脸上的青肿更为要命。我总算熬到了下课，我赶紧向那个自来水水架跑去，将嘴接住水龙头，喝了饱饱的一肚子水。于是我获得了短暂的平静，饥饿那时暂时离去，我虚弱地靠在水架上，阳光照得我全身软绵绵。水在体内迅速地被消化吸收，我只能不停地喝着这冬天的凉水，直到上课铃声响起。

我远离水架之后，饥饿的再度来临就让我束手无策了，那时的我必须承担比先前更为严厉的折磨。我的身体就如一袋被扔在地上的大米，塌陷在我的座位上。我产生了幻觉，黑板犹如一个山洞，老师在洞口走来走去，他发出的声音嗡嗡直响，仿佛是撞在洞壁上的回音。

当我的胃承受着空虚的疼痛时，膀胱则给予了我胀痛的折磨，我喝下了那么多的水，它们开始报复我了。我只能举起手来，请求张青海允许我去撒尿。那时刚上课才几分钟，老师十分不满地训斥我：

“下课时为什么不撒尿。”

我小心翼翼地往厕所走去，我不敢跑，一跑膀胱里的水就咕咚咕咚地涌来涌去，撒完尿后，我抓住这个机会又去喝了一肚子凉水。

那个上午的第四节课，对于我也许是一生中最难熬的时刻，我刚上了厕所后不久，膀胱又剧烈地胀痛了，把我胀得脸色发紫。我实在憋不住后，只得再次举起手来。

张青海满腹狐疑地看了我一阵，问我：

“又要去撒尿。”

我羞愧不安地点点头。张青海叫出了国庆，让他跟我到厕所去看看，我是不是真有尿可撒。这次撒完尿后我没再敢喝水，国庆回到教室后响亮地向老师报告：

“比牛的尿还长。”

在同学哧哧的笑声里，我面红耳赤地坐到了自己座位上。虽然我没再喝水，可是没过多久膀胱又鼓起来了。那时候饥饿已经微不足道了，膀胱越鼓越大。这次我不敢轻易举手了，我忍着剧烈的胀痛，期待着下课铃声早些响起来。我都不敢动一动身体，仿佛一动膀胱就要胀破似的。到后来我实在不行了，时间走得那么慢，下课铃声迟迟不来。我胆战心惊地第三次举起手来。

张青海有些恼火了，他说：

“你想淹死我们。”

同学们哄堂大笑。张青海没再让我上厕所，而是让我绕到窗外，让我对着教室的墙壁撒尿，他要亲自看看我是不是真有尿。当我将尿刷刷地冲到墙上去后，他相信了，走开几步继续讲课。我的尿可能是太长了，张青海突然中断讲课，吃惊地说：

“你还没撒完？”

我满脸通红胆怯地向他笑一笑。

上午放学后，我没有像别的同学那样回家，我继续绝食斗争。整个中午我都躺在水架下面，饥饿一旦强烈起来，我就爬起来去饱饱地喝一肚子水，然后继续躺在那里独自悲伤。那时我的自尊只是装饰而已了，我盼望着王立强找来。我躺在阳光下面，青草在我周围欢欣地成长。

王立强找到我的时候，已是下午，上学的同学正在陆续来到。他在水架旁找到了我。我不知道他吃过中饭以后，一直在焦急地等着我回去，这是李秀英后来告诉我的。他把我从地上扶起来，用手轻轻触碰我脸上的青肿时，我一下子就哭了。

他把我背在脊背上，双手有力地托住我的大腿，向校门走去。我的身体在他脊背上轻轻摇晃，清晨时还那么坚强的自尊，那时被一种依恋所代替。我一点也不恨王立强了，我把脸靠在他肩膀上时，所感受的是被保护的激动。

我们走进了一家饭店，他把我放在柜台上，指着一块写满各种面条的黑板，问我要吃哪一种。我一声不吭地看着黑板，什么也不说，我自尊的残余仍在体内游荡。王立强就给我要了一碗最贵的三鲜面，然后我们在一张桌子旁坐了下来。

我忘不了当初他看着我的眼神，我一生都忘不了，在他死后那么多年，我一想起他当初的眼神就会心里发酸。他是那样羞愧和疼爱地望着我，我曾经有过这样一位父亲。可我当时并没有这样的感受，他死后我回到南门以后的日子，我才渐渐意识到这一点，比起孙广才来，王立强在很多地方都更像父亲。现在一切都是那么遥远时，我才发现王立强的死，已经构成了我冗长持久的忧伤了。

面条端上来以后，我没有立刻就吃，而是贪婪同时又不安地看着热气腾升的面条。理解我心思的王立强马上就站起来，说声他要上班后就走了出去。他一走我立刻狼吞虎咽地吃起来。可我小小的胃过早地得到了满足，随后我就无限惆怅地夹起鸡块、爆鱼，看看又放下，接着又夹起来看看，遗憾的是我实在吃不下去了。

我重又恢复了童年时精神勃勃的我，不愉快的事早已烟消云散。于是我就有能力去注意对面那个衣衫褴褛的老人，他吃的是一碗最廉价的小面，他是那样关注我夹鸡块和爆鱼的举动，我感到他是在期待着我立刻离去，好吃我碗中的美食。我年幼时的残忍上来了，我故意不走，反复夹着碗中的食物，而他似乎是故意吃得十分缓慢。我们两人暗中展开了争斗，没过多久，我就厌倦了这种游戏，可我想出了另一种游戏。我将筷子大声地一摔，站起来大摇大摆地走了出去。一到屋外，我就隐蔽在窗边偷偷窥视起了他，我看到他往门口张望了一下，接着以惊人的敏捷将自己的面条，倒入我留下的碗中，再将两个碗调换了一下位置后，就若无其事地吃了起来。我立刻离开窗户，神气活现地重新走入饭店，走到他面前，装作吃惊地看了一会那只空碗，我感到他似乎十分不安，我也就满足了，愉快地走了出去。

进入小学三年级以后，我越来越贪玩了。随着对王立强和李秀英逐渐熟悉和亲切起来，初来时的畏惧也就慢慢消失。我常常在外面玩得忘记了时间，后来蓦然想起来应该回家了，才拼命跑回去。我自然要遭受责骂，可那种责骂已经不会让我害怕，我努力干活，尽量把自己弄得满头大汗，他们的责骂就会戛然而止。

有一阵子我特别迷恋去池塘边摸小虾，我和国庆、刘小青，几乎每天下午放学后，就往乡间跑去。有一天我们刚刚走上田野，让我吓一跳地看到了王立强，他和一位年轻女子在田埂上一前一后慢慢走来。我赶紧往回跑，王立强已经看到我，我听到他的喊叫后只得站住脚，不安地看着王立强大步走上前来，我在应该回家的时候没有回家。国庆和刘小青立刻向他说明，我们到乡间是为了摸小虾，不是来偷瓜的。王立强向他们笑了笑，出乎我意料的是王立强并没有责备我，而是用他粗大的手掌盖住我的脑袋，让我和他一起回去。一路上他都亲切地向我打听学校里的事，他没有一点想责备我的意思，我逐渐兴奋了起来。

后来我们站在百货商店的吊扇下面，吃起了冰棍。这是我童年的幸福时刻，那时王立强家中还没有电扇，我是那么吃惊地看着这个旋转的东西，就像是水倾泻时一样亮闪闪，而且是那么的圆。我站在风区的边缘上，不停地走进和走出，感受着有风和无风。

那次我一口气吃了三根冰棍，王立强很少有这么慷慨的时候。吃完第三根后，王立强问我还想不想吃，我又点了点头。可他犹豫了，他令我失望地说：

“你会吃坏身体的。”

我得到了别的补偿，他给我买了糖果，然后我们才离开商店。

向家中走去时，王立强突然问我：

“你认识那位阿姨吗？”

“哪位阿姨？”我不知道他在说谁。

“就是刚才走在我后面的。”

我才想起来那个在田埂上的年轻女子，她是什么时候消失的，我一点也没有觉察，当时我正紧张地想逃避王立强。我摇摇头后，王立强说：

“我也不认识她。”

他继续说：“我叫住了你，回头一看竟然后面还有一个人。”

他脸上吃惊的神气十分有趣，把我逗得咯咯直笑。

要到家的时候，王立强蹲下身体悄声对我说：

“我们不要说是去乡间了，就说是在胡同口碰上的，要不她就会不高兴。”

我当时高兴极了，我也不愿意让李秀英知道我放学后又贪玩了。

可是半年以后，我又一次看到了王立强和那位年轻的女子在一起，这一次我就很难认为他们互不相识了。在王立强发现我之前，我就逃之夭夭。后来我在一块石头上坐下来苦思冥想，十一岁的我已经能够费力地用自己的脑袋去想事情了。我逐渐明白了王立强和那个女人之间含含糊糊的关系，我突然吃惊地感到王立强是那么下流，但当我站起来走回家中后，我却是保持了缄默。我很难找出当时保持缄默的全部原因，但有一点我至今记得，当我想到要把这事告诉李秀英时，我突然恐惧得颤抖起来。我成年以后，还常常会出现这样幼稚的想法，如果我当时将这事告诉了李秀英，李秀英苍白无力的疯狂，也许恰恰会阻止王立强因此而送命。

缄默使我后来充分利用了自己的优势，在我认为应当遭受处罚的时候，我对王立强的威胁，使我可能逍遥罚外。

那个安放在收音机上端的小酒盅，最后还是让我给打碎了。我拖地板时一转身，拖把柄将酒盅扫落在地，就这么被打碎了。那个贫困家中唯一的装饰品，破碎时的声响让我经历了长时间的战栗。王立强会像拧断一根黄瓜一样，咔嚓一声拧断我的脖子。

虽然这是刚来这里时的恐惧，我也知道他不会拧断我的脖子，但他盛怒的模样和对我严厉的处罚，却是我即将接受的事实。我用自己童年的挣扎，来摆脱这个厄运，我要先去威胁王立强。当时在另一个房间的李秀英没有注意到这一切，我悄悄收起破碎的酒盅，将它们放入簸箕。然后在王立强下班回来时，由于激动和紧张，我突然哭了。王立强吃惊地蹲下身体问我："怎么啦？"

我向他发出了哆嗦的威胁：

"你要是揍我，我就把你和那个阿姨的事说出来。"

王立强脸色当时就白了，他摇着我的身体反复说：

"我不会揍你的，我为什么要揍你呢？"

我这才告诉他：

"我把酒盅打碎了。"

王立强先是一愣，继而就明白我的威胁因何而起了，他脸上出现了微笑，他说：

“那个酒盅我早就不要啦。”

我将信将疑地问他：

“你不揍我啦？”

他给予了我肯定的回答，于是我完全放心了，为了报答他，我凑近他耳朵说：

“我不会说那个阿姨的。”

那天傍晚，吃过晚饭以后，王立强拉着我的手在街上走了很久。他不停地和一些熟人打招呼，我当时不知道这是我最后一次和王立强一起散步，当时我是那样迷恋落日挂在两旁屋檐上的余晖。我的兴致感染了他，他给我讲了很多他小时候的事，我印象最深的是他到十五岁时穷得经常光屁股。那时他叹息地对我说：“人不怕穷，就怕苦啊。”

后来我们在桥畔坐了下来，那一次他长久地望着我，接着忧虑地说：

“你是个小妖精。”

然后他换了一种口气：

“你确实是一个聪明的孩子。”

我十二岁那年秋天，刘小青的哥哥，那位我极其崇拜的吹笛手，患急性黄疸肝炎死去了。

那时候他已不是游手好闲的大孩子，而是一个插队的知青了。可他依然戴着鸭舌帽，将笛子插在上衣口袋里，听说他和两个船上人家的女儿在一起插队，那两个强壮的姑娘几乎同时喜欢上了他。他的笛子吹得那么美妙，在乡间寂寞的夜晚怎能不令她们感动。但是那里的生活使他难以忍受，他经常回到城里，坐在自己的窗口吹着笛子，在我们放学回家时，他就会吹出卖梨膏糖的小调，他喜欢看我们奔跑过去的傻样，不愿意回到乡间那个使他生命感到窒息的地方，虽然有两个姑娘编好了爱情的丝网恭候着他。

最后一次回来他住的时间可能是过长了一点。他那怒气冲冲的父亲整天训斥他，要把他赶回乡下去。有几次我从他家窗前经过，听到了他哭泣的声音。他是那么可怜巴巴地告诉父亲，他一点力气都没有，不想吃东西，更不能干活。

那时候他不知道自己得肝炎了，刘小青的父亲也不知道。他母亲为他煮了两个鸡蛋，劝他还是回乡下去吧。他回到乡下以后，才过两天就昏迷了。是那两个健壮的姑娘轮流把他背回到家中。那天下午我放学回家时，看到了这两个被阳光晒得黝黑的姑娘，满腿烂泥，哭丧着脸从刘小青家走出来。当天晚上他就死了。

我至今记得他当初离家时黯淡的神色，他扛着铺盖，右手攥着两个鸡蛋，慢吞吞地往轮船码头走去。事实上那时他已经死气沉沉了，蹒跚的步履如同一个垂暮的老人。唯有那支插在上衣口袋里的笛子，在他走时一摇一摇的，显得稍有生气。

这个死到临头的人，在看到我走来时，还想再捉弄我一次。他让我凑近他屁股看看，那里是不是扯破了。我已经上过他一次当了，所以我就对着他喊叫：

“我不看，你会让我吃臭屁的。”

他嘿嘿一笑，放出一个有气无力的屁，然后缓慢地走向了永久之死。

当初黄疸肝炎的可怕被极其夸大了，刘小青戴着黑纱来到学校时，所有的同学都叫叫嚷嚷地躲着他。这个刚刚失去哥哥的孩子脸上挂着讨好的笑容走向一群篮球架下打球的同学，那群人像蜜蜂一样立刻逃向了另一个球架，他们同声咒骂他，而他则依然讨好地向他们笑。我当时坐在教室外的石阶上，看着他孤零零地站在空荡荡的球架下，垂着双手一副不知所措的样子。

后来他慢慢地向我走来，他走到我近旁站住了脚，装出一副看别处的样子。过了一会，他看到我没有走开，就在我身旁坐了下来。自从那标语的事后，我们没再说话，更没有那么近地待在一起过。突然来到的孤单使他走向了我，他终于先和我说话了，他问：

“你为什么不逃走呢？”

“我不怕。”我这样回答。

随后我们两人都不好意思了，把头埋在膝盖上哧哧笑了起来。毕竟我们有一段时间互不理睬了。

我在两天时间里，经历了童年中两桩突然遭遇来的死亡，先是刘小青的哥哥，紧接着是王立强，使我的童年出现了剧烈的抖动。我无法判断这对我的今后究竟产生了多大的影响，但是王立强的死，确实改变了我的命运。我刚刚和刘小青恢复了昔日的友情，还来不及去和国庆握手言和，那天夜晚王立强就一去不返了。

他和那位年轻女子一开始就注定了是这样的结局，他们提心吊胆地度过了两年美好的日子，在那个夜晚被人捉住了。

王立强一位同事的妻子，是那个时代道德的忠实卫士，按她的话说是她早就怀疑他们了。这个有两个孩子的母亲，以自己无可挑剔的贞节，去监视别人的偷情。王立强在这个女人的丈夫出差去外地时，他们共有一间办公室，他带着那个年轻女子黑夜来到这里，将办公桌上的用品放到了地上，然后以桌代床开始他们苦涩的幸福。

那个突然袭击的女人，手拿丈夫的钥匙迅速打开房门，并以同样的迅速拉亮了电灯。桌上那一对恋人吓得目瞪口呆，在偷袭者极其响亮的痛斥声里，王立强和他桌上的伙伴都顾不上穿好裤子，就双双跪在她的脚前，百般哀求。在我眼中是那样凛然不可侵犯的王立强，当时是声泪俱下。

这个监视已久终于获得成果的女人，怎么会轻易放过他们？她明确告诉他们，再求饶也没有用，她说：

“我好不容易才抓到你们。”

然后她走到窗前打开窗户，像刚下了蛋的母鸡一样叫唤了。

王立强知道一切都不可改变了，他帮助恋人穿上衣服，将她扶到椅子上坐下。武装部的同事从楼下上来后，他看到了政委，就面有愧色地说：

“政委，我犯生活错误了。”

政委让几个战士把王立强看守起来，让那个姑娘回家去。王立强的恋人早已泣不成声，她站起来往外走去时仍然用手捂着脸。那个眉飞色舞的女人这时恶狠狠地冲着她喊：

“放下你的手，你和男人睡觉时怎么不脸红。”

王立强缓慢地走到她身旁，挥起手就给了她一记耳光。

我无法知道当时更多的情形，那个得意忘形的女人遭受王立强突然一击后，她的疯狂是可想而知的。她张开手指向王立强扑过去时，却被一把椅子绊倒在地。她的愤怒立刻转变成了委屈，她号啕大哭了。政委让人快些把王立强带走，留下几个人去劝说这个坐在地上不愿起来的女人，自己则回去睡觉了。

王立强在一间漆黑的屋子里坐到了后半夜，然后站起来对一个看管他的战士说，他要去办公室拿点东西。因为瞌睡而迷迷糊糊的战士，看着他的上级有些为难。王立强说声马上就会回来，就径自出门了。那个战士没有尾随，而是站在门旁，看着王立强在月光下走向办公楼，他高大的身影融入了办公楼巨大的阴影之中。

事实上王立强没有去办公室，而是打开了由他负责的武器室，拿了两颗手榴弹后走下了楼梯。他贴着房屋，在阴影里无声地走到家属楼前，然后沿着楼梯走上了二楼，在西面的一扇窗户前站住脚。他多次来过这间屋子，知道那个女人睡在什么地方，他用小拇指扣住弦线，一使劲砸破玻璃后，就将手榴弹扔了进去，自己赶紧跑到楼梯口。手榴弹这时候爆炸了，一声巨响将这幢陈旧的楼房震得摇摇晃晃，灰尘纷纷扬扬地飘落到跑出去的王立强身上。他一直跑到围墙下面，蹲在围墙的黑影里。

那时候武装部里仿佛出现战争似的乱成一团，他听到第二次被吵醒的政委正破口大骂那位失职的战士，还有人在喊叫担架的声音。这纷乱的情景在王立强模糊不清的眼中，犹如一团翻滚而来的蝗虫。后来他看到那幢楼里抬出了三副担架，他听到那边有人在说：

"还活着，还活着……"

他心里随即一怔。当担架被抬上汽车驶出去以后，他立刻攀上围墙翻越了出去，他知道自己应该往医院跑去。

这天凌晨的时候，镇上那家医院出现了一个拿着手榴弹、满脸杀气腾腾的男人。王立强走入住院部时，值班的外科医生是个大胡子北方人，他一看到王立强就明白和刚才送来的三个人有关，他吓得在走廊里乱窜，同时哇哇大叫：

"武装部杀人啦。"

大胡子外科医生连话都说不清楚了。大约半小时以后他才稍稍镇静下来，那时他和一个浑身哆嗦的护士站在一起，看着王立强手提手榴弹正挨个房间搜查过来。外科医生突发勇敢，他向护士建议两人一起从后面扑上去抱住他。这倒是提醒了那个护士，眼看着王立强越走越近，护士惊恐地哀求外科医生：

“你快去抱住他吧。”

外科医生想一想后说：

“还是先去报告领导吧。”

说着他打开窗户跳出去，逃之夭夭了。

王立强一个一个房间搜查过去，周围恐惧的喊叫吵得他心烦意乱。他来到护士值班室，刚打开门，一股力量把门堵上了，他左手的手腕遭受门的猛力一击，然后被夹在了那里，疼得他直皱眉，他用身体使劲将门撞开，里面四个护士对着他又哭又喊，没有他要找的那个女人。他就安慰她们，他不会杀她们的。可她们只知道哭喊，根本就不理会他在说些什么。王立强无可奈何地摇摇头，退了出来。接着他走入手术室，手术室里的医生护士早就逃跑了。他看到了两张手术台上躺着两个男孩，认出了是那个女人的儿子，他们血肉模糊，已经死去了。他非常不安地看着这两个男孩，没想到最后死去的竟是他们。他从手术室里退了出去，两个男孩的死，使他无意再去寻找那个女人了。他缓慢地走出医院，在门口站了一会，有那么一瞬间他想到该回家了，随即他对自己说：

“算了。”

不一会，他发现自己已被包围了，他就将身体靠在一根木头电线杆上，他听到政委向他喊叫：

“王立强，放下武器，要么你就死路一条。”

王立强对他说：

“政委，等老林回来了，请转告他，我对不起他，我不是有意要杀他儿子的。”

政委可顾不上这些，他仍然喊：

“快放下武器，要不你就死路一条啦。”

王立强苦涩地回答：

“政委，我已经死路一条了。”

和我共同生活了五年，像真正的父亲那样疼爱过我、打骂过我的王立强，在他临死的时刻，突然感到刚才受伤的手腕疼痛难忍，他就从口袋里拿出了手帕，细心地包扎起来，包扎完后他才发现这没有什么意义，他自言自语道：

“我包它干吗？”

他对着自己的手腕苦笑了一下，然后拉响了手榴弹。他身后的木头电线杆也被炸断了，灯光明亮的医院，顿时一片黑暗。

王立强一心想炸死的那个女人，实际上只是被炸破一些皮肉。王立强自杀的当天下午，她就出院了，这个惊魂未定的女人出院时哭哭啼啼。没过多久，她就恢复了昔日自得的神态，半年以后当她再度从医院走出来时简直有些趾高气扬。妇产科医生的检查，证明她又怀孕了，而且是一胎双胞。那几天里她逢人就说：

“炸死了两个，我再生两个。”

王立强死后，因此而起的灾难就落到了李秀英的头上。这个虚弱不堪的女人，在承受如此巨大的压力时，显得若无其事。当王立强生前的一位同事，代表武装部来告诉李秀英时，李秀英成功地挺住了这最早来到的打击。她一点也不惊慌失措，她一言不发长时间地看着来人，倒把对方看得慌乱起来。这时候她尖厉的嗓音突然响起：

“王立强是被你们谋杀的。”

把那人搞得措手不及，当他再度解释王立强是自杀时，李秀英挥了挥她的细胳膊，更为吓人地说：

“你们，所有的人杀死王立强，其实是为了杀我。”

她离奇的思维使来者痛苦不堪地感到无法与她进行正常的对话。可是有一个实际的问题又必须征询她的意见，他问她什么时候去领王立强的遗体。李秀英半晌没有声音，然后才说：

“我不要，他犯别的错误我要，犯了这种男女错误我就不要。”

这是她唯一一句像是正常人说的话。

那人走后，李秀英走到目瞪口呆的我面前，愤恨地对我说：

“他们夺走了我的活人，想拿个死人来搪塞我。”

随后她微微仰起头，骄傲地说：

“我拒绝了。”

这是怎样艰难的一天，又逢是星期天，我待在家中，杂乱无章地经受着吃惊、害怕、忧伤各种情感的袭击。王立强的突然死去，在年幼的我那里，始终难以成为坚实的事实，而是以消息的状态，在我眼前可怕地飘来飘去。

整整一天，李秀英都待在自己屋中，细心照料着自己的内衣内裤，在移动的阳光里移动着那些小凳子。可她经常发出一声令人毛骨悚然的喊叫，把我吓得浑身哆嗦。这是我记忆里李秀英唯一表达自己悲痛和绝望的方式。她突然而起的喊声是那样的锋利，犹如一块玻璃碎片在空中呼啸而去。

那个白昼对我来说，是极其恐怖的。我在李秀英肆无忌惮的喊叫里胆战心惊，后来我实在忍不住了，偷偷打开李秀英的房门，我看到她安静的背影正俯向自己的内衣，没一会她的身体就挺直起来，仰起脸又喊叫了：

“啊——”

李秀英第二大一早就回娘家去了。那时候天还没亮，我被一只摇晃的手弄醒，在刺眼的灯光里，我看到一个戴着大口罩，全身裹得严严实实的人正俯向我，我吓得哇的一声哭了起来。接着我听到李秀英的声音：

“别哭，别哭，是我。”

李秀英对自己的装扮深表满意，她近乎得意地问我：

“你认不出我吧。”

我来到孙荡五年后，李秀英第一次走出了家门。在冬天还没有来到的凌晨，李秀英穿着冬天的衣服走向轮船码头，我扛着一把小凳子费力地跟在她的身后。

天亮前的街道空空荡荡，只有几个吃早茶的老头，大声咳嗽着走过去。虚弱的李秀英只能一口气走出一百来米，当她站住脚喘气时，我就立刻将小凳子放到她的屁股下面。我们在潮湿的晨风里走走停停，有几次我刚开口想说话时，她就嘘的一声制止了我，轻声告诉我：

“一说话，别人就会发现我。”

她的神秘让我浑身紧张。

李秀英在人为的神秘里离开孙荡。当时对于我漫长的过程，现在回忆里却只是短短的几次闪亮。这个古怪的女人穿着臃肿的衣服通过检票口时，回过头来向我挥了挥手。后来我就扑在候船室破烂的窗口，看着她站在岸边不知所措，她要走过一块狭长的跳板才能抵达船上，那时候她就不顾是否会暴露自己，接连叫道：

“谁把我扶过去。”

她进入船舱以后，就开始了我们也许是一生的分别，直到现在我都没再见到过她。我始终扑在窗口，等到船在远处的河流里消失，我才离开窗口，这时候我才发现一个要命的现实——我怎么办？

李秀英把我给忘记了，过多的悲伤使她除了自己以外，忘记了一切。十二岁的我，在黎明逐渐来到的时候，突然成了孤儿。

我身上分文没有，就是我的衣服和书包也被紧紧锁在那个已经不存在的家中，我没有钥匙。我唯一的财富就是李秀英遗留的那把小凳子。我把凳子重新扛到了肩上，然后哭泣着走出码头。

出于习惯，我回到了家门前，当我伸手推一下紧闭的屋门后，我就把自己推入了更为伤心的境地。我在门旁坐下来，哭得伤心欲绝。后来我就在那里发呆，那时候我脑袋里一片空白，一直到背着书包准备上学的刘小青走过来时，我重新哭泣了。我对前天才恢复友情的刘小青说：

“王立强死了，李秀英走了，我没人管了。”

戴着黑纱的刘小青热情地对我叫道：

“到我家住吧，你就睡我哥哥的床。”

然后他就飞快地跑回家中，可过了一会他就垂头丧气地走回来。他擅自的决定不仅遭到父母的否决，而且还饱尝了一顿训斥。他尴尬地朝我笑一笑。我是那时候决定返回南门的，我要回到父母兄弟那里去。我这样告诉了刘小青，可是我没钱买船票。

刘小青眼睛一亮，叫道：

“去向国庆借。”

我们在学校的操场上找到了国庆，刘小青叫他时，他说：

“我不过来，你有肝炎。”

刘小青可怜巴巴地问他：

"我们过来，好吗？"

国庆没再表示反对，我和刘小青走向了这位富翁。如果不是国庆的慷慨帮助，我不知道自己回到南门会有多么艰难。我的两位童年的伙伴，将我送上了离开孙荡的轮船。我们向轮船码头走去时，国庆神气十足地对我说：

"以后缺钱花，就给我来一封信。"

刘小青则是憨厚地替我扛着那把凳子，跟在我们后面。可我后来却遗忘了这把凳子,就像李秀英遗忘了我一样。轮船驶去以后，我看到国庆坐在那把凳子上，架着二郎腿向我挥手，刘小青站在一旁正向他说什么。他们置身其上的堤岸迅速地消失了。

我在深秋的傍晚踏上家乡的土地，离家五年之后重新回来时，我只能用外乡人的口音向人打听南门在什么地方。我向那条狭长的街道走去时，一个比我小得多的孩子扑在楼上的窗口，一声声叫我：

"小孩，小孩。"

我听到的是完全陌生的方言。幸亏我还记得南门，和我父母兄弟的名字，还有我的祖父。六岁时残留下来的记忆，使我可以一路打听着走去。我就是在那时候遇到了我的祖父孙有元，这个背着包袱、怀抱油布雨伞的老人，在我叔叔家住满一个月以后，正准备回到南门，风烛残年的祖父在那条他应该是最熟悉的路上迷路了。我们是都忘记了对方的模样以后，在路上相遇。

那时候我已经走出县城，来到了乡间，一个三岔路口让我无从选择。我当时被落日的景色迷住了，所以我没有立刻焦急起来，那是让我的童年震惊的景色，我看到翻滚的乌云和通红的晚霞正逐渐融为一体，一轮红日已经贴在了远处的地平线上，开始它光芒四射的下沉。我站在落日的余晖之中，对着太阳喊叫：

“快沉下去，快沉下去。”

一团巨大的乌云正向落日移去，我不愿意看到落日被它吞没。

落日如我所愿地沉没以后，我才看到了祖父孙有元，他就站在我的身后，和我贴得那么近。这个年迈的老人用一种恳求的眼神望着我，我就问他：

“到南门怎么走？”

他摇摇头，嗡嗡地告诉我：

“我忘记了。”

他忘记了？孙有元的回答让我觉得有趣，我对他说：

“不知道就是不知道，为什么要说忘记呢？”

他谦卑地向我笑了笑。那时候天色开始黑下来了，我赶紧选择一条路匆匆走去，走了一阵我发现后面那个老头正跟着我，我也不管他，继续走了一会，我看到稻田里有一个扎头巾的女人，就问她：

“前面是南门吗？”

“走错啦。”那个女人挺起腰来说，“应该走那条路。”

那时天色马上就要黑了，我立刻转回去，老人也转过身来往回走，他对我的紧跟引起了我的注意，我立刻撒腿跑开了，跑了一会回头一看，他正趔趔趄趄地急步追来。这使我很生气，我等他走近了，就对他说：

“喂，你别跟着我，你往那边走。”

说完我转身就走，我走回到三岔路口时，天已经完全黑了，我听到了打雷的声音，那时一点月光都没有。我摸上了另一条路，急步走了一阵，发现那老人还跟着我，我转回身向他喊叫：

“你别跟着，我家很穷的，养不起你。”

这时候雨点下来了，我赶紧往前奔跑过去。我看到了远处突然升起一片火光，越来越大的雨点与那片火纠缠起来，燃烧的火不仅没有熄灭，反而逐渐增大。就如不可阻挡的呼喊，在雨中脱颖而出，熊熊燃烧。

借着火光，我看到了那座通往南门的木桥，过去残留的记忆让我欣喜地感到，我已经回到了南门。我在雨中奔跑过去，一股热浪向我席卷而来，杂乱的人声也扑了过来。我接近村庄的时候，那片火光已经铺在地上燃烧，雨开始小下来。我是在叫叫嚷嚷的声音里，走进了南门的村庄。

我的两个兄弟裹着床单惊恐不安地站在那里，我不知道他们就是孙光平和孙光明。同样我也不知道那个跪在地上嚎啕大哭的女人就是我的母亲。他们旁边是一些与火争抢出来的物件，乱糟糟地堆在那里。接下去我看到了一个赤裸着上身的男人，秋夜的凉风吹在他瘦骨嶙峋的胸前，他声音嘶哑地告诉周围的人，有多少东西已经葬身火海。我看到他眼睛里滚出了泪水，他向他们凄凉地笑了起来，说道：

“你们都看到大火了吧。壮观是真壮观，只是代价太大了。”

我那时不知道他就是我的父亲，但他吸引了我，我就走到他身边，响亮地说：“我要找孙广才。”

一九九一年九月十七日

附录

意大利文版自序

完成于七年前的这本书，使我的记忆恢复了往日的激情。我再次去阅读自己的语言，比现在年轻得多的语言，那些充满了勇气和自信的语言，那些貌似叙述统治者的语言，那些试图以一个句子终结一个事物的语言，感染了今天的我，其节奏就像是竹子在燃烧时发出的“噼啪”声。

我想，这应该是一本关于记忆的书。它的结构来自于对时间的感受，确切地说是对已知时间的感受，也就是记忆中的时间。这本书试图表达人们在面对过去时，比面对未来更有信心。因为未来充满了冒险，充满了不可战胜的神秘，只有当这些结束以后，惊奇和恐惧也就转化成了幽默和甜蜜。这就是人们为什么如此热爱回忆的理由，如同流动的河水，在不同民族的不同语言里永久和宽广地荡漾着，支撑着我们的生活和阅读。

因为当人们无法选择自己的未来时，就会珍惜自己选择过去的权利。回忆的动人之处就在于可以重新选择，可以将那些毫无关联的往事重新组合起来，从而获得了全新的过去，而且还可以不断地更换自己的组合，以求获得不一样的经历。当一个人独自坐在公园的长椅上，在日落时让嘴角露出一丝微笑，他孤独的形象似乎值得同情，然而谁又能体会到他此刻的美妙旅程？他正坐在回忆的马车里，他的生活重新开始了，而且这一次的生活是他自己精心挑选的。

七年前的写作出于同样的理由。“记忆的逻辑”，我当时这样认为自己的结构，时间成为了碎片，并且以光的速度来回闪现，因为在全部的叙述里，始终贯穿着“今天的立场”，也就是重新排列记忆的统治者。我曾经赋予自己左右过去的特权，我的写作就像是不断地拿起电话，然后不断地拨出一个个没有顺序的日期，去倾听电话另一端往事的发言。

北京，一九九八年八月九日

韩文版自序

饱尝了人生绵延不绝的祸福、恩怨和悲喜之后，风烛残年的陆游写下了这样的诗句：“老去已忘天下事，梦中犹见牡丹花。”生活在公元前的贺拉斯说：“我们的财产，一件件被流逝的岁月抢走。”

人们通常的见解是，在人生的旅途上走得越是长久，得到的财富也将越多。陆游和贺拉斯却暗示了我们反向的存在，那就是岁月抢走了我们一件件的财产，最后是两手空空，已忘天下事，只能是“犹见”牡丹花，还不是“已见”，而且是在虚无的梦中。

古希腊人认为每个人的体内都有一种维持生机的气质，这种气质名叫“和谐”。当陆游沦陷在悲凉和无可奈何的晚年之中，时隐时现的牡丹花让我们读到了脱颖而出的喜悦，这似乎就是维持生机的“和谐”。

我想这应该就是记忆。当漫漫的人生长途走向尾声的时候，财富荣耀也成为身外之物，记忆却显得极为珍贵。一个偶然被唤醒的记忆，就像是小小的牡丹花一样，可以覆盖浩浩荡荡的天下事。

于是这个世界上出现了众多表达记忆或者用记忆来表达的书籍。我虽然在才力上捉襟见肘，也写下过一本被记忆贯穿起来的书——《在细雨中呼喊》。我要说明的是，这虽然不是一部自传，里面却是云集了我童年和少年时期的感受和理解，当然这样的感受和理解是以记忆的方式得到了重温。

马塞尔·普鲁斯特在他那部像人生一样漫长的《追忆似水年华》里，有一段精美的描述。当他深夜在床上躺下来的时候，他的脸放到了枕头上，枕套的绸缎可能是穿越了丝绸之路，从中国运抵法国的。光滑的绸缎让普鲁斯特产生了清新和娇嫩的感受，然后唤醒了他对自己童年脸庞的记忆。他说他睡在枕头上时，仿佛是睡在自己童年的脸庞上。这样的记忆就是古希腊人所说的“和谐”，当普鲁斯特的呼吸因为肺病困扰变得断断续续时，对过去生活的记忆成为了维持他体内生机的气质，让他的生活在叙述里变得流畅和奇妙无比。

我现在努力回想，十二年前写作这部《在细雨中呼喊》的时候，我是不是时常枕在自己童年和少年的脸庞上？遗憾的是我已经想不起来了，我倒是在记忆深处唤醒了很多幸福的感受，也唤醒了很多辛酸的感受。

二〇〇三年五月二十六日

图书在版编目（CIP）数据

在细雨中呼喊／余华著．-- 2版．-- 北京：北京十月文艺出版社，2023.7（2025.11重印）
ISBN 978-7-5302-2245-4

Ⅰ．①在… Ⅱ．①余… Ⅲ．①长篇小说-中国-当代 Ⅳ．①I247.5

中国版本图书馆CIP数据核字（2022）第118866号

在细雨中呼喊
ZAI XIYU ZHONG HUHAN
余华 著

出　版　北京出版集团
　　　　北京十月文艺出版社
地　址　北京北三环中路6号
邮　编　100120
网　址　www.bph.com.cn
发　行　新经典发行有限公司
　　　　电话（010）68423599
经　销　新华书店
印　刷　山东京沪印刷科技有限公司
版　次　2023年7月第2版
印　次　2025年11月第18次印刷
开　本　850毫米×1168毫米　1/32
印　张　10.5
字　数　160千字
书　号　ISBN 978-7-5302-2245-4
定　价　59.00元
质量监督电话　010-58572393
如有印装质量问题，由本社负责调换